Briefe für *Emily*

Camron Wright

Briefe für *Emily*

ROMAN

Aus dem Amerikanischen

von Charlotte Breuer und Norbert Möllemann

unter Mitarbeit von Stefan Breuer

Weltbild

Zu diesem Buch wurde ich durch das Leben meines Großvaters angeregt, aber die Geschichte dieses Romans ist Fiktion. Personen, Schauplätze und Ereignisse entstammen allein der Phantasie des Autors. Jede Ähnlichkeit mit tatsächlichen Personen, Orten oder Geschehnissen ist rein zufällig.

Die englische Originalausgabe erschien 2001 unter dem Titel *Letters for Emily* bei Premiere Publishing Group, Utah und 2002 im Verlag Pocket Books, Simon & Schuster, Inc., New York.

Lizenzausgabe mit freundlicher Genehmigung
der S. Fischer Verlag GmbH für Verlagsgruppe
Weltbild GmbH, Steinerne Furt, 86167 Augsburg

Übersetzung: Charlotte Breuer, Norbert Möllemann, Stefan Breuer
Umschlaggestaltung: Atelier Seidel, Neuötting
Umschlagmotiv: Photonica (© Richard Kolker), Hamburg
Gesamtherstellung: GGP Media GmbH,
Karl-Marx-Straße 24, 07381 Pößneck
Printed in Germany
ISBN 3-8289-7616-6

2008 2007 2006 2005
Die letzte Jahreszahl gibt die aktuelle Lizenzausgabe an.

Für Alicyn,
die mehr als ich selbst an mich glaubt,
und
für Nathan, Trevor, Danika und Corbin.
«Wenn Dad am Computer sitzt, dann arbeitet er.»

I

Mein Bett ist kalt, und das Zimmer ist dunkel. Ich habe viele Decken auf mein Bett gelegt, aber die halten den eisigen Wasatch-Wind nicht ab, der mir bis in die Knochen fährt. Während ich durch das Fenster auf meine schneebedeckten Pflanzen schaue, merke ich, dass ich meinen Garten vermissen werde. Es wird mir fehlen zu beobachten, wie die Möhren aus den kaum staubkorngroßen Samen sprießen. Es wird mir fehlen, die Rüben im späten Frühjahr auszudünnen. Es wird mir fehlen, im Herbst Kartoffeln auszubuddeln. Es wird mir fehlen, eimerweise Zucchini zu ernten und sie ahnungslosen Nachbarn zu schenken, die nicht wissen, was sie damit anfangen sollen; es wird mir sogar fehlen zu sehen, wie die Pflanzen jedes Jahr, wenn der Winter kommt, braun werden und absterben.

Mein Garten hat mich gelehrt, dass jedes Lebewesen sterben muss. Ich beobachte es seit vielen Jahren – ich wünschte nur, mir würden noch ein paar Sommer bleiben, die ich mit Emily in meinem Garten verbringen könnte.

Ich habe noch mehr Enkelkinder, und ich möchte keins bevorzugen, aber die anderen wohnen weit weg und kommen nur selten zu Besuch. Emily kommt jeden Freitag mit ihrer Mutter. Trotz des großen

Altersunterschieds sind Emily und ich die besten Freunde.

Mein Name ist Harry. Eigentlich ein lächerlicher Name, vor allem für einen Mann, der schon in jungen Jahren fast völlig kahl war, aber so heiße ich nun einmal. Mein Vater hieß auch Harry und mein Großvater ebenfalls. Ich wünschte, ich könnte sagen, dass ich den Namen an meinen Sohn weitergegeben hätte. Aber das kann ich nicht. Als mein Sohn geboren wurde und wir uns für einen Namen entscheiden mussten, nannten wir ihn Bob. Er besucht mich selten, und er schreibt nie. Heute wünsche ich mir manchmal, ich hätte ihn auch Harry genannt.

Seltsamerweise bin ich nicht verbittert über das, was mit mir geschieht. Warum auch? Ich bin nicht besser als alle anderen. Ich bin nicht weiser, nicht kräftiger, nicht intelligenter. (Okay, ich bin weiser als der alte Ross, der nebenan wohnt, aber das zählt nicht.) Warum also sollte es mich nicht treffen?

Ich hoffe, es wird schnell gehen, damit ich als Opa Harry in Erinnerung bleibe und nicht als der Mensch, zu dem ich mich allmählich entwickle. Aber ich fürchte, dass man mich in Erinnerung behalten wird als einen verabscheuungswürdigen, griesgrämigen alten Mann, und dieser Gedanke macht mich ganz krank. Tatsache ist, dass ich dabei bin, den Verstand zu verlieren. Ich habe Alzheimer – eine heimtückische Krankheit, die Gehirnzellen zerstört. Je mehr die Verwüstung fortschreitet, umso mehr schrumpft das Gehirn – es folgt Demenz, der Mensch wird orientierungslos und verwirrt. Es gibt keine Heilmethode und keine Möglichkeit, den Verlauf der Krankheit zu verlangsamen.

Die Krankheit ist eine Diebin. Anfangs lässt sie einen hier und da Kleinigkeiten vergessen, aber sie ruht nicht, bis sie einem alles geraubt hat. Sie raubt einem die Lieblingsfarbe, den Duft des Lieblingsgerichts, die Erinnerung an den ersten Kuss und die Liebe zum Golfspielen. Ein belebender Frühlingsschauer, der die Erde mit glitzernden Wassertropfen reinigt, wird zu simplem Regen. Duftige Schneeflocken, die die Welt zu Beginn des Winters mit einer weißen Decke schmücken, fühlen sich nur noch kalt an. Das Herz schlägt, die Lunge nimmt Luft auf, die Augen sehen Bilder, aber innerlich ist man tot. Der Lebensgeist ist erloschen. Ich nenne die Krankheit heimtückisch, weil sie einem die Würde raubt – sogar die Seele. Am Ende werde ich Emily vergessen.

Die Krankheit schreitet unaufhaltsam fort, und schon jetzt fangen die Leute an zu lachen. Ich nehme es ihnen nicht übel; sie haben allen Grund zu lachen. Über die albernen Dinge, die ich tue, würde ich auch lachen. Vor zwei Tagen habe ich in die Einfahrt vor meinem Haus gepinkelt. Ich musste mal, und in dem Augenblick schien es mir der richtige Ort zu sein, um mich zu erleichtern. Vor einer Woche bin ich nachts aufgewacht, in die Küche gegangen und habe versucht, mit dem Spülmittel, das ich im Schrank unter der Spüle aufbewahre, zu gurgeln. Ich dachte, ich wäre im Badezimmer, und die grüne Flüssigkeit hatte dieselbe Farbe wie mein Mundwasser. Ich werde häufig nervös. Ich habe häufig Angst. Und ich weine; ich weine wie ein kleines Kind über die lächerlichsten Dinge. Bisher habe ich in meinem Leben kaum jemals geweint.

Zwischendurch kann ich noch klar denken, aber jeden Tag spüre ich, wie es weniger wird – wie mein Leben dem Ende zugeht. Wenn es mir gut geht, mittlerweile nur noch eine oder zwei Stunden täglich, sitze ich an meinem Schreibtisch und schreibe. Ich beuge mich über meine Computertastatur und tippe wie wild drauflos. Mein Computer ist ein älteres Modell, aber für meine Zwecke reicht er vollkommen aus. Er ist das beste Geschenk, das Bob mir seit Jahren gemacht hat, ein erstaunlicher Apparat, und jedes Mal, wenn ich ihn benutze, wundere ich mich darüber, wie er es fertig bringt, meine Worte zu erfassen. Junge Leute, die mit Computern aufgewachsen sind, wissen gar nicht zu schätzen, was für wunderbare Maschinen das sind. Sie wirken Wunder.

Ich bin kein Schriftsteller, aber ich habe schon immer gern Geschichten und Gedichte verfasst. Das Schreiben gibt mir das Gefühl, unsterblich zu sein – es ist, als würde ich eine Erweiterung meines Lebens erschaffen, die durch nichts zu zerstören ist. Ein erhebendes Gefühl.

Heute schreibe ich nicht mehr der Aufregung wegen. Manchmal schmerzt mein Rücken, ich kann nur noch verschwommen sehen, sodass es mir schwer fällt, die richtigen Tasten zu treffen, aber ich mache trotzdem weiter. Heute schreibe ich für Emily. Sie ist erst sieben Jahre alt. Ich bezweifle, dass sie sich an mein Gesicht erinnern wird; wahrscheinlich wird sie sich nicht an meine krummen Finger und meine runzligen Hände erinnern oder an die Altersflecken auf meiner Haut oder an meinen glänzenden, kahlen Schädel. Aber hoffentlich, wenn ein Wunder geschieht, wird sie meine Geschichten und meine Gedichte lesen und sich an mein Herz erinnern, mich als ihren Freund im Gedächtnis behalten. Das ist mein größter Wunsch.

Manchmal habe ich ein schlechtes Gewissen, weil ich

nicht auch an meine anderen Enkel schreibe, aber ich kenne sie kaum. Sie kommen zwar jedes Jahr zu Weihnachten zu Besuch, aber sie bleiben nie lange. Sie sind höflich, aber sie behandeln mich wie einen Fremden. Es ist nicht ihre Schuld. Ich nehme es ihnen nicht übel, und ich hoffe, dass sie es auch mir nicht übel nehmen.

Am meisten fürchte ich mich davor, dass ich, bevor ich fertig bin, dem schrecklichen Monster endgültig zum Opfer falle. Falls das passiert, bete ich, dass diejenigen, die mir lieb sind, vergessen – aber sie werden nicht vergessen. Und dann, was schlimmer ist, als in Vergessenheit zu geraten, werden sie mich als einen anderen in Erinnerung behalten als den, der ich wirklich bin. Sie werden mich verabscheuen.

Ich habe mir geschworen, es nicht dazu kommen zu lassen, und deswegen schreibe ich, solange ich klar denken kann – ich schreibe für Emily.

2

«Wenn Sie sich die Küche ansehen wollen, Mrs Hendricks, es gibt ein Spülbecken in der Ecke unter dem Fenster und eins in der Kochinsel. So eine Küche mit zwei Spülen und einem doppelten Backofen eignet sich hervorragend dazu, für Gäste zu kochen.» Sie versuchte nicht, die Frau zur Eile anzutreiben, aber sie war schon den ganzen Vormittag mit ihr unterwegs, und sie war unter Zeitdruck und mit ihrer Geduld fast am Ende. Emily würde ihr den Hals umdrehen, wenn sie schon wieder zu spät kam.

«Das Haus gefällt mir, Laura. Aber ich weiß einfach nicht», sagte die dicke, umständliche Frau. «Könnten wir nochmal zu dem Haus in der Pierpont Street fahren und es zum Vergleich noch ein letztes Mal ansehen?» Es war wie eine Frage formuliert, doch es klang wie ein Befehl. Laura holte tief Luft und gab sich alle Mühe, sich ihren Ärger nicht anmerken zu lassen.

«Selbstverständlich, aber ich schlage vor, dass wir das morgen früh als Allererstes machen. Ich muss meine Tochter von der Schule abholen, und sie wird mir den Kopf abreißen, wenn ich zu spät komme.»

«Morgen? O nein, das geht nicht. Morgen früh habe ich einen Friseurtermin, und ich habe Charlie versprochen, mich heute zu entscheiden.» Solche Kunden brachten Laura auf die Palme, aber sie rang sich ein Lächeln ab und dachte daran, wie dringend sie diese Provision brauchte. Anstatt der alten, halb kahlen Frau zu sagen, sie solle sich zum Teufel scheren, flötete sie: «Wissen Sie was, Mrs Hendricks, Sie kommen einfach mit. Wir holen meine Tochter Emily zusammen ab, bringen sie zu ihrem Großvater und fahren anschließend noch einmal zu dem anderen Haus. Was halten Sie davon?»

«Hm. Könnten Sie mich vielleicht zuerst zu dem Haus in der Pierpont Street bringen? Ich bleibe einfach dort und sehe mich ein bisschen um, während Sie Ihre kleine Besorgung erledigen.»

Es ging nicht um eine Besorgung, es ging um ihre Tochter, und Laura platzte fast der Kragen. «Natürlich», stieß sie hervor und eilte auf die Haustür zu. Nichts schien ihr im Augenblick verlockender, als diese alte Schachtel irgendwo abzusetzen.

Als sie die Schule erreichte, sah sie Emily bereits am Bordstein stehen. Normalerweise fuhr Emily mit dem Bus, aber heute war Freitag. Das bedeutete, dass Laura sie abholen und mit ihr zu Opa Whitney fahren würde.

«Mami! Beeil dich, sonst verpassen wir seine gute Stunde!»

«Wir schaffen es schon, mein Schatz. Es tut mir so Leid. Immerhin bin ich diesmal nur eine Viertelstunde zu spät. Letztes Mal war es eine halbe Stunde. Ich mache Fortschritte.»

Emily lächelte nicht, als sie in den Wagen kletterte. «Fahr los!»

«Wie war's denn heute in der Schule?», fragte Laura in der Hoffnung, das Thema zu wechseln.

«Schön, außer dass ich meine Blätter lila angemalt hab, und Billy Mason hat gesagt, es ist blöd, Blätter lila zu malen, und dann hat er mir den lila Stift weggenommen, damit ich nicht mehr damit malen konnte, und dann hab ich's der Lehrerin gesagt, und dann hat Billy Ärger gekriegt», sprudelte Emily atemlos heraus.

«Wirklich? In welcher Farbe hat Billy denn seine Blätter angemalt?»

«Er hatte keine Blätter. Er hat einen Panzer gemalt, aber er hat ihn rot angemalt, und Panzer sind gar nicht rot, und das war blöd, aber ich hab's ihm nicht gesagt.»

«Das war sehr nett von dir, mein Schatz. Zeigst du mir dein Bild?»

«Ich hab's noch nicht mitgebringt.»

«Mitgebracht», korrigierte Laura.

«Aber ich zeig dir meine anderen Sachen.» Eifrig öffnete Emily ihre Schultasche und kramte ihre Hefte und Malsachen hervor.

Als Laura das schulterlange braune Haar ihrer Tochter betrachtete, das in der Sonne glänzte, fühlte sie sich an die Zeit erinnert, als sie selbst sieben Jahre alt gewesen war. Es war so ein unschuldiges Alter – voller Abenteuer und Wissbegierde.

Emily hielt Laura mehrere bemalte Blätter hin. Nachdem sie bei dem Versuch, die Bilder anzusehen, zweimal im letzten Moment hatte ausweichen müssen, um einen Zusammenstoß zu vermeiden, sagte Laura: «Liebes, zeig mir die anderen lieber, wenn wir bei Opa sind. Wir wollen doch keinen Unfall riskieren.»

«Na gut», erwiderte Emily und stopfte die Bilder wieder in ihre Schultasche. «Sind wir bald da?»

«Fast.»

«Mami?»

«Ja, Liebes?»

«Warum tragen Schweine keine Kleider?»

Laura lachte. «Was?»

«Wir ziehen doch Menschenkleider an. Warum haben Schweine keine Schweinekleider?»

Sie hatte immer so viele Fragen; manche waren tiefgründig, manche seltsam, manche lustig.

«Wenn du das nächste Mal ein Schwein triffst, kannst du es ja mal fragen.»

Emily kicherte. «Schweine können doch nicht sprechen.»

Mehrere Minuten vergingen. Emily schien angestrengt nachzudenken.

«Mami?», sagte sie schließlich. «Warum können Schweine nicht sprechen?»

«Ich weiß es nicht. Wir können ja mal die Kühe fragen», scherzte Laura.

Bevor Emily darauf reagieren konnte, hielt Laura vor Harrys Haus. «So, da sind wir. Lass uns später überlegen, wie das mit den Schweinen ist, einverstanden?»

Harrys kleines Backsteinhaus stand an der Lincoln Street in Midvalley, etwa eine Viertelstunde mit dem Auto von Emilys Schule in Lake Park. Die Häuser in dem Viertel waren alt, aber gepflegt. Altmodische Laternen auf beiden Seiten der Straße sorgten nicht nur für eine gute Beleuchtung, sondern gaben der Gegend ein nostalgisches Flair.

Harry lebte seit den vierziger Jahren in dem Haus, das er mit Hilfe seines Bruders, der Schreiner war, eigenhändig gebaut hatte. Obwohl er sich in späteren Jahren einen Umzug in eine bessere Gegend hätte leisten können, hatte er sich nie von diesem Haus trennen können. Vielleicht, weil es ihn an Kathryn erinnerte.

Als Laura und Emily auf das Haus zugingen, sahen sie Caras Wagen in der Einfahrt stehen.

«Sieh mal, Cara ist da!», rief Emily. «Ich mag Cara. Die ist lustig.»

Auf Caras Visitenkarte stand *Ambulante Hauspflege*. Sie war erst sechsundzwanzig, aber ihr gedrungener Körperbau und ihre Leibesfülle ließen sie zehn Jahre älter wirken. Ihre tiefschwarze Hautfarbe bildete einen starken Kontrast zu ihrer blütenweißen Schwesterntracht. Man hätte sie für eine Krankenschwester halten können, aber sie hatte ihre Ausbildung in Atlanta nach dem ersten Jahr abgebrochen. Sie war zwar begabt, hatte jedoch das Schulgeld nicht aufbringen können. Zunächst hatte sie sich geschworen, ihre Ausbildung irgendwann wieder aufzunehmen, aber nach viereinhalb Jahren im Pflegedienst ging sie in ihrer Arbeit vollkommen auf. Angefangen hatte sie mit dieser Art der Altenpflege, als sie in die Gegend gezogen war und eine alte Tante versorgt hatte, und nachdem die Tante verstorben war, hatte sie beschlossen, weiterhin auf diesem Gebiet tätig zu sein. Die Arbeit machte sie nicht reich, aber zufrieden. Der Bedarf an Pflegepersonal war groß, und die Erfüllung, die sie bei der Arbeit mit bedürftigen alten Menschen fand, war genau das, was sie gesucht hatte, als sie sich für den Beruf der Krankenschwester entschieden hatte.

Bob, Lauras Mann, hatte Cara vor drei Monaten eingestellt, als Harrys Zustand sich zu verschlechtern begann. Ursprünglich sollte sie nur jeden Morgen kurz vorbeischauen, Harry das Frühstück bereiten, seinen Blutdruck messen und ein paar Kleinigkeiten für ihn erledigen. Doch seit einiger Zeit verbrachte sie täglich mehrere Stunden bei ihm.

Emily sprang die Stufen zur Haustür hinauf. Ohne anzuklopfen, stürmte sie ins Haus und suchte nach Opa Whitney und Cara.

«Hallo? Wo seid ihr?», rief sie.

«Emily? Bist du das?», antwortete Cara aus der Küche.

Emily lief in die Küche. «Hallo Cara, wie geht's meinem Opa?»

Cara, die gerade an der Spüle stand und den Abwasch machte, stellte einen nassen Teller ab, um Emily zu begrüßen. «Hallo, Kleine, ich glaube, dein Opa wartet schon auf dich.»

«Ist er draußen?»

«Klar. Auf der Veranda», sagte Cara, nahm den nassen Teller wieder auf und deutete damit in Richtung Hintertür. Wie der Blitz war Emily auch schon unterwegs, und Laura sah gerade noch ihre blauen Hosenbeine durch die Gartentür verschwinden.

«Hallo, Cara», sagte Laura.

«Hallo, Laura. Wie geht's Ihnen heute?»

«Wunderbar. Zu spät, wie immer, aber das macht nichts.»

«Neue Frisur?»

Laura lachte in sich hinein. «Ja. Ich fand es zu lästig, mir die grauen Haare einzeln auszurupfen. Ich hab mir letzte Woche eine Tönung machen lassen, aber Sie sind die Erste, der es auffällt.»

«Wirklich? Sieht toll aus.»

«Danke. Er ist also auf der Veranda?»

«Ja. Emily ist schon bei ihm.»

«Warten Sie einen Augenblick, ich bin gleich wieder

da.» Laura schlich an die Hintertür, um zu lauschen. Der alte Mann saß in einem Liegestuhl auf der überdachten Veranda. Die Veranda war vor fünf Jahren angebaut worden, nachdem der hölzerne Pavillon im Garten abgebrannt war. Unter dem Aluminiumdach, das angenehmen Schatten spendete, konnte Harry gemütlich sitzen und in Ruhe seinen Garten betrachten.

«Hallo, Opa», rief Emily. Harry reagierte nicht. «Opa, ich hab hallo gesagt», wiederholte sie etwas lauter.

«Himmel, was schreist du denn so?»

«So sollst du nicht mit mir reden, Opa, das ist nicht nett», sagte Emily streng, und Harry spürte, dass sie es ernst meinte.

«Wie heißt du überhaupt?», fragte er etwas sanfter.

«Opa! Du weißt doch, wie ich heiße! Ich bin Emily.»

«Amy. Was für ein schöner Name.»

«Mensch, Opa. Ich heiße Emily, nicht Amy.» Sie kicherte. «Wollen wir Dame spielen?»

Die Frage schien ihn zu verwirren. Ohne auf seinen verblüfften Gesichtsausdruck zu reagieren, lief Emily zu dem Schrank neben der Hintertür und holte das Spiel.

«Willst du Schwarz oder Rot?»

«Was?»

«Ich hab gesagt, willst du Schwarz oder Rot?» Es kam keine Antwort. Aufmerksam sah Harry zu, wie Emily die roten und schwarzen Spielsteine auf dem Spielbrett verteilte. Als Emily den ersten Zug machte, erhellte sich seine Miene. Mit einem krummen Finger schob er einen schwarzen Stein ein Feld weiter.

«Hör mal, Emily», sagte Laura durch die Fliegengittertür. «Ich muss noch schnell etwas erledigen. Du bleibst einfach so lange bei Opa. In einer halben Stunde bin ich wieder da. Cara ist in der Küche, falls du was brauchst.»

«Okay, tschüs, Mami. Opa, du bist dran.» Laura sah den beiden noch ein paar Minuten lang zu. Es faszinierte sie, dass ein so kleines Mädchen so viel Mitgefühl für einen miesepetrigen alten Mann aufbrachte. Schließlich wandte sie sich wieder Cara zu.

«Wie geht es ihm wirklich, Cara?»

«Nicht sehr gut, Laura», sagte Cara, während sie das Geschirr abtrocknete. «Heute Morgen hat er ungefähr zehn Minuten lang wie ein Verrückter auf seiner Tastatur rumgehackt, aber dann hat er sich im Badezimmer eingeschlossen und eine Stunde gebraucht, um die Tür wieder aufzukriegen. Ich hätte beinahe die Feuerwehr angerufen, aber er war ganz ruhig, und ich hab mir gesagt, dass er da drin nicht allzu viel anstellen konnte. Ich möchte mich ja nicht in Ihre Angelegenheiten einmischen, aber vielleicht sollten Sie mal darüber nachdenken, ob Sie ihn in ein Pflegeheim geben. Dann würde ich zwar meinen besten Kunden verlieren, aber es wäre noch viel schlimmer, wenn Mr Harry sich hier verletzen würde oder so was.» Vor dieser Antwort hatte Laura sich gefürchtet, jedoch damit gerechnet. In letzter Zeit hatte Harry so mutlos gewirkt, und sie spürte schon seit einer Weile, dass eine Entscheidung getroffen werden musste.

«Vielen Dank, Cara. Tut mir Leid, dass Sie so viel Mühe mit Harry haben. Ich rufe Bob morgen an und rede mit ihm darüber. Wir werden uns diese Woche noch überlegen, was zu tun ist. Reicht es, wenn ich Ihnen nächsten Freitag Bescheid gebe?»

«Sicher. Und wie gesagt, ich komme gern hierher.

Lassen Sie es mich einfach rechtzeitig wissen, sobald Sie sich entschieden haben.»

«Danke, das mache ich. Hat Bob Ihnen den Scheck für letzten Monat geschickt?»

«Ich hab ihn pünktlich bekommen, kein Problem. Wie geht es Ihnen beiden überhaupt?»

Laura plauderte häufig mit Cara, wenn sie freitags zu Besuch war und Emily mit Harry spielte. Die beiden Frauen verstanden sich gut, aber Laura war es immer noch unangenehm, mit anderen über ihre bevorstehende Trennung von Bob zu sprechen.

«Bob geht es gut. Sein neuer Job scheint ihm sehr zu gefallen.»

«Wie es ihm geht, interessiert mich nicht. Wie geht es Ihnen?»

Es widerstrebte Laura, ihren Gefühlen freien Lauf zu lassen, es führte dazu, dass sie sich schwach und abhängig fühlte. Sie biss sich auf die Lippe und nahm sich vor, diesmal stark zu sein.

«Ich komme einigermaßen zurecht. Wir versuchen immer noch, unsere Probleme in den Griff zu kriegen, aber es sieht nicht gut aus.» Ihr versagte fast die Stimme, doch Cara schien es nicht zu bemerken.

«Männer!», schnaubte Cara verächtlich. «Sie sind der einzige Grund, warum ich nicht vorhabe zu heiraten.» Sie mussten beide lachen.

«Cara, beinahe hätte ich es vergessen, ich muss noch einmal kurz in die Stadt fahren. Ich habe eine Kundin allein in einem Haus zurückgelassen, was ich eigentlich gar nicht tun darf. Ist es in Ordnung, wenn ich Emily hier lasse – werden Sie noch eine Weile im Haus sein?»

«Ich bleibe noch ein bisschen, machen Sie sich mal keine Gedanken.»

«Vielen Dank. Ich habe mein Handy dabei, falls es ein Problem geben sollte.»

«Lassen Sie sich ruhig Zeit.»

Laura umarmte Cara kurz, dann lief sie zu ihrem Wagen. Nachdem sie sich vergewissert hatte, dass ihr Handy eingeschaltet war, legte sie es neben sich auf den Beifahrersitz und fuhr zu dem Haus in der Pierpont Street, um Mrs Hendricks abzuholen.

Immer mehr Leute erkundigten sich nach Bob. Was sollte sie ihnen antworten, wenn sie wissen wollten, wie es um ihre Beziehung stand? Sie hatte sich geschworen, stark zu sein, ihre Gefühle im Griff zu behalten, und Cara gegenüber war es ihr gelungen, sich zu beherrschen. Aber sie mochte Cara, und sie hätte ihr die Wahrheit sagen sollen. Sie wünschte, sie hätte ihr erklärt, dass sie Make-up trug, um die dunklen Ränder unter ihren Augen zu kaschieren, dass sie Augentropfen benutzte, um die Rötung zu lindern, dass sie manchmal vor lauter Kummer körperliche Schmerzen in der Brust verspürte, dass sie oft abends nicht einschlafen konnte und morgens Mühe hatte wach zu werden und dass sie sich die ganze Zeit schreckliche Sorgen um Emily machte. Sie wusste, dass die Leute tuschelten, sich fragten, was mit ihr los war. Bald würden sie anfangen, Fragen zu stellen. Was sollte sie ihnen bloß antworten?

Auf halbem Weg zum Haus in der Pierpont Street begann sie zu weinen.

3

Nach einem Glas Milch, drei Keksen und zwei Gutenachtgeschichten lag Emily endlich im Bett, ihre beiden Decken bis ans Kinn hochgezogen.

Seit sie vier Jahre alt war, bestand Emily auf dem Ritual mit den zwei Decken. Es hatte sich durch puren Zufall ergeben. Emilys Bettdecke war völlig zerschlissen gewesen, und Laura war der Meinung, es sei Zeit für eine neue. Da es aber immer schon ein Riesentheater gewesen war, dem Kind die Decke abzuluchsen, und sei es nur, um sie zu waschen, hatte Laura beschlossen, gleich zwei neue zu kaufen, die sie abwechselnd waschen konnte. Damals jedenfalls schien das die einfachste Lösung zu sein. Als Emily die beiden neuen Decken erblickte, glaubte sie, das große Los gezogen zu haben, weil sie für das, was sie aufgegeben hatte, das Doppelte als Ersatz bekam. Am ersten Abend legte sie sich auf jede Seite eine Decke und obendrauf ein Kissen, sodass ihr Gesicht kaum noch zu sehen war. «Schau mal, ich bin ein Eskimo!», rief sie aus. Von da an bestand sie darauf, beide Decken auf dem Bett zu haben. Das ursprüngliche Problem hatte sich verdoppelt, jetzt musste Laura zwei Bettdecken waschen.

«Bist du jetzt fertig eingepackt?», fragte Laura und gab Emily einen Kuss auf die Wange.

«Ja. Kuschelst du noch ein bisschen mit mir?»

«Ich habe dir schon zwei Geschichten vorgelesen. Komm, drück mich noch mal, ich habe noch etwas in meinem Zimmer zu erledigen.»

«Na schön. Gute Nacht, Mami.»

«Gute Nacht, mein Schatz.»

Laura schaltete das Licht aus und ging in ihr Schlafzimmer. Sie starrte auf den Stapel Post, der immer noch auf dem Bett lag. Wieder wurde ihr flau im Magen. Der Brief war ihr zum ersten Mal aufgefallen, als sie nach dem Besuch bei Harry nach Hause gekommen war und die Post durchgesehen hatte. Es war die übliche Mischung aus Rechnungen und Postwurfsendungen – doch dann hatte sie den Absender auf dem weißen Umschlag entdeckt. Um nicht in Gegenwart von Emily in Tränen auszubrechen, schob sie den Brief hastig wieder zwischen die andere Post und verdrängte den Gedanken. Jetzt, allein in ihrem Schlafzimmer, nahm sie den Umschlag in die Hand und las den Absender noch einmal: *Bagley, Morris und Lattimer, Rechtsanwälte.*

Sie hatte gewusst, dass es so kommen würde. Vor einigen Tagen hatten sie darüber gesprochen, doch es war ihr ganz unwirklich vorgekommen, denn sie hatte die Hoffnung immer noch nicht aufgegeben, dass sie wieder miteinander ins Reine kommen könnten. Sie fischte eine Nagelfeile aus ihrer Handtasche, öffnete den Umschlag und nahm den Brief heraus. Er war an ihren Anwalt adressiert, und am Ende des Schreibens, wo angegeben war, an wen Kopien gegangen waren, stand fett gedruckt ihr Name. Der Text klang wie ein Standardbrief, in den lediglich die erforderlichen Namen eingefügt waren. Aber der Brief, den sie in der Hand hielt, war nicht an «andere» geschickt worden, sondern an sie – und er sagte ihr, dass ihre vor elf Jahren geschlossene Ehe vor ihren Augen in die Brüche ging. Es konnte nicht sein, aber sie hielt den Beweis in den Händen – den Anfang vom Ende.

Es handelte sich um eine simple Aufforderung, einen Termin mit den Anwälten beider Parteien zu vereinbaren, um die Einzelheiten einer gütlichen Scheidung zu besprechen. Doch während sie las, füllten sich ihre Augen mit Tränen. Was kann es nur sein, das ihn an mir so abstößt, fragte sie sich. Natürlich hatten sie sich gestritten, aber sie hatten auch gute Zeiten miteinander erlebt, Zeiten, in denen sie gelacht und gescherzt hatten und sie voller Hoffnung gewesen war. Nur wenige Wochen, bevor er ausgezogen war zum Beispiel, waren sie unerwartet mitten am Tag allein im Haus gewesen. Sie hatten einander kichernd wie Schulkinder über den Dachboden gejagt. Als er sie gefangen hatte, hatte er sie auf das alte Sofa in der Ecke gezogen, und sie hatten sich geliebt. Es war zärtlich und wunderbar gewesen, und Laura hatte sich gefragt, ob das vielleicht der Wendepunkt war und sie wieder zueinander finden würden. Doch nach wenigen Tagen hatten sie sich schon wieder über die lächerlichsten Lappalien gestritten. Und dann, drei Wochen später, hatte er seine Sachen gepackt. Er hatte die Stelle in San Diego bekommen und machte sich reisefertig, tat so, als sei es nichts Besonderes – als sei es normal, dass Ehemänner ihre Familien einfach so im Stich ließen.

Ein Jahr zuvor hatten sie es mit einer Paartherapie versucht, aber nach zwei Sitzungen hatte Bob sich geweigert, die Therapie fortzusetzen. In Lauras Augen waren die Stunden sehr hilfreich gewesen, aber er hatte das Gefühl, als würde ihm alle Schuld in die Schuhe geschoben. Hatten sie sich auseinander gelebt? Wenn ja, wieso war es dann manchmal so schön gewesen, fragte sie sich. Nicht zum ersten Mal überlegte sie, ob eine andere Frau im Spiel sein mochte. Falls er ihr ein Verhältnis verheimlichte, dann machte er das sehr gut. Sie hatte nicht die Spur eines Beweises gefunden, und wenn sie Bob darauf ansprach, leugnete er rundheraus, dass er eine andere hatte.

Laura ließ den Brief auf das Bett fallen und eilte ins Bad, um sich ein Kleenex zu holen. Vor dem Spiegel blieb sie stehen und betrachtete ihr Gesicht. Kleine Fältchen hatten sich um ihre Augen herum gebildet. Sie hatte versucht, sie mit Make-up zu überdecken, aber man sah sie trotzdem. Konnte es sein, dass er nach einer Jüngeren Ausschau hielt? Hatte sie einen so oberflächlichen Mann geheiratet?

Sie ging ins Schlafzimmer zurück, rollte sich auf dem Bett zusammen und überlegte, welche Möglichkeiten ihr blieben. Um elf Uhr, als ihre Tränen schließlich getrocknet waren, zog sie sich aus und ging ins Bad, um zu duschen. Das warme Wasser hatte etwas Tröstendes, und sie blieb in der Dusche, bis das Wasser abkühlte. Widerwillig machte sie sich bettfertig, bedrückt von dem Gedanken, wieder allein schlafen zu müssen. Die Laken waren kalt, als sie ins Bett schlüpfte, und sie zitterte unter der Decke, während sie darauf wartete, dass ihr wärmer wurde. Eine Dreiviertelstunde später war sie immer noch wach. Sie drehte sich um und langte nach dem Telefon auf dem Nachttisch.

Nach dem sechsten Klingeln nahm er ab. «Hallo?» Er

klang verschlafen, und es bereitete ihr eine gewisse Genugtuung, ihn geweckt zu haben.

«Bob. Ich bin's. Bist du allein?»

«Laura? Was ist passiert? Ist was mit Emily?»

«Nein, es geht ihr gut. Aber mir geht es nicht gut, Bob.» Ihr Kummer verwandelte sich in Zorn, doch sie bemühte sich, die Beherrschung nicht zu verlieren.

«Was? Was ist denn los, Laura?», fragte er, immer noch nicht ganz wach.

«Ist es wirklich aus zwischen uns, Bob? Einfach so?» Es dauerte eine Weile, bevor er antwortete.

«Ach, der Brief – du hast den Brief bekommen, stimmt's?»

«Da hast du verdammt Recht, ich habe ihn bekommen.» Sie strengte sich so sehr an, ruhig zu bleiben, aber die Wut gewann die Oberhand. «Hast du etwa erwartet, ich würde mich darüber freuen?»

«Laura, wir haben doch darüber gesprochen. Du wusstest, dass es so kommen würde.»

«Ich wusste, dass es so kommen würde? Das ist es ja gerade. Nach elf Jahren Ehe habe ich damit nicht gerechnet. Ich muss wirklich eine komplette Idiotin sein.» Jetzt lamentierte sie, und sie spürte, dass ihn das auf die Palme brachte.

«Reg dich ab. Ich rede nur von dem Brief. Du wusstest, dass er kommen würde. Wir haben darüber gesprochen. Es ist bloß eine Formalität. So gehen Anwälte nun mal vor. Ich werde Emily am kommenden Wochenende besuchen. Lass uns dann über alles reden.» Er wartete auf eine Antwort und wunderte sich, dass keine kam.

«Laura? Bist du noch da?»

«Ja.» Sie spürte, wie der Kummer die Wut wieder verdrängte. «Ich bin noch da, Bob – ich bin hier, und du bist dort, und hier ist ein kleines Mädchen, das zwischen die Fronten gerät.»

«Laura, geh ins Bett und ruh dich aus. Nächstes Wochenende reden wir über alles, einverstanden? Ach, übrigens, wie geht es Dad? Alles in Ordnung?»

Sie zögerte. «Es geht ihm gut, Bob.» Sie legte auf, drehte sich um und zog das Kissen über ihren Kopf.

Es war immer noch dunkel, als der Wecker klingelte. Am liebsten hätte sie die Welt ausgeblendet und wäre im Bett geblieben. Sie hatte eine unruhige Nacht verbracht und war erst in den frühen Morgenstunden tief eingeschlafen. Sie drückte auf die Snooze-Taste, um sich noch zehn Minuten Frieden zu gönnen. Als der Wecker erneut klingelte, schien es ihr, als seien erst wenige Sekunden vergangen. «Okay, okay», fauchte sie den Wecker an, «halt die Klappe!» Emily schlief so tief und fest, dass Laura beschloss, zuerst zu duschen, bevor sie sie weckte. Falls sie den Schulbus verpasste, würde sie sie auf dem Weg ins Büro zur Schule fahren. Da sie sich bereits zehn Minuten mehr Schlaf gegönnt hatte, fiel die Dusche besonders kurz aus. Nachdem sie sich die Haare geföhnt und sich angezogen hatte, ging sie in Emilys Zimmer und schaltete das Licht an.

«Aufwachen, Liebes. Ich hab dich ein bisschen länger schlafen lassen, deswegen musst du dich beeilen, wenn du den Bus nicht verpassen willst.» Emily rührte sich kaum. «Steh auf, mein Schatz, sonst kommst du zu spät in die Schule.» Sie trat ans Bett und begann, ihre Tochter sanft wachzurütteln. Emily drehte sich schlaftrunken um, schaute blinzelnd nach der Uhr, dann setzte sie sich auf und rieb sich die Augen. Sie schaute sich verdattert um.

«Komm, mein Schatz, steh auf und zieh dich an.» Nachdem sie eine Weile nachdenklich vor sich hin gestarrt hatte, sah Emily ihre Mutter an und murmelte: «Mami, geh wieder ins Bett, heute ist Samstag.» Dann ließ sie sich zurücksinken, kuschelte sich in ihre warmen Decken und schaute Laura unverwandt an.

Laura war vollkommen verblüfft. Verwirrt zählte sie die Tage ab. Dann brachen sie beide in schallendes Gelächter aus.

4

Es regnete ganz leicht, als Bob seine Laufschuhe schnürte. Bis auf die üblichen Jogger würde so früh am Morgen kaum jemand draußen unterwegs sein. Nachdem er in der vergangenen Nacht so wenig Schlaf bekommen hatte, war er erstaunlich leicht aus dem Bett gekommen. Warum musste Laura bloß immer mitten in der Nacht in Panik geraten? Warum konnte sie nicht mittags oder am frühen Abend ausflippen? Warum ausgerechnet um Mitternacht oder um ein Uhr früh? Er ging in die Garage, band seinen Hausschlüssel an einem Schuh fest und begann mit seinen Dehnungsübungen. Er hatte vor einiger Zeit mit dem Laufen angefangen, nachdem er das Tennisspielen aufgegeben hatte. Es war ein wesentlich besseres Konditionstraining und außerdem war es ihm im Country-Club langweilig geworden. Bei Sonnenaufgang am Strand entlangzujoggen – das war richtiges Fitnesstraining.

Als er das Gefühl hatte, seine Muskeln ausreichend gedehnt zu haben, trat er ins Freie und lief gemächlich in Richtung Meer. Der Strand lag fünf Blocks von seiner Wohnung entfernt, die perfekte Distanz, um sich warm zu laufen. Der Nieselregen würde sich schon bald angenehm erfrischend anfühlen.

Am Strand waren die üblichen Frühaufsteher schon

unterwegs, manche liefen den Weg entlang, andere joggten durch den Sand. Einige, deren Gesichter ihm bereits bekannt waren, grüßte er mit einem kurzen «Hallo», mehr nicht. Sie kamen, um zu trainieren, nicht, um Kontakt zu suchen. Seine Muskeln spannten sich, als seine Schuhe den harten, nassen Sand berührten. Er bog nach rechts ab. Er lief jeden Tag dieselbe Strecke, eine Meile nach Norden bis zum Pier und zurück, und dann zwei Meilen in die entgegengesetzte Richtung bis zur Landzunge und wieder zurück. Das waren insgesamt etwas über sechs Meilen, dazu die fünf Blocks bis zu seiner Wohnung, die er im Gehen zurücklegte, um sich abzukühlen. Seit er mit dem Laufen angefangen hatte, hatte er keinen Tag ausgelassen, und das sah man ihm deutlich an. Er war braun gebrannt, und seine Muskeln waren fest und gut ausgebildet; er sah besser aus als die meisten Männer mit sechsunddreißig, sagte er sich stolz.

Obwohl Wochenende war, hatte er mit einer Gruppe Medizinstudenten ein gemeinsames Mittagessen vereinbart. Man muss sie anwerben, solange sie jung sind, war die Devise der Agentur. Er würde sich vorbereiten müssen, aber dennoch würden ihm heute Morgen ein paar Stunden Zeit für sich bleiben. Er fragte sich, warum er nicht früher auf die Idee gekommen war, am Strand zu joggen. Das Rauschen der Wellen hatte etwas Beruhigendes, und die salzige Morgenluft war erfrischend. Er würde Emily mit hierher bringen. Der Strand würde ihr gefallen. Ob Laura es wohl gestatten würde, dass sie ihn besuchte? Hatte sie überhaupt das Recht, darüber zu entscheiden? In letzter Zeit konnten sie sich über kaum etwas einigen, also würde es wahrscheinlich auch über diese Frage wieder Auseinandersetzungen geben. Ihre

Beziehung war so unerträglich geworden. Dabei war es schwer zu sagen, wann alles angefangen hatte, schief zu laufen, oder warum sie einander so fremd geworden waren. Es war ein allmählicher Prozess gewesen, der sich über Jahre hingezogen hatte. Er wusste, dass Laura immer noch hoffte, die Dinge würden sich wieder «einrenken», aber für Laura bedeutete «einrenken», dass Bob die Schuld auf sich nahm. Er brauchte sich nur an die Therapiesitzungen bei der Eheberatung zu erinnern.

«Sagen Sie mir, wie Sie sich fühlen, Bob.»

«Ich fühle mich gut, danke.»

«Nein, sagen Sie mir, wie Sie sich wirklich fühlen.»

Nachdem er sich diesen Mist zwei Wochen lang angetan hatte, war ihm nur noch zum Kotzen zumute. «Du bist einfach nicht einfühlsam genug», sagte Laura. «Von wegen», murmelte er beim Laufen. «Möchte wissen, was das überhaupt heißen soll.» Und dann konnte Laura sich dermaßen über Kleinigkeiten aufregen. Der Brief von seinem Anwalt zum Beispiel – sie hatte gewusst, dass sie ein solches Schreiben erhalten würde; sie hatten erst letzten Freitag darüber geredet, und trotzdem musste sie ihn mitten in der Nacht deswegen anrufen. Ich habe meine Familie ja schließlich nicht im Stich gelassen, sagte er sich. Er war bereit, den Unterhalt für Emily zu zahlen. Jeden Tag ließen sich Leute scheiden; was war daran so schrecklich? Laura machte seine neue Arbeitsstelle für ihre Trennung verantwortlich. Sie begriff nicht, dass es nur ein Vorwand war – ein Vorwand für ihn, endlich etwas zu tun, das er schon längst hätte tun sollen. In seinen Augen war die Trennung genau das Richtige. Neue Wohnung, neuer Job, vor ihm lag ein wunderbares Leben. Laura würde schon drüber wegkommen. Sie war zäh. Sie war mehr als zäh – sie war unerschütterlich. Und Emily würde ihn verstehen, wenn sie älter war.

Der Morgennebel war erfrischend. Sein T-Shirt war nass, teils vom Nieselregen, teils vom Schweiß. Als er den Pier erreichte, zog er es aus und band es sich um die Hüften, bevor er in die Richtung zurücklief, aus der er gekommen war.

Sein neuer Job war traumhaft. Angefangen hatte er als Pharmavertreter bei einer Firma in Lake Park. Die Firma war zwar erstklassig, aber das Gebiet, das man ihm zugeteilt hatte, war langweilig gewesen; es war eine ländliche Gegend, und die Anzahl der Ärzte, die er betreute, war ziemlich gering. Zum Glück haben sie meine Fähigkeiten erkannt, dachte er. Seit er ein Gebiet bereiste, das einen Großteil von Südkalifornien einschließlich San Diego umfasste, hatte sein Einkommen sich mehr als verdoppelt. Abgesehen von den Eheproblemen, mit denen er sich zurzeit herumplagte, konnte er sich kein besseres Leben vorstellen.

«Bob? Bob Whitney?» Er drehte sich um und sah eine gut gebaute junge Frau, die nach ihm rief. Sie kam ihm bekannt vor, doch er konnte sie nicht einordnen.

«Ich bin Cynthia – Cynthia Jones aus der Praxis von Dr. Brightman», sagte sie, als sie seinen Blick gewahrte. Natürlich! Aber sie sah so anders aus.

«Hallo, wie geht's? Ohne Ihren weißen Kittel habe ich Sie gar nicht erkannt.» Sie trug schwarze Shorts und ein weißes, übergroßes T-Shirt, unter dem ein schwarzer Sport-BH hervorschimmerte.

«Wohnen Sie hier in der Nähe?», fragte sie.

«Ja, ich wohne in der Westridge Road, ungefähr fünf Blocks von hier.»

«Ach so. Ich wohne in der Canterbury Street. Ich komme mit dem Auto hierher zum Laufen.» Bob überlegte, wo die Canterbury Street sein mochte, aber er hatte sich Straßennamen noch nie gut merken können.

«Laufen Sie oft hier am Strand?», fragte er.

«Jeden Morgen um dieselbe Zeit.»

«Komisch, dass ich Sie noch nie getroffen habe.»

«Der Strand ist groß», meinte sie. «Wahrscheinlich sind wir schon öfter aneinander vorbeigelaufen, ohne es zu merken.»

Das bezweifelte er, nickte jedoch zustimmend. Einen Augenblick lang herrschte verlegenes Schweigen, keiner von beiden wusste so recht, was er sagen sollte.

«Tja», sagte sie schließlich. «Dann will ich Sie mal nicht länger von Ihrem Training abhalten.» Dann fügte sie hinzu: «Vielleicht können wir ja mal zusammen joggen.»

«Gute Idee. Ich werde nach Ihnen Ausschau halten. Und richten Sie Mike aus, dass ich gegen Ende der Woche nochmal vorbeikomme. Ich habe ein paar Retnohydrin-Muster für ihn.»

«Mach ich. Bis später dann.» Sie wandte sich lächelnd ab und lief davon. Er schaute ihr nach und bewunderte ihre wohlgeformten, sonnengebräunten Beine, immer noch erstaunt darüber, wie anders sie in Shorts aussah.

Er joggte weiter in Richtung Landzunge. Zusammen laufen? Hatte sie das aus Höflichkeit vorgeschlagen, oder war sie an ihm interessiert? Seit er bei Laura ausgezogen war, hatte er sich noch mit keiner Frau getroffen. Nicht dass er abgeneigt gewesen wäre, hätte sich die Gelegenheit ergeben. Aber die vielen Überstunden, die er gemacht hatte, um sich in seinem neuen Gebiet zu etablieren, und die vierzehntäglichen Besuche bei Emily hatten ihm kaum Möglichkeiten gelassen, jemanden kennen zu lernen. Das würde sich auch mit der Zeit ändern. Als er sich noch einmal umdrehte, war Cynthia nicht mehr zu sehen. Er nahm sein Tempo wieder auf und joggte an den Wellen entlang, die sanft auf dem Sand ausliefen. Der salzige Nieselregen war heute Morgen besonders erfrischend. Jeden Morgen am Strand zu laufen, anstatt Tennis zu spielen, war eine gute Entscheidung gewesen.

Es war noch dunkel, als er die Augen öffnete und auf den Wecker schaute. War es sechs Uhr morgens oder abends? Ihm war, als hätte er wach gelegen, aber er musste geschlafen haben. Wahrscheinlich war es sechs Uhr morgens, sonst wäre es noch hell draußen, sagte er sich. Er stand auf und zog seine ausgebeulte braune Hose an. Er schnallte den Gürtel ganz eng, sodass die Hose ziemlich hoch saß. Kathryn würde sich ärgern, wenn er dasselbe Hemd anzog wie gestern. Er nahm ein Hemd aus dem Schrank, das er eine Weile nicht getragen hatte, streifte es über und knöpfte es zu. Da es ihm schwer fiel, Schnürsenkel zu binden, schlüpfte er in seine braunen Pantoffeln und schlich in die Küche. Er wollte sie nicht wecken. Er war schon immer ein Frühaufsteher gewesen, aber Kathryn schlief gern lange. Außerdem war sie tagsüber besser gelaunt, wenn er sie ausschlafen ließ.

In der Küche nahm er sechs Salzkräcker aus der Schachtel und bestrich sie dick mit Butter. Dann nahm er die Buttermilch aus dem Kühlschrank und füllte ein Glas. Er frühstückte im Stehen. Er hatte eine Menge zu tun, und wenn er es sich am Tisch zu gemütlich machte, würde er am Ende nicht mehr hochkommen.

Es war dunkel im Schuppen, als er die Tür öffnete. Wild mit den Armen fuchtelnd suchte er nach der Strippe, die sich schließlich in seinem Flanellhemd verfing, wodurch das Licht eingeschaltet wurde. Die Werkbank sah genauso aus, wie er sie gestern verlassen hatte – oder vorgestern. Wenn er den Einbanddeckel nur heute fertig stellen konnte, würde er es vielleicht noch rechtzeitig schaffen. Mit leuchtenden Augen öffnete er die untere Schublade und entfernte den doppelten Boden. Wenn sie wüssten. Er kicherte wie ein Kind. Der goldene Schimmer in der Schublade ließ ihn innehalten und nachdenken. Kathryn hatte die Farbe Gold geliebt. Wie eine Königin hatte sie ausgesehen, als sie ihr goldenes Kleid anprobiert hatte. Er spürte, wie ihm seine Gedanken entglitten. Er musste sich konzentrieren – wenn er nicht fertig wurde, würden sie es nie erfahren.

Er arbeitete langsam, aber methodisch. Die Aufgabe war nicht schwierig, aber um ein perfektes Ergebnis zu erzielen, brauchte er Zeit. Wenn nur seine Finger noch so geschickt wären wie früher – bevor die Krankheit ihr Zerstörungswerk begonnen hatte.

Er zog den Stoff auf und drückte ihn an. Dann legte er seine Hände auf den Einband, damit der Leim abbinden konnte, und ließ seine Gedanken wandern.

Wenn sie aufwachte, würden sie ihre Campingausrüstung in den alten Ford packen und übers Wochenende in die Berge fahren. Auf den Wiesen würden die Blumen blühen, und das Wetter würde wunderbar sein. Sie konnten ihr Zelt an ihrer Lieblingsstelle am Bach aufbauen, sich eng umschlungen zur Ruhe legen und sich vom Plätschern des Wassers in den Schlaf wiegen lassen. Er würde ganz früh aufstehen und über dem Feuer Eier mit

Speck bräten, während die ersten Sonnenstrahlen durch die Baumkronen drangen. Wenn sie die Augen öffnete, würde das Frühstück fertig sein, und nachdem sie sich gestärkt hatten, würden sie einander über die Blumenwiese jagen, wie sie es schon so oft getan hatten. Wenn es warm genug würde und wenn sie in der richtigen Stimmung waren, würden sie vielleicht nackt im Bach baden, er würde sie küssen und ihr noch einmal sagen, wie Leid es ihm tat, und sie würde sagen, dass alles gut war und sie ihn immer noch liebte.

Das Geräusch eines Autos ließ ihn aus seinen Gedanken schrecken. Wie lange stand er schon da und hielt den Stoff fest? Der Leim hatte längst abgebunden. Für heute musste er Schluss machen, obwohl erst eins fertig war. Die anderen würden bis morgen warten müssen; morgen würde er sich besser konzentrieren. Er schloss die Schublade, zog an der Lampenstrippe und schlurfte zurück auf die Veranda. Er war müde und musste sich ausruhen.

Cara fand ihn friedlich dösend in seinem Lieblingsliegestuhl vor.

«Morgen, Harry. Sie sind ja früh auf den Beinen.» Er sagte nichts.

«Was hätten Sie denn heute gern zum Frühstück?» Sie erwartete keine Antwort von ihm. Es kam nur selten vor, dass er ihr antwortete. Meistens aß er, was sie ihm vorsetzte, und heute würde es entweder Haferflocken oder Grütze geben.

Als sie in die Küche ging, blickte er auf.

«Heute möchte ich Eier mit Speck. Rührei mit Speck. Und anschließend gehe ich nackt im Bach baden.»

5

Laura ging der Brief nicht aus dem Kopf. Es war das erste Schreiben, das sie je von einem Anwalt bekommen hatte, und es machte sie nervös – es war so aufdringlich, so fordernd. Am Montagmorgen rief sie ihren Anwalt an, um sich von ihm beraten zu lassen. Er versicherte ihr, dass es sich um ein rein routinemäßiges Anschreiben handelte. Da die meisten Anwälte stets volle Terminkalender hatten und Bob nur jedes zweite Wochenende in der Stadt war, würde ein Termin wahrscheinlich frühestens in vier Wochen zustande kommen. «In vier Wochen kann eine Menge passieren», sagte er. «Haben Sie ein bisschen Geduld und bleiben Sie ganz ruhig.» Elf Jahre ihres Lebens zerstört, und sie sollte ruhig bleiben? Der Anwalt musste entweder ein eingefleischter Single sein, oder er war durch seine Arbeit emotional abgestumpft. Aber anstatt sich mit ihm anzulegen, nahm sie sich seinen Rat zu Herzen. Sie würde abwarten und sich anhören, was Bob ihr am Wochenende zu sagen hatte.

Im Büro herrschte zurzeit Hochbetrieb, und dafür war sie dankbar. Je mehr sie zu tun hatte, umso mehr wurde sie von ihren Sorgen abgelenkt. In Grant Midgleys Augen war Laura eine phantastische Mitarbeiterin, vor allem, wo sie erst so kurz in der Branche tätig war. Sie hatte die Stelle als Immobilienmaklerin vor zwei Monaten angetreten, nachdem sie ihr Examen mit besten Noten bestanden hatte. Die Entscheidung, einen Beruf zu ergreifen, hatte sie getroffen, nachdem Bob nach San Diego gezogen war. Sie brauchte zwar das Geld nicht unbedingt, da er sie weiterhin finanziell unterstützte, aber ihre Zukunft war ihr so unsicher erschienen, dass sie sich zu dem Schritt entschlossen hatte.

Ins Immobiliengeschäft einzusteigen, war eine nahe liegende Wahl gewesen. Lauras Vater war sein Leben lang Immobilienmakler gewesen. Mit dem Fachjargon war sie bereits vertraut, und alles andere hatte sie mit Leichtigkeit gelernt. Sie war redegewandt, intelligent, und wenn sie nicht gerade über die Auflösung ihrer Ehe diskutierte, sehr humorvoll. Mit ihrer geschmackvollen Kleidung und ihrem selbstsicheren Auftreten wirkte sie wie eine erfahrene Verkaufsexpertin. Die Arbeit machte ihr Spaß und gab ihr die Möglichkeit, ihre Zeit so einzuteilen, dass sie sich um Emily kümmern konnte.

Das Immobilienbüro Midgley Real Estate hatte den Auftrag bekommen, die Häuser in der neuen River-Meadows-Siedlung in der Nähe der Berge zu vermitteln, und da die Immobilienanzeigen in der Sonntagszeitung erschienen, standen seit Montag die Telefone nicht mehr still. Am Dienstag war Laura am Nachmittag zum Telefondienst eingeteilt gewesen, deswegen hatte sie dafür gesorgt, dass Emily mit einem Nachbarskind spielen konnte, bis sie nach Hause kam. Am Mittwoch und am Donnerstag hatte sie potentielle Käufer durch das Musterhaus geführt. Einige hatten großes Interesse gezeigt. Die beste Nachricht kam am Freitag, als Mrs Hendricks anrief und erklärte, sie habe sich für das Haus in der Pierpont Street entschieden. Ein Vertrag wurde aufgesetzt,

Mrs Hendricks akzeptierte und unterschrieb. Das Haus war groß und die Provision beträchtlich. Laura machte früh Feierabend und fuhr los, um Emily abzuholen und den Erfolg zu feiern. Wenige Minuten, bevor der Unterricht endete, traf sie bei der Schule ein.

«Beeil dich, mein Schatz», sagte sie, als Emily aus dem Gebäude trat. «Ich kann nicht den ganzen Tag auf dich warten.»

«Mami, du bist schon da?», fragte Emily entgeistert.

«Klar, ich habe doch versprochen, mich zu bessern.»

«Ach so.» Ihr Sarkasmus klang so erwachsen, dass Laura lächeln musste.

«Ich habe eine gute Nachricht.»

«Kommt Daddy heute?»

«Äh, ja, er kommt heute Abend, aber das ist nicht die gute Nachricht. Ich habe das große Haus an die alte Dame verkauft, von der ich dir erzählt habe.»

«An die alte Ziege?», fragte Emily. Laura zuckte zusammen, sie hatte ganz vergessen, dass sie Emily gegenüber über die Frau geschimpft hatte.

«Ich habe mich einmal über sie geärgert, aber eigentlich ist sie sehr nett.»

«Holen wir Daddy heute Abend ab?», wollte Emily wissen. Lauras Erfolg schien sie überhaupt nicht zu interessieren.

«Nein, Liebes, er mietet sich meistens am Flughafen ein Auto.» In den ersten Wochen hatte sie Bob jedes Mal abgeholt. Doch dann hatten die Spannungen zwischen ihnen so zugenommen, dass er es nicht mehr erbeten und sie es nicht mehr angeboten hatte.

«Mami, wie lange muss Daddy noch in San Diego arbeiten?» Emilys Frage bedrückte Laura. Sie hatten ihrer

Tochter immer noch keinen reinen Wein eingeschenkt über das Ausmaß ihrer Probleme. Zwar gehörte sie zur Familie und hatte ein Anrecht darauf zu erfahren, was mit ihren Eltern los war, aber Laura wollte das Kind nicht unnötig belasten, solange noch die Hoffnung bestand, dass sich alles wieder einrenken würde. Sie hatten Emily erklärt, dass Bob wegen seiner Arbeit nicht zu Hause wohnte. Nun fragte sich Laura, ob sie die Lüge womöglich nicht nur Emily zuliebe aufrechterhalten hatte, sondern eher, um sich selbst etwas vorzumachen.

«Ich weiß es nicht, mein Schatz. Seine Arbeit gefällt ihm sehr gut.»

«Und warum ziehen wir dann nicht auch nach San Diego?»

«Du fragst mir ja heute ein Loch in den Bauch.»

«Warum ziehen wir nicht um?»

Als Bob die Stelle angenommen hatte, hatte er Laura gebeten, mit ihm nach San Diego zu kommen, doch dann hatte ihre Beziehung einen Tiefpunkt erreicht, und Laura hatte den Eindruck, dass ihm die neue Stelle ganz gelegen kam, weil sie ihm einen Vorwand bot wegzuziehen. Schließlich hatten sie sich auf eine Trennung auf Zeit geeinigt, die erweisen sollte, ob es an ihrer Ehe noch etwas zu retten gab.

«Er möchte noch ein bisschen abwarten, um zu sehen, ob mit der neuen Arbeit wirklich alles klappt.» Sie wusste, dass das eine Lüge war, und wahrscheinlich spürte Emily längst, dass irgendetwas nicht stimmte.

«Lässt du dich von Daddy scheiden?»

«Wo hast du denn dieses Wort gehört?», fragte Laura und drückte sich um eine Antwort.

«Jennys Eltern haben sich scheiden lassen, und Jenny

sagt, sie sind furchtbar wütend aufeinander. Bist du wütend auf Daddy?»

«Natürlich nicht, Liebes, wir haben nur ein paar Probleme, die wir lösen müssen. Wir haben uns ein bisschen auseinander gelebt.» Das war ziemlich nichts sagend, aber etwas Besseres fiel ihr nicht ein.

«Was heißt denn auseinander gelebt?», beharrte Emily.

«Es heißt, dass wir uns im Moment nicht gut miteinander vertragen.»

Emily überlegte. «Meine Lehrerin sagt, wenn wir uns nicht miteinander vertragen, müssen wir nebeneinander sitzen, bis wir wieder Freunde sind.»

«Tolle Idee», raunte Laura vor sich hin. «Was hältst du davon, wenn wir beide zur Feier des Tages ein Eis essen gehen, bevor wir zu Opa fahren?»

«Nee, ich mag kein Eis.»

«Seit wann magst du denn kein Eis? Du isst doch sonst immer so gern einen Bananenbecher!»

«Jetzt nicht mehr.»

«Also gut, mein Schatz, kein Problem.» Aber Laura wusste, dass es ein Problem gab, ein großes sogar. Sie hatte schon bei anderen Familien erlebt, dass es die Kinder immer am härtesten traf, wenn Eltern sich scheiden ließen. Emily sollte es nicht so ergehen.

Bei Harry angekommen, fuhr sie an den Straßenrand und schaltete den Motor ab. Emily sprang aus dem Auto und rannte ins Haus. Als Laura die Küche betrat, war sie schon auf der Veranda.

«Hallo, Cara.»

«Hallo, Laura. Alles in Ordnung mit Emily? Sie hat mich keines Blickes gewürdigt und ist gleich wie ein geölter Blitz nach draußen gerannt.»

«Ich glaube, sie bekommt allmählich mit, dass ihr schwere Zeiten bevorstehen. Das macht ihr Angst – und mir auch, um ehrlich zu sein.»

«Ach Gott. Ist es schlimmer geworden mit Bob?»

«So könnte man es sagen. Ich habe diese Woche den ersten Brief von seinem Anwalt bekommen. So fängt es an ...» Sie schaute aus dem Fenster.

«Hören Sie, Sie sollten sich nicht verrückt machen. Sie haben doch auch einen Anwalt, oder?»

«Ja, ja. Aber ich habe das Gefühl, die sind alle gleich – so herzlos. Ich möchte nicht, dass alles so unversöhnlich wird. Ich möchte nicht, dass Emily leidet.»

«Das möchte niemand. Aber Sie sollten auf meinen Rat hören und sich einen abgebrühten Anwalt nehmen. Später werden Sie mir einmal dankbar sein.»

Sie wusste, dass Cara es gut mit ihr meinte. «Vielen Dank für Ihre guten Ratschläge, Cara», sagte sie. «Ich weiß das wirklich zu schätzen.»

«Keine Ursache, meine Liebe. Umgekehrt würden Sie mich genauso unterstützen.»

«Ich weiß, aber trotzdem danke. Wie geht es denn Harry diese Woche?», fragte sie, um das Thema zu wechseln.

«Gott, o Gott, gestern war hier richtig was los», sagte Cara und lachte.

«Was ist denn passiert?»

«Das war wirklich ein Ding.»

«Wollen Sie mir nicht sagen, was passiert ist, damit ich mitlachen kann?»

«Also gut. Fast eine halbe Stunde lang war Harry ganz still, da hätte ich eigentlich schon misstrauisch werden müssen.»

«Und dann?»

«Tja, ich hatte gedacht, wir hätten sämtliche Dosen Goldspray verschwinden lassen, aber er muss wohl noch eine im Schuppen versteckt haben.»

«O nein.»

«O doch. Er war also ganz still, und schließlich bin ich rausgegangen, um nach ihm zu sehen. Sie kennen doch den grünen Gartenstuhl?»

«Ja.»

«Also, der ist jetzt nicht mehr grün. Wir haben jetzt einen goldenen Gartenstuhl.» Laura musste lachen. «Und als ich nach draußen kam, saß Harry auf dem Stuhl – von oben bis unten mit goldener Farbe beschmiert, und er strahlte wie ein Honigkuchenpferd. Ich hab's nicht übers Herz gebracht, mit ihm zu schimpfen, hab ihn einfach eine Stunde lang da sitzen lassen. Als das Essen fertig war, musste ich ihn erst mal von der Goldschicht befreien.»

«Sie sind ein Schatz, Cara.» Dann fragte sie ernst: «Hat er denn überhaupt noch lichte Momente?»

«Kaum noch. Haben Sie schon über das Pflegeheim gesprochen?»

«Ich hatte vor, mit Bob darüber zu reden, aber wir sind noch gar nicht dazu gekommen. Tut mir Leid. Bob kommt heute Abend, und ich habe für diese Woche genug Tränen vergossen, ich werde das Thema also heute anschneiden, versprochen.»

«Hören Sie, Sie haben schlimmere Probleme als Harry. Sehen Sie erst mal zu, dass Sie die in den Griff bekommen.»

«Danke, Cara. Irgendwie werden wir schon eine Lösung finden.» In dem Augenblick kam Emily schreiend hereingestürmt.

Laura sprang auf. «Was ist los, Emily?»

«Opa hat mich angespuckt», stieß sie unter Tränen hervor.

«Was?», fragte Laura ungläubig.

«Da!» Emily zeigte ihr Bein. Laura nahm ein Taschentuch aus ihrer Handtasche, während Emily schluchzend weiter erzählte. «Er hat die ganze Zeit auf den Boden gespuckt. Es war ekelhaft. Ich hab ihm gesagt, er soll aufhören, aber er wollte nicht. Er hat immer weitergemacht, und dann hat er auf mein Bein gespuckt. Es war so eklig. Erst hat er mich angeschrien, und dann hat er die Damesteine vom Tisch geworfen. Ich will nach Hause.»

«Ich werde mal ein Wörtchen mit ihm reden», sagte Cara und ging nach draußen.

«Das ist so eklig», jammerte Emily. Laura hielt sie in den Armen und versuchte, sie zu beruhigen.

«Ich will nach Hause. Ich will nie mehr herkommen!»

«Emily?» Laura sah ihre Tochter an. «Das ist aber nicht nett.»

«Nie mehr!»

Cara war in den Keller gegangen, um einen Schrubber zu holen, und merkte nicht, dass Harry durch die Hintertür in die Küche gekommen war. Er stand hinter der Tür zum Wohnzimmer, wo Emily saß.

«Ich komm nie mehr hierher!», wiederholte sie trotzig.

Das Gesicht des verwirrten alten Mannes ließ nicht erkennen, ob er Emilys Worte verstand. Er rang nervös die Hände, sein Blick ging ins Leere. Er wirkte völlig abwesend, als würde er seine Umgebung und das, was um ihn herum geschah, nicht wahrnehmen. Doch als Caras Schritte auf der Kellertreppe zu hören waren und Harry auf die Hintertür zuschlurfte, kullerte eine Träne über seine Wange.

6

Er war noch auf seinem Platz sitzen geblieben, bis die meisten Passagiere das Flugzeug verlassen hatten. Er las lieber noch ein wenig in seiner Zeitschrift, als sich in das Gedränge zu mischen.

Endlich sah Laura, wie er sich durch die Menge im Terminal schlängelte und auf den Ausgang zukam. Er trug ausgewaschene Jeans und ein Navy-T-Shirt. Eine Baseballmütze aus Jeansstoff bedeckte sein kurzes, braunes Haar. An manchen Wochenenden, wenn er direkt von der Arbeit kam, trug er Anzug und Krawatte, aber heute hatte er offenbar Zeit gehabt, vor dem Abflug nach Hause zu fahren und sich umzuziehen. Nach seinen braun gebrannten, muskulösen Armen zu urteilen, musste er viel Zeit im Fitness-Studio verbracht haben. Er bewegte sich sicher und selbstbewusst, und genau das hatte ihr so an ihm gefallen, als sie ihn kennen gelernt hatte. Als er dicht an ihr vorbeieilte, rief sie ihn beim Namen.

«Hallo Bob.» Er blieb stehen.

«Laura?», sagte er verblüfft. «Was machst du denn hier? Hast du Emily mitgebracht?»

«Nein, ich habe einen Babysitter bestellt. Wir müssen miteinander reden, Bob.» Kaum hatte sie die Worte ausgesprochen, ärgerte sie sich über ihre Dummheit. Sie hatte genau das Falsche gesagt.

«Herr im Himmel! Ich weiß, ich hab gesagt, wir würden reden, wenn ich hier bin, aber du verlierst wirklich keine Zeit, was?»

«Tut mir Leid. Ich wollte dich nicht überfallen. Es geht nicht um uns, Bob. Wir müssen über Harry reden.»

«Harry? Geht es ihm nicht gut?»

«Es ist kein Notfall, aber es geht ihm wirklich nicht gut. Ich erklär's dir im Auto.»

Auf dem Heimweg berichtete sie von dem Vorfall mit Emily und von den anderen Dingen, die sich im Lauf der Woche ereignet hatten. Bob hörte aufmerksam zu.

«Wir sollten ihn in ein Pflegeheim geben, Bob. Ich habe Cara versprochen, dass wir am Wochenende eine Entscheidung treffen würden.»

«Ein Pflegeheim? An diesem Wochenende?»

«Ja, morgen.»

«Kann der verrückte Alte nicht noch eine Woche warten? Ich muss am Sonntag schon am frühen Nachmittag zurück. Am Montagmorgen habe ich eine Besprechung mit zwei Bereichsleitern. Einen schlechteren Zeitpunkt konnte er sich wirklich nicht aussuchen.»

«Tut mir Leid, wenn es dir ungelegen kommt, Bob, aber es geht schließlich um deinen Vater.»

«Das weiß ich selbst. Halt mir keine Vorträge.» Er war erst vor zehn Minuten gelandet, und schon hatten sie sich wieder in den Haaren.

Aber Laura hatte nicht vor, sich ins Bockshorn jagen zu lassen. «Halt an, Bob.»

«Was?»

«Ich hab gesagt, halt an. Wenn dir nichts Besseres einfällt, als dich zu streiten, steige ich aus.»

«Hör zu, ich hab's nicht so gemeint», sagte er. «Ich habe im Moment ziemlich viel Stress im Job. Tut mir Leid.» Laura holte tief Luft.

«Ich habe heute Nachmittag bei mehreren Seniorenheimen angerufen. Zwei haben zufällig morgen einen Tag der offenen Tür, und bei zwei anderen habe ich einen Termin vereinbart. Wir können Dad sogar mitnehmen, wenn du das für angebracht hältst.»

«Morgen?», wiederholte er, doch es klang eher resignierend als fragend.

«Morgen früh. Wenn es dir nichts ausmacht, könntest du ja bei uns auf dem Sofa schlafen. Dann sparen wir morgen früh Zeit. Sollen wir Harry mitnehmen oder nicht?»

«Lass uns erst mal überlegen, was dieser Schritt bedeutet.»

«Einverstanden.»

«Was hält Emily überhaupt davon?», wollte er wissen.

«Heute Nachmittag war sie ziemlich sauer auf Harry, aber sie wird drüber wegkommen. Ich weiß nicht, wie sie reagieren wird, wenn er in ein Pflegeheim kommt. Es ist einfach so traurig, ihn so zu erleben.»

«Egal, wie», murmelte er vor sich hin.

«Was?»

«Nichts.»

Es duftete nach Frühstück, und Emily rannte im Nachthemd die Treppe hinunter. Als sie in die Küche stürmte, stand Bob in einer weißen Schürze vor dem Herd und hantierte mit einer Bratpfanne.

«Hallo, mein Schatz. Hunger auf Pfannkuchen?»

«Daddy!», rief sie und fiel ihm um den Hals.

«Wie geht es meiner Lieblingstochter?», fragte er, als er sie an sich drückte.

«Hä, Daddy, ich bin doch deine einzige Tochter.»

«Hä?», sagte er. «Redet man so mit seinem Vater?»

Sie zuckte die Achseln. «Was machen wir heute?»

Er wusste nicht recht, wie er ihr beibringen sollte, was ihnen am Wochenende bevorstand. «Deine Mutter kommt gleich frühstücken, dann können wir zusammen überlegen.»

«Super. Kommt Mami auch mit?» Das konnte ja heiter werden.

«Sozusagen. Sobald sie runterkommt, besprechen wir alles. Was hast du denn Neues in der Schule gelernt?»

«Nichts.»

«Was soll das heißen, nichts? Du musst doch irgendwas gelernt haben.»

«Ich hab dir ein Bild gemalt.»

«Ist das etwa nichts?»

«Doch, aber es ist mit lila Blättern.»

«Lila Blätter? Na, so was! Wer hat denn schon mal lila Blätter gesehen?» Emily kicherte vergnügt. «Da werde ich wohl mal ein Wörtchen mit deiner Lehrerin reden müssen.»

«Na, ihr beiden», sagte Laura, als sie in die Küche kam. «Ich hab doch gleich gerochen, dass hier was anbrennt.»

«Oh, Mist!» Bob starrte entsetzt auf den schwarzen Pfannkuchen. Dann nahm er ihn aus der Pfanne und warf ihn kurz entschlossen in die Spüle. «Der war eigentlich nur gedacht, um die Pfanne aufzuwärmen. So machen die Profis das auch.» Laura verdrehte die Augen und trat an den Tisch.

«Wo gehen wir heute hin, Mami?», wollte Emily wissen.

«Hör zu, Liebes», sagte Laura und kniete sich vor sie hin. «Dein Vater und ich müssen heute Vormittag ein paar wichtige Dinge für Opa Whitney erledigen. Amie von nebenan kommt her und spielt zwei oder drei Stunden mit dir.»

«Zwei oder drei Stunden!», rief Emily. Wahrscheinlich würde es noch länger dauern, aber Laura brachte es nicht übers Herz, Emily noch mehr zu enttäuschen.

«Wir beeilen uns. Es ist etwas Wichtiges, das wir erledigen müssen, solange dein Daddy hier ist. Und wenn du brav bist, gehen wir heute Nachmittag alle zusammen in den Park, einverstanden?»

«Alle zusammen?», wiederholte Emily. Laura schaute Bob fragend an.

«Na klar», sagte er. «Wir machen ein Picknick.» Emily sah ein, dass sie keine Wahl hatte, und die Aussicht auf einen Ausflug mit den Eltern ließ sie schließlich einwilligen. Als Bob Emily einen Teller mit Pfannkuchen vorsetzte, ging Laura nach oben, um sich anzuziehen.

Als Erstes fuhren sie zu dem preisgünstigeren der beiden Seniorenheime, mit denen Laura Termine vereinbart hatte. Bob bog auf den Parkplatz ein und schaltete den Motor ab. Vor dem Gebäude erstreckte sich eine weite Rasenfläche, doch das Gras war schon eine Weile nicht gemäht worden. Der Weg, der zum Eingang führte, war holprig und von Rissen durchzogen.

«Bist du sicher, dass du dir den Laden ansehen willst?», fragte Bob.

«Vielleicht sieht es drinnen besser aus», meinte Laura. «Lass uns wenigstens mal reingehen.»

Sie hatte sich vorgestellt, lauter freundliche alte Leute anzutreffen, die in Gruppen zu zweit oder zu dritt herumsaßen, Karten spielten oder fernsahen und Besuchern gut gelaunt zuwinkten. Es gab tatsächlich alte Leute, aber nicht eine einzige Spielkarte. Stattdessen hockten die alten Menschen teilnahmslos herum, einige in Rollstühlen. Das Mobiliar war abgewetzt, die Polsterbezüge verschossen und fadenscheinig. Manche Alte sahen Bob und Laura stumm an, andere starrten ins Leere. In der Luft lag ein antiseptischer Geruch.

«Ist das ein Leichenschauhaus?», fragte Bob so laut, dass andere es hören konnten.

«Schsch», zischte Laura und legte einen Finger an ihre Lippen.

«Hier sollte man mal ein Fernsehteam hinschicken», fügte Bob hinzu.

«Halt die Klappe!», sagte Laura, als sie auf das Schild am Ende der Eingangshalle zugingen, auf dem «Willkommen» stand.

Bob begann, die Titelmelodie aus *Spiel mir das Lied vom Tod* vor sich hin zu pfeifen.

«Ich hab gesagt, du sollst damit aufhören!», fauchte Laura und sah ihn wütend an.

«Pass bloß auf», flüsterte er, «bald siehst du genauso aus wie die anderen hier.» Sie blieb wie angewurzelt stehen und sah sich um. Er hatte Recht. Es war kein lächelndes Gesicht zu sehen, kein freundlicher Blick – nur geistesabwesende, einsame, Mitleid erregende Gestalten.

«Du hast Recht, Bob. Das ist unheimlich hier. Machen wir, dass wir wegkommen.»

«Was? Ich hab doch nur Spaß gemacht.»

«Nein, du siehst das genau richtig. Lass uns gehen.»

«Ich sehe das richtig? Würdest du mir das bitte schriftlich geben?»

«Klar. Hauptsache, wir gehen jetzt.» Sie machten auf dem Absatz kehrt und eilten auf den Ausgang zu. Als sie wieder im Auto saßen, atmete Laura erleichtert auf. «Ich würde sagen, dieses Heim können wir von der Liste streichen.»

«Ich weiß nicht», meinte Bob. «Harry hätte doch gut da reingepasst.»

«Sag so was nicht, Bob. Ich weiß, dass ihr beiden euch nie gut verstanden habt, aber du brauchst nicht gleich taktlos zu werden.»

Bob tat so, als würde er seine Lippen verschließen, denn er wusste, wenn er nicht den Mund hielt, würde sie ihm den «*Wenn du nichts Nettes sagen kannst, sag lieber gar nichts*»-Vortrag halten.

Das zweite Seniorenheim war schon besser. Die Räume waren sauber, und alles war wesentlich freundlicher als in dem ersten Heim. Doch erst das dritte auf ihrer Liste, das *West Ridge Assisted Living Center*, war wirklich nach Lauras Geschmack.

Eine ältere Dame, die sich als Mrs Drucilla Haddley vorstellte, begrüßte sie am Eingang. Sie erklärte ihnen, sie sei heute an der Reihe, Besucher zu empfangen, und sie habe Schokoladenplätzchen gebacken. Höflich, aber bestimmt versicherte sie ihnen, ihre Plätzchen seien wesentlich besser als die anderen, die im Laden gekauft worden waren.

Die hellen Farben an den Wänden der Eingangshalle sorgten für eine angenehme Atmosphäre. Nachdem

Laura und Bob eine Weile mit Mrs Haddley und zwei ihrer Freundinnen geplaudert hatten, wurden sie Dr. Shanon Crosby vorgestellt, der Leiterin des Heims. Dr. Crosby war etwa Mitte fünfzig und hatte ihr braunes Haar wie ein Schulmädchen zu einem Pferdeschwanz zusammengebunden. Als sie in ihrem Büro Platz nahmen, fiel Laura ein Diplom im Fach Geriatrie von der Stanford University auf, das an einer Wand hing.

«Ich freue mich, dass Sie unserer Einrichtung einen Besuch abstatten, um zu sehen, ob es Harry hier gefallen könnte.» Laura war beeindruckt, dass die Ärztin sich nach nur einem Telefongespräch an den Namen erinnerte. Dr. Crosby wandte sich an Bob. «Wenn ich mich recht erinnere, sagte Ihre Frau, dass Harry Ihr Vater ist?»

«Ja, das ist richtig», erwiderte er.

«Lassen Sie mich Ihnen ein wenig über unser Konzept hier in WestRidge erzählen. Unser Haus unterscheidet sich von den meisten anderen.» Das ist nicht zu übersehen, dachte Laura. «Manche Menschen sind rüstig und geistig aktiv bis an ihr Lebensende, aber leider haben nicht alle das Glück. Wir bieten drei verschiedene Pflegestufen an, die von weitgehender Selbstständigkeit bis zu intensiver Pflege reichen. Wir sorgen dafür, dass die alten Menschen eine hohe Lebensqualität genießen – in Wohlbefinden und Würde.»

«Wonach beurteilen Sie, ob es für jemanden notwendig ist, in ein solches Heim aufgenommen zu werden?», wollte Bob wissen.

«Diese Frage ist schwer zu beantworten, denn das hängt ganz von dem einzelnen Menschen ab. Sie sollten allerdings wissen, dass es jedem schwer fällt, einen Elternteil in eine solche Einrichtung zu geben. Wenn Sie sich für ein Pflegeheim wie das unsere entscheiden, lassen Sie Harry nicht im Stich. Falls die Gefahr besteht, dass er sich selbst Schaden zufügt, bekommt er bei uns die Hilfe, die er braucht. Ich musste meine Mutter vor Jahren auch in ein Heim einweisen lassen. Das hat mich unter anderem zu der Entscheidung bewogen, in der Altenpflege tätig zu werden. Ich habe versucht, ein Seniorenheim einzurichten, in dem ich selbst gern aufgenommen würde, wenn es einmal so weit ist.» Sie klopfte auf ihren hölzernen Schreibtisch. «Haben Sie sonst noch Fragen?»

«Harry, äh, Dad», sagte Bob, «ist nicht immer ganz einfach. Also, er benimmt sich ...» Er wusste nicht, wie er seinen Vater beschreiben sollte.

Dr. Crosby fiel ihm ins Wort. «Bei uns arbeiten ausgebildete Fachkräfte, Ärzte, Krankenschwestern und Altenpfleger. Sie gehen tagtäglich mit den Problemen der alten Menschen um und wissen, was sie zu tun haben. Falls Sie sich entschließen, Harry bei uns unterzubringen, werde ich seine Krankenakte einsehen müssen. Aber abgesehen von ernsten medizinischen Problemen, die einen Krankenhausaufenthalt notwendig machen würden, gibt es nichts, was wir hier nicht behandeln könnten.»

«Haben Sie eine Gebührenordnung?», fragte Bob.

«Selbstverständlich.» Dr. Crosby nahm einen Stapel Broschüren aus dem Regal hinter ihrem Schreibtisch und reichte ihn Bob. «Hier werden Sie Antworten auf alle Ihre Fragen finden, einschließlich der Informationen über das Finanzielle. Haben Sie sonst noch etwas auf dem Herzen, oder würden Sie sich jetzt gern unsere Einrichtung ansehen?»

Laura hätte am liebsten auf der Stelle einen Vertrag

unterschrieben, doch Bob schien es weniger eilig zu haben. «Eine kleine Führung wäre uns recht», sagte er.

Als sie aus dem Büro traten, stellte Dr. Crosby ihnen eine junge Frau vor, die im Studentenalter zu sein schien. Sie trug eine weiße Schwesternuniform. «Das ist Samantha Peterson, sie gehört zu unserem Pflegepersonal. Sie wird Sie durch das Haus führen. Wir bieten drei verschiedene Zimmertypen. Wird Harry für sich selbst kochen?» Bob und Laura sahen einander überrascht an, dann schüttelten sie die Köpfe. «Nein, Sie sollten ihn lieber nicht in die Nähe eines Herdes lassen», sagte Bob.

«Kein Problem. Samantha wird Ihnen trotzdem alle Zimmertypen zeigen, damit Sie sich ein Bild machen können. Außerdem wird sie Ihnen die drei verschiedenen Pflegestufen erläutern. Wie gesagt, manche alte Menschen brauchen sehr wenig Hilfe, andere dagegen intensive Pflege. Wir decken beide Enden des Spektrums ab, einschließlich aller Zwischenstufen. Wenn Sie wünschen, sind Sie herzlich eingeladen, im Speisesaal mit uns zu Mittag zu essen. Ich würde mich freuen, wenn Sie mir anschließend Ihren Eindruck mitteilten.» Sie schüttelte ihnen die Hand und wandte sich einer jungen Frau und einem alten Mann zu, die vor ihrem Büro auf sie warteten.

Samantha war zwar jung, aber sehr professionell. Offenbar hatte sie schon häufig Interessenten durch das Heim geführt. Als Erstes zeigte sie ihnen die Wohnräume. Die Zimmer wirkten sauber und gepflegt. Es gab Apartments mit zwei Zimmern und Küche, und es gab einzelne Zimmer mit Bad. Auch der Speisesaal war ansprechend eingerichtet. Anstelle von langen Tischreihen, wie sie in Kantinen üblich waren, standen hier zu Gruppen angeordnete runde Tische, und auf jedem stand eine kleine Vase mit frischen Blumen.

Als Nächstes kamen die Aufenthaltsräume, die alle in einer anderen Farbe gehalten waren. Der «rote» Raum, bei dem es sich offenbar um den Fernsehsaal handelte, war der größte. In jeder Ecke stand ein Fernseher, und an einer Wand waren drei Sofas auf Rädern aufgereiht, die leicht je nach Bedarf angeordnet werden konnten. Zwei weitere Sofas standen vor einem der Fernsehgeräte, und drei Frauen und ein Mann schauten sich gerade eine Folge von *Glücksrad* an. «Dieser Raum wird gewöhnlich benutzt, um Gäste zu empfangen und um fernzusehen. Montags und freitags gibt es einen Videoabend. Montags bestimmen die Frauen das Programm, dann zeigen wir meistens Liebesfilme. Freitags sind die Männer an der Reihe, und sie entscheiden sich meistens für Kriegsfilme.»

Laura musste lächeln.

«Nebenan befinden sich der ‹grüne Raum I› und der ‹grüne Raum II›. Ich habe keine Ahnung, warum es zwei grüne Räume gibt – wahrscheinlich war einfach noch Farbe übrig. In diesen Räumen befinden sich Tische und Stühle. Wir haben hier ein paar ganz gewiefte Rommee-Spieler.»

«Kein Poker?», fragte Bob scherzhaft.

«Doch, ab und zu wird auch gepokert. Aber versuchen Sie nicht, gegen Mrs Wellington zu spielen. Sie hat in jungen Jahren als Kartengeberin in Las Vegas gearbeitet. Wer sich auf ein Spiel mit ihr einlässt, sitzt in null Komma nichts in der Unterhose da.»

Sie schlenderten weiter den Korridor entlang. Der nächste Raum ließ Lauras Herz höher schlagen.

«Das ist unser Puzzle-Zimmer, das –»

«Das goldene Zimmer!», rief Laura aus. In dem Raum standen sechs Tische mit Stühlen, und in einem Regal an der Wand stapelten sich bunte Kartons. Auf zwei Tischen lagen angefangene Puzzles. Laura war begeistert. «Ist das zu fassen, Bob? Sie haben ein goldenes Zimmer!»

«Ihr Vater mag Gold?», fragte Samantha.

«Er ist ganz verrückt danach», sagte Laura. «Wenn er erst mal hier ist, wird er von morgens bis abends in diesem Zimmer sitzen!»

Falls Bob beeindruckt war, ließ er es sich jedenfalls nicht anmerken. Er nickte und sah sich um, als würde er jeden Tag an Führungen durch Seniorenheime teilnehmen. Nachdem sie das goldene Zimmer verlassen hatten, gingen sie nach draußen, spazierten durch die Gartenanlagen und um das Gebäude herum zurück zum Haupteingang.

«Wollen Sie mit uns zu Mittag essen?», fragte Samantha, als sie die Eingangshalle betraten.

Sie sahen einander an, versuchten, sich wortlos zu verständigen.

«Wir würden ja gern, aber wir haben noch eine Menge vor. Vielleicht ein andermal. Ihr Heim ist sehr angenehm, vielen Dank für die beeindruckende Führung.»

«Gern geschehen. Ich hoffe, es hat Ihnen gefallen. – Ach, da kommt Frau Dr. Crosby.»

Laura konnte kaum an sich halten. «Frau Dr. Crosby, Ihr Haus ist wirklich hinreißend. Wir müssen noch ein paar Dinge besprechen, aber wir sind völlig beeindruckt von dem, was Sie hier geschaffen haben. Einfach wunderbar.»

«Freut mich, dass es Ihnen gefällt. Falls Sie Harry bei

uns unterbringen wollen, werde ich auch ihm gern alles zeigen. Der Tag der offenen Tür geht noch bis achtzehn Uhr.»

Auf dem Weg zum Auto hüpfte Laura beinahe vor Freude. «Bob, dieses Heim ist perfekt. Und sie haben ein goldenes Zimmer.» Sie schüttelte ungläubig den Kopf.

Bob suchte aus dem Stapel Broschüren das Blatt heraus, auf dem die Preise angegeben waren, und überflog es kurz. «Mein lieber Schwan, der Laden mag ja einladend sein, aber er ist zweieinhalb mal so teuer wie das erste Heim, das wir uns angesehen haben, und doppelt so teuer wie das zweite. Und zwar dann, wenn man das kleinste Zimmer nimmt!»

«Das war doch zu erwarten. Du hast doch alles gesehen – das Heim ist nicht nur einladend, es ist perfekt. Wir sollten Harry sofort holen, damit er es sich selbst ansehen kann.»

«Laura, ich schicke Cara jeden Monat einen Scheck, aber das läppert sich ganz schön zusammen. Das Heim ist phantastisch, aber es ist verdammt teuer. Sollen wir etwa Dads Haus verkaufen, um das hier zu bezahlen? Wer weiß, vielleicht lebt er noch zehn Jahre.»

Laura konnte es nicht fassen, dass er nur an die Kosten dachte und nicht daran, was gut für seinen Vater war. Aber anstatt sich schon wieder auf einen Streit einzulassen, beschloss sie, ihm zuzustimmen. «Das Haus zu verkaufen, wäre wahrscheinlich das Beste. Wenn er hierher zieht, wird es sowieso leer stehen. Das bietet sich an. Aber vielleicht sollten wir ihm ein paar Monate Zeit lassen, einfach um sicherzugehen, dass alles reibungslos über die Bühne geht.»

Bob sah sie entgeistert an. «Einfach so?»

«Bob, du hast doch selbst gesehen, wie wunderbar dieses Heim ist.»

Was sollte er noch sagen, nachdem sie ihm so bereitwillig beigepflichtet hatte. «Tja, vielleicht sollten wir Harry tatsächlich herholen und ihm das Heim zeigen.»

Auf dem Heimweg konnte Laura gar nicht mehr aufhören, über ihre Entdeckung zu reden. «Es ist noch besser, als ich mir hätte träumen lassen. Und Dr. Crosby ist eine unglaublich eindrucksvolle Frau.»

«Das hast du gut gemacht, Laura. Es wird Harry gefallen.»

Die Stimmung war so entspannt, dass Laura sich eine Frage gestattete, die sie Bob schon lange hatte stellen wollen. «Warum nennst du ihn eigentlich immer Harry?»

«So heißt er nun mal. Wie soll ich ihn denn sonst nennen?»

«Seit ich dich kenne, habe ich nie erlebt, dass du Dad zu ihm gesagt hättest. Machst du das, um ihn zu ärgern, weil ihr euch nie gut vertragen habt?»

Die Frage schien Bob in Verlegenheit zu bringen. «Harry scheint mir einfach passender als Dad», sagte er nach einigem Nachdenken und verzog das Gesicht, als er das Wort aussprach.

«Ist er wirklich so ein schlechter Vater gewesen?» In den ganzen elf Jahren, die sie miteinander verheiratet waren, hatte Bob sich stets geweigert, über sein Verhältnis zu seinem Vater zu reden. Die beiden gingen bestenfalls freundlich miteinander um, aber nie herzlich. Anfangs hatte sie ihn immer wieder darauf angesprochen, es aber schließlich aufgegeben.

Zu ihrer Verwunderung sagte Bob: «Ich glaube, ich hatte immer das Gefühl, dass er sich nicht für uns interessierte. Er war immer so unnahbar. Wir konnten nie mit ihm über irgendwas reden.»

«Lag das denn immer an ihm?»

«Wieso willst du plötzlich mein Verhältnis zu Harry analysieren?»

«Ich weiß auch nicht. Ich bin einfach neugierig.» Sie war bereit, das Thema fallen zu lassen, doch er fuhr fort.

«Wenn er zum Beispiel übertrieben fordernd gewesen wäre, hätte ich damit umgehen können. Aber das Problem war, dass er sich einfach einen Scheißdreck für irgendwas interessiert hat. Wir waren ihm egal. Ich verstehe ja, dass es schlimm für ihn war, Mom so früh zu verlieren. Das war ein traumatisches Erlebnis für ihn, aber er hat nie begriffen, dass Michelle und ich auch unsere Mutter verloren haben. Wir hatten keine Mutter mehr, aber deswegen haben wir die Familie nicht zum Teufel gehen lassen.» Seine Wut war ihm deutlich anzumerken. «Bei der ersten Gelegenheit, die sich bot, bin ich aus dem Haus gegangen. Für mich war es überall dort besser, wo ich ihn nicht um mich hatte.»

«Ich hätte nicht damit anfangen sollen. Tut mir Leid, Bob.» Er sagte nichts.

Als sie bei Harry eintrafen, war Caras Wagen nirgendwo zu sehen. Da sie in letzter Zeit fast rund um die Uhr im Haus war, wunderte Laura sich, Harry allein vorzufinden. Er saß zufrieden am Küchentisch.

«Hallo, Harry. Wie geht es dir?», fragte Laura.

«Gut.» Er blickte auf und sah Bob hinter Laura hereinkommen.

«Hallo, Harry», sagte Bob.

«Bob? Was machst du denn hier?» Er war zwar widerborstig, aber immerhin bei klarem Verstand.

«Mir geht es auch gut», sagte Bob, sowohl die Frage als auch den Tonfall ignorierend.

«Ich dachte, du wärst nach Sacramento gezogen.»

«Nach San Diego. Aber das liegt im selben Staat.»

«Wo ist Emily?», wollte Harry wissen. Es überraschte Laura, wie aufgeräumt er heute war.

«Sie ist zu Hause. Wir würden dir gern etwas zeigen.»

«Muss ich dafür aufstehen?»

«Ja, wir fahren mit dem Auto.» Bob wollte ihm aufhelfen, aber Harry stützte sich am Tisch auf und erhob sich aus eigener Kraft.

«Das wurde aber auch Zeit, dass mich mal jemand zu einem Ausflug einlädt.» Er schlurfte auf die Tür zu. «Aber erst muss ich noch aufs Klo.»

«Lass dir Zeit, Harry.»

«Mir kommt er völlig normal vor», flüsterte Bob, nachdem Harry gegangen war.

«So habe ich ihn schon seit Wochen nicht mehr erlebt. Ich freue mich so für ihn.» Bob zuckte die Achseln. Er fragte sich, ob die Geschichten, die er über Harry gehört hatte, nicht reichlich übertrieben waren.

Nachdem Harry seine Jacke geholt hatte, half Bob ihm ins Auto. «Freut mich, dass ihr beide wieder zusammen seid. Getrennt zu sein ist einfach Mist.» Laura lächelte, sagte jedoch nichts, froh, dass der alte Mann auf ihrer Seite war.

«Danke für die Unterstützung, aber wir können unsere Probleme selber lösen», bemerkte Bob.

Während der Fahrt bereiteten sie Harry auf das vor, was ihn erwartete. «Das Haus ist auch nicht mehr das, was es mal war», begann Bob.

«Ich hab es selbst gebaut. Mit meinen eigenen Händen. Ich hab zwar die Pläne nicht gezeichnet, aber ich hab's gebaut.»

«Ja, das hast du schon öfter erwähnt. Die Kellertreppe kann ziemlich gefährlich werden, wenn man nicht aufpasst. Es wäre schlimm, wenn du ausrutschen und fallen würdest.»

«Ich geh fast nie in den Keller. Aber diese Schwarze könnte vielleicht runterfallen, am besten, ihr redet mal mit ihr. Wo ist Emily?»

«Wir haben sie mit einem Babysitter zu Hause gelassen, Harry. Ich bringe sie nächsten Freitag zu dir», sagte Laura. Er antwortete nicht, schien sich jedoch mit der Information zufrieden zu geben.

«Wir haben ein sehr schönes Haus gefunden, das wir dir gern zeigen würden, Harry. Da wohnen sehr freundliche Leute. Wir dachten, vielleicht möchtest du es dir mal ansehen, vielleicht gefällt es dir dort besser als in deinem alten Haus.»

«Ich habe mein Haus selbst gebaut, mit meinen eigenen Händen. Arty hat mir natürlich geholfen. Er ist Zimmermann.»

«Arty ist seit Jahrzehnten tot, Harry», erwiderte Bob ungehalten. Laura hatte Harry schon seit Wochen nicht mehr so gesprächig erlebt.

«Klar ist er tot. Das weiß ich doch selbst. Früher sind wir immer am Wochenende zusammen auf die Jagd gegangen, oben im Black Fork Canyon. Arty, der Zimmermann. Konnte überhaupt nicht schießen, aber mit einem Hammer konnte er umgehen. Er hat mir geholfen, mein Haus zu bauen.»

Vor dem Seniorenheim angekommen, hielten sie auf einem Parkplatz für Behinderte in der Nähe des Eingangs. Harry betrachtete das Schild mit der Aufschrift *WestRidge Assisted Living Center*, schien jedoch dessen Bedeutung nicht zu erfassen. Diesmal wurden sie von einem alten Herrn begrüßt, der weniger redselig war als Mrs Haddley, aber dennoch freundlich.

«Hast du Lust auf ein Glas Punsch und ein paar Plätzchen, Harry?», fragte Laura.

«Wer hat denn Geburtstag?», wollte er wissen.

«Niemand hat Geburtstag. Wir wollten dir nur mal das Haus zeigen», sagte Laura.

«Wo zum Teufel sind wir hier?»

«Ist es nicht wunderschön hier? Wir dachten, es wäre vielleicht viel besser für dich als dein altes Haus.» Ihre Antwort verwirrte ihn, und er legte seinen Kopf schief, unsicher, ob er sie richtig verstanden hatte.

«Ihr wollt, dass ich hier wohne? Dass ich aus meinem Haus ausziehe?»

«Ganz genau», sagte Bob. «Es wird immer schwieriger, dich in deinem Haus zu versorgen, und wir dachten, es würde dir hier gefallen. Sie haben sogar ein Zimmer, das ganz in Gold angestrichen ist. Du hättest deine eigene Wohnung und deine eigenen Möbel.»

Harrys Miene verfinsterte sich.

«Was zum Teufel habt ihr vor? Wollt ihr mir mein Haus wegnehmen? Ihr wollt mir mein Haus stehlen!»

Seine Reaktion schockierte sie. «Dein Haus interessiert uns nicht, Harry», sagte Bob. «Wir versuchen nur, uns um dich zu kümmern, dir das Leben leichter zu machen.»

«Du kommst nie zu Besuch, und wenn du es doch tust, versuchst du, mich zu bestehlen!»

«Harry, wir wollen dir nichts wegnehmen.»

«Du Mistkerl, du willst mir das Haus stehlen, das ich

mit meinen eigenen Händen gebaut hab. Du verdammter Mistkerl!» Er war so laut geworden, dass die Leute in der Eingangshalle sich nach ihm umdrehten.

«Harry, beruhige dich. Wir dachten einfach, du würdest dich hier wohler fühlen. Hier gibt es Leute, die gut für dich sorgen könnten.»

«Ich kann für mich selber sorgen!», schrie er. «Ich brauche eure verdammte Hilfe nicht!»

Dr. Crosby, die durch den Lärm aufmerksam geworden war, trat aus ihrem Büro und kam auf sie zu. Sie winkte zwei Pfleger herbei.

«Harry, wir wollen nur das Beste für dich», sagte Laura. «Wir dachten, es würde dir hier gefallen, aber wenn nicht, ist es auch in Ordnung. Du musst nicht hier bleiben.»

Aber er hörte ihr gar nicht mehr zu. «Ihr wollt doch alle, dass ich sterbe. Ihr wollt, dass ich hier sterbe, damit ihr mein Haus stehlen könnt. Ihr Verbrecher!»

«Harry, ich bin Dr. Shanon Crosby», mischte die Ärztin sich ein, «ich leite diese Einrichtung. Ich weiß, wie Sie sich fühlen.»

«Ich mache, dass ich hier wegkomme, bevor ihr mich umbringt!» Er wollte die Flucht ergreifen, aber Bob packte ihn am Hosenbund und hielt ihn zurück. Harry fuhr herum und schlug wild um sich. «Ich schlag dich tot, du Verbrecher, du verdammter Lügner!» Die beiden Pfleger, die von Harrys Wutausbruch kaum beeindruckt schienen, griffen ein. Sie trugen Harry an den Rand der Eingangshalle und setzten ihn auf einen Stuhl. Er wehrte sich mit Händen und Füßen und schrie aus Leibeskräften.

«Kathryn, sie wollen mich umbringen! Lasst mich los! Ihr verdammten Diebe!» Laura begann zu weinen. Dr. Crosby nahm ihre Hand.

«Kommen Sie, setzen Sie sich in mein Büro. Er wird sich wieder beruhigen. Das erleben wir hier alle Tage.»

Einige Minuten später hörte Harry auf sich zu wehren und verfiel in eine Art Trancezustand. Die beiden Männer ließen ihn los.

«Alles in Ordnung?», fragte Bob. Harry reagierte nicht.

Dr. Crosby winkte Bob in ihr Büro, und einer der Pfleger setzte sich neben Harry. Die Ärztin bat Bob und Laura, Platz zu nehmen, schloss die Tür und lehnte sich an ihren Schreibtisch. «Falls es Ihnen ein Trost ist – das Schlimmste haben Sie überstanden. Ich weiß, dass das schwer zu glauben ist, aber später wird er Ihnen danken. Viele unserer Patienten haben anfangs genauso reagiert. Wenn man sie jetzt darauf anspricht, lachen sie darüber.»

«Wir wollten ihm doch nur helfen», sagte Laura unter Tränen. «Wir wollten ihm doch nicht so einen Schrecken einjagen.»

«Es ist einer der schwersten Schritte, den man als Sohn oder Tochter tun muss. Man macht sich Vorwürfe, man hat das Gefühl, die Eltern zu verraten, sich gegen sie zu wenden und die Verantwortung für sie abzulehnen. Letztlich kann ich Ihnen die Entscheidung nicht abnehmen. Jede Situation ist anders. Aber in den meisten Fällen ist es das Beste für die alten Menschen. Egal, wie sehr man seine Eltern liebt, irgendwann kommt der Punkt, an dem sie Hilfe brauchen. Die Angehörigen haben meistens gute Absichten, aber in Wirklichkeit können Laien alten Menschen nicht die Pflege und Betreuung bieten, die sie wirklich brauchen.»

Laura atmete erleichtert auf. «Welche Formulare müssen wir ausfüllen?», wollte Bob wissen.

«Sie finden einen Aufnahmeantrag bei den Unterlagen, die ich Ihnen gegeben habe. Neue Patienten werden nur donnerstags aufgenommen. Leider ist es für den kommenden Donnerstag schon zu spät. Aber wir könnten Harry für die darauf folgende Woche eintragen, wenn Sie wünschen.»

«Das wäre uns sehr recht.»

Als sie vor Harrys Haus ankamen, sahen sie Caras Wagen in der Einfahrt stehen. Kaum hatten sie angehalten, sprang Cara aus ihrem Auto. Sie war völlig aufgelöst.

«O mein Gott, da sind Sie ja! Ich hatte befürchtet, er sei davongelaufen! Ich bin im ganzen Viertel herumgefahren und habe nach ihm gesucht. Gerade wollte ich Sie anrufen, um Ihnen zu sagen, dass Harry verschwunden ist.»

Laura legte ihr eine Hand auf die Schulter. «Tut mir Leid, Cara, wir haben ganz vergessen, eine Nachricht für Sie zu hinterlassen. Sie waren nicht da, als wir kamen, und da haben wir nicht daran gedacht.» Harry saß immer noch im Auto und schaute teilnahmslos vor sich hin.

«Kein Problem, ich bin bloß froh, dass er wieder da ist und nicht nackt auf der Straße herumläuft.»

Bob öffnete die Wagentür und half Harry beim Aussteigen.

Cara grüßte Bob mit einem Kopfnicken. «Hallo, Mr Whitney, wie geht es Ihnen?» Am liebsten hätte sie hinzugefügt: «Sie mieses, falsches Schwein», aber sie wusste, dass er derjenige war, der sie bezahlte.

«Danke, mir geht's gut, Cara. Ich werde Harry ins Haus bringen.» Während Bob seinen Vater die Stufen zur Haustür hinaufführte, erklärte Laura Cara, was vorgefallen war.

«Also Donnerstag in einer Woche.»

Cara machte ein ernstes Gesicht.

«Alles in Ordnung?», fragte Laura.

«Ich bekomme so viele Anfragen, dass ich mich weiß Gott nicht über mangelnde Beschäftigung beklagen kann. Aber so verrückt es klingen mag, ich werde den alten Griesgram vermissen.»

«Cara, Sie sind so ein Schatz», sagte Laura und umarmte sie.

«Vor allem die Freitage werden mir fehlen, wenn die Kleine immer zu Besuch kam», sagte Cara. «Werden Sie drüber wegkommen?»

«Ich glaube schon. Jedenfalls, wenn Sie mir erlauben, mich an Ihrer Schulter auszuweinen, wenn es nötig ist.»

«Jederzeit, meine Liebe, jederzeit.»

Auf der Heimfahrt war Bob ungewöhnlich schweigsam, doch Laura genoss die Stille und wartete, bis er das Wort ergriff.

«Ich bin bloß froh, dass wir so was nicht jeden Tag machen müssen.»

«Denk dran, was Dr. Crosby gesagt hat. Später wird er uns einmal dankbar sein.»

«Dankbar? Er ist mit den Fäusten auf mich losgegangen, Laura. Er hat gedroht, mich zu erschlagen.»

«Er wusste nicht, was er sagte, Bob. Er war einfach wütend auf alle.»

«Hast du den Hass in seinen Augen gesehen?»

«Bob, er ist nicht immer so gewesen. Erinnerst du dich denn nicht mehr, wie er früher war?»

«Ich erinnere mich allerdings, und ehrlich gesagt, fühle ich mich betrogen.»

«Wie meinst du das?»

«Ich habe nie einen Vater gehabt, mit dem ich reden oder etwas unternehmen konnte. Er ist nie für mich da gewesen. Und jetzt, wo ich versuche, ihm zu helfen, will er mich erschlagen. Verdammt, warum ist er nie ein anständiger Vater gewesen?»

Laura wusste nicht, was sie sagen sollte. Schweigend hörte sie ihm zu.

«Ich will einfach nicht so werden wie er. Einerseits bin ich wütend auf ihn, aber gleichzeitig tut er mir Leid. Wie ist so was möglich?» Er hätte gern ihre Hand genommen, hatte das Bedürfnis, sie zu berühren, doch so wie die Dinge zurzeit zwischen ihnen standen, brachte er es nicht fertig.

«Wir werden ihn in dem Heim unterbringen, und wenn er erst mal ein paar Tage in dem goldenen Zimmer verbracht hat, wird er ein ganz neuer Mensch sein. Du wirst sehen, Bob, es wird alles gut.» Instinktiv drückte sie seine Hand. So intensive Gefühle hatte sie bei ihm seit Jahren nicht mehr erlebt – vielleicht bestand ja doch noch Hoffnung.

Laura war so optimistisch wie seit langem nicht; das Erlebnis in dem Seniorenheim war schrecklich gewesen, doch andererseits hatte es vielleicht auch etwas Positives bewirkt. Als sie drei Tage später einen Anruf von ihrem Anwalt erhielt, war sie schockiert.

«Hallo, Laura, hier ist Mitch Olsen. Ich habe gerade mit James Bagley, dem Anwalt Ihres Mannes, telefoniert. Als Termin, um über die Einzelheiten der Scheidung zu verhandeln, schlägt er Freitag in drei Wochen vor. Würde Ihnen das passen?»

Sie war völlig verwirrt. Da musste ein Irrtum vorliegen. Vor drei Tagen, bevor Bob zurück nach San Diego geflogen war, hatten sie noch Händchen gehalten.

«Das muss ein Missverständnis sein, Mitch. Bob war vor ein paar Tagen hier und –» Sie wollte ihm keine Einzelheiten erzählen, aber sie war sich sicher, dass dieser Termin vor dem vergangenen Wochenende festgelegt worden war.

«Jim meinte, er hätte gerade eben mit Bob gesprochen.»

«Ich rufe Sie gleich zurück», murmelte sie.

Zuerst rief sie bei Bob zu Hause an. Als ein Anrufbeantworter ansprang, wählte sie seine Handy-Nummer.

«Hallo.»

«Was ist mit letztem Wochenende, Bob? Hat dir das gar nichts bedeutet? Hast du überhaupt nichts empfunden?»

«Laura? Das ist ja eine prompte Reaktion!»

«Was bist du für ein Mensch? Hast du keine Gefühle mehr?»

«Ich finde einfach, es wäre besser, wenn wir jeder einen neuen Anfang machen. Ich weiß deine Bemühungen zu schätzen, aber es ist vorbei.»

«Du weißt es zu schätzen? Meinst du das ernst? Harry hat Recht, du bist wirklich ein Mistkerl», sagte sie und knallte den Hörer auf.

Einige Kollegen starrten sie an, andere taten so, als hätten sie nichts mitbekommen. Grant Midgley stand auf und kam mit besorgter Miene auf sie zu. Doch bevor er ihren Schreibtisch erreichte, schnappte sie sich ihre Handtasche und eilte nach draußen.

7

Er sah sie schon von weitem. Es war schwer zu sagen, aber sie schien auf ihn zu warten.

«Hallo, Cynthia.»

«Hallo, Bob. Fangen Sie gerade an, oder sind Sie schon gelaufen?»

«Wenn ich schon fertig wäre, hätte ich mich wohl nicht genug ins Zeug gelegt.» Als er auf sein trockenes T-Shirt deutete, wurde ihr klar, wie lächerlich ihre Frage gewesen war.

«Wollen wir zusammen laufen?», fragte sie.

«Gute Idee.»

Heute trug sie blaue Shorts, ein T-Shirt und einen Sport-BH. «Wie gehen denn Ihre Geschäfte?», erkundigte sie sich.

«Phantastisch. Noch besser, wenn Sie Brightman überreden, noch mehr von unseren Produkten zu verschreiben.»

«Mit Leib und Seele Geschäftsmann», bemerkte sie. Er betrachtete es als Kompliment. «Wie lange wohnen Sie denn schon in San Diego?», wollte sie wissen.

«Drei, vier Monate. Und es gefällt mir sehr gut hier.»

«Ich bin in Santa Monica aufgewachsen. Wenn man am Meer groß geworden ist, kann man sich nur schwer davon trennen.» Er lief sein normales Tempo, und sie schien problemlos mitzuhalten. «Was hat Sie nach Kalifornien verschlagen?», fragte sie.

«Mein Job natürlich. Das Gebiet ist sehr attraktiv. Als meine Firma mir das Angebot gemacht hat, habe ich die Gelegenheit beim Schopf ergriffen.»

«Haben Sie auch vorher schon als Pharmavertreter gearbeitet?»

«Ja.»

Sie hoffte, dass er selbst das Thema ansprechen würde, aber als er es nicht tat, fragte sie ihn direkt.

«Sind Sie verheiratet?»

«Äh – ja.» Seine Antwort brachte sie zum Lachen.

«So was kann nur ein Mann von sich geben.»

«Ich bin noch verheiratet, aber wir lassen uns gerade scheiden.» Das war es, was sie hatte hören wollen.

«Tut mir Leid, dass es nicht geklappt hat. Ich habe auch schon eine Ehe hinter mir.»

«Seit wann sind Sie denn geschieden – wenn Sie die Frage gestatten.»

«Seit zwei Jahren.»

«Kinder?»

«Ich habe eine kleine Tochter, Breann. Sie ist vier Jahre alt. Und Sie?»

«Ich habe auch eine Tochter, aber sie ist schon sechs, nein, sieben. Sie heißt Emily.» Kurz vor dem Pier blieb er stehen und zog sich sein verschwitztes T-Shirt aus. Sie hatte Mühe, ihn nicht anzustarren.

«Wie sieht's aus? Würden Sie den Rückweg lieber gehen?», fragte er.

«Nein, nein, ich bin noch fit», erwiderte sie und lief los. Er folgte ihr, überrascht, wie gut trainiert sie war.

«Arbeiten Sie schon lange in der Praxis?»

«Seit zwei Jahren.»

Sie plauderten weiter, bis sie wieder an ihrem Ausgangspunkt eintrafen.

«Wollen Sie noch bis zur Landzunge laufen?», fragte er.

«Danke, ich glaube, ich habe genug.»

«Ach so, okay ...» Bob war aus der Übung mit Frauen. Er wusste nicht, was er sagen sollte. Sie half ihm aus der Verlegenheit.

«Das hat Spaß gemacht, Bob. Wir sollten das wiederholen.»

«Gute Idee. Wie wär's mit morgen?» Es sollte eigentlich ein Scherz sein, aber sie antwortete spontan.

«Also gut, dann bis morgen.» Sie drehte sich um, winkte zum Abschied und lief in Richtung Straße.

Es war verrückt, er fühlte sich fast wie ein Schuljunge. Aber eins stand fest: Laura durfte auf keinen Fall davon erfahren, bevor die Scheidung endgültig war.

Als Cara eintraf, lag Harry noch im Bett. Erst um halb zehn hörte sie die Toilettenspülung rauschen. Als er in die Küche kam, versuchte sie, mit ihm zu plaudern, aber er tat so, als wäre sie gar nicht da. Sie bereitete ihm sein Lieblingsfrühstück: Kräcker mit Butter und ein Glas Buttermilch. Eine Stunde später bemerkte sie, dass Harry nichts angerührt hatte.

Kurz vor Mittag saß er immer noch reglos am Tisch, bis sie ihn schließlich auf die Veranda scheuchte. Im Laufe des Nachmittags besserte sich seine Stimmung kurzfristig. Er versuchte, am Computer zu arbeiten, war jedoch zu verwirrt, um irgendeine Datei zu öffnen, und gab auf. Dann setzte er sich aufs Sofa im Wohnzimmer und schaute aus dem Fenster, als erwarte er Besuch.

In den vier Jahren, die Cara in der Altenpflege tätig war, hatte sie ein Gespür dafür entwickelt, was die alten Menschen brauchten. Sie zweifelte nicht daran, dass es die richtige Entscheidung war, Harry in ein Seniorenheim zu geben. Schon bald würde er mehr Pflege brauchen, als sie leisten konnte.

Nachdem sie das Abendessen zubereitet und Harrys Medikamente zurechtgelegt hatte, versuchte sie erneut, mit ihm ins Gespräch zu kommen.

«Harry?» Er saß auf dem Sofa und tat so, als würde er fernsehen. «Harry, ich weiß, Sie tun so, als würden Sie mich nicht hören, aber versuchen Sie's trotzdem. Morgen früh werde ich ungefähr eine Stunde später hier sein, deswegen habe ich Ihre Milch in den Kühlschrank gestellt. Die Kräcker sind im Regal über der Anrichte. Wenn Sie noch etwas anderes essen wollen, mache ich es Ihnen, sobald ich komme.» Er rührte sich immer noch nicht. «Soll ich Ihnen beim Zubettgehen helfen?»

Wortlos machte er eine Geste in ihre Richtung. Sie schloss daraus, dass er ihr sagen wollte, er würde allein zurechtkommen.

«Gute Nacht, Harry. Sie wissen ja, dass Sie immer auf den Knopf drücken können, falls etwas passiert. Aber benutzen Sie ihn nur im Notfall, ja?» Kopfschüttelnd wandte sie sich ab und ging in gespielter Empörung hinaus.

Er lauschte auf das Geräusch von Caras Wagen, und als sie weggefahren war, ging er an den Kleiderschrank und nahm sein Lieblingshemd heraus. Er brauchte mehrere Minuten, um es anzuziehen und zuzuknöpfen. Als Nächstes ging er ins Bad, rasierte sich und kämmte sich die Haare. Er musste bereit sein, wenn sie kam. Nachdem er seinen Schreibtisch aufgeräumt hatte, ging er zu Bett.

8

Das Klassenzimmer war mit bunten Blättern geschmückt, die die Kinder hergestellt hatten, indem sie große weiße Papierbögen über Ahornblätter gelegt und dann mit einem Buntstift darüber gerubbelt hatten. Der ganze Monat stand unter dem Motto Umweltschutz.

«Weiß einer von euch, wie Papier gemacht wird?» Emily meldete sich. «Emily?»

«Aus Bäumen. Es wird aus Bäumen gemacht.»

«Das ist richtig.»

In diesem Augenblick kam der Direktor ins Klassenzimmer und flüsterte Mrs Cavenaugh etwas ins Ohr, dann wandte er sich der Klasse zu und sprach Emily direkt an.

«Emily, würdest du bitte mit in mein Büro kommen? Deine Mutter wartet dort auf dich, um dich abzuholen.»

«Vergiss nicht deine Schultasche», sagte Mrs Cavenaugh.

Emily folgte dem Direktor den Korridor entlang. Als sie im Büro des Direktors eintrafen, sprang Laura auf. Emily sah, dass sie geweint hatte.

«Hallo, mein Liebling», flüsterte Laura.

«Was ist los?», wollte Emily wissen.

«Lass uns zum Auto gehen, dann erzähle ich es dir.»

Sie nahm ihre Tochter an der Hand, verabschiedete

sich und verließ das Büro. Schweigend gingen sie in Richtung Ausgang. Das würde schwierig werden. Laura sagte sich, es sei besser, wenn sie irgendwo sitzen könnten, und steuerte auf die Bank in der Eingangshalle zu.

«Du weißt doch, dass Cara Opa Whitney versorgt, nicht wahr?» Emily nickte. «Als sie heute Morgen ins Haus kam, war Opa sehr krank. Sie hat einen Krankenwagen gerufen, und man hat Opa ins Krankenhaus gebracht, aber weil er schon so alt und so krank war – ach Liebes, er ist auf dem Weg ins Krankenhaus gestorben.» Laura kamen erneut die Tränen. «Emily, verstehst du, was ich dir sage?» Einige Sekunden lang saß Emily schweigend da und dachte über Lauras Worte nach. Dann fiel sie ihrer Mutter um den Hals und begann zu schluchzen.

Laura konnte nichts anderes tun, als sie festzuhalten und weinen zu lassen. Nach einer Weile löste Emily sich aus Lauras Armen und sagte unter Tränen: «Mami, beim letzten Mal, als wir bei Opa waren, hab ich gesagt, ich wollte nie mehr mit ihm spielen. Aber ich hab's nicht so gemeint – ich hab es wirklich nicht so gemeint.»

Auch Laura liefen Tränen über die Wangen, als sie ihre schluchzende Tochter an sich drückte.

«Das weiß ich, mein Schatz, und er weiß das auch. Er hat dich so lieb gehabt. Es ist nicht deine Schuld.»

Sie blieben noch mehrere Minuten lang eng umschlungen auf der Bank sitzen, bis sie schließlich Hand in Hand zum Auto gingen.

Bevor Laura Emily aus der Schule geholt hatte, war sie im Krankenhaus gewesen. Cara hatte sie auf ihrem Handy angerufen, nachdem sie den Krankenwagen bestellt hatte. Sie war auf schnellstem Weg zur Notaufnahme gefahren, aber dennoch zu spät gekommen; die Notärzte hatten unterwegs versucht, Harry wieder zu beleben, erklärten Laura jedoch, er sei praktisch schon tot gewesen, als sie in seinem Haus eintrafen. Auf dem Totenschein stand, er sei «eines natürlichen Todes gestorben».

«Offenbar hat er einfach aufgehört zu atmen. Das kommt bei alten Menschen häufig vor. Wir erleben es alle Tage», hatte ihr der Arzt versichert.

Vom Krankenhaus aus hatte Laura vergeblich versucht, Bob zu erreichen. Sie hatte die Schwester gebeten, es weiterhin zu versuchen, war sich jedoch nicht sicher, ob sie sich darauf verlassen konnte. Während Emily auf dem Sofa saß und sich eine Kindersendung ansah, ging Laura nach oben und wählte noch einmal Bobs Nummer. Sie machte sich Vorwürfe, dass sie bei ihrem letzten Telefongespräch mit Bob die Beherrschung verloren hatte.

«Bob Whitney.»

«Hallo Bob, hier ist Laura. Hat das Krankenhaus sich bei dir gemeldet?»

«Ja.»

«Es tut mir so Leid, Bob. Geht es dir gut?»

«Ja, es geht mir gut. Was ist mit Emily?» Er wirkte ernst, aber gefasst.

«Erst hat sie schrecklich geweint, aber wir haben lange miteinander gesprochen, und sie scheint sich beruhigt zu haben. Geht es dir wirklich gut?»

«Mir? Ja, ja, alles in Ordnung.»

«Wirklich?», beharrte sie. Es wunderte sie, dass er so gelassen wirkte. Sie wusste, dass er und Harry sich nicht besonders nahe gestanden hatten, aber er war doch sein Vater gewesen. «Bist du ganz sicher?»

«Gott, du redest ja schon wie diese Paartherapeuten.»

«Freut mich, dass du die Nachricht so gut verkraftest, Bob.»

«Hör zu, der Sechs-Uhr-Flug ist ausgebucht, deswegen nehme ich den Flieger, der um neun geht. Ich wusste nicht, ob –» Er brach den Satz ab, unsicher, wie er die Frage formulieren sollte.

Anfangs zögerte sie, doch dann dachte sie an Emily und sagte: «Ja, ich finde, du solltest bei uns wohnen. Emily wird deine Unterstützung brauchen. Du kannst ja wieder auf dem Sofa schlafen. Von unserer Scheidung sollten wir ihr aber noch nichts sagen. Für diese Woche hat sie genug zu verarbeiten.»

«Ja, du hast Recht. Danke, Laura.»

«Soll ich dich abholen?»

«Nein, bleib lieber bei Emily. Ich nehme mir einen Mietwagen.»

«Bis heute Abend dann.»

«Ja, bis später.»

Der Trauergottesdienst fand in der großen roten Backsteinkirche in der Nähe von Harrys Haus statt. Viele Freunde und Nachbarn waren gekommen. Nach der Beerdigung kamen noch Freunde und Angehörige mit in den zur Kirche gehörenden Gemeindesaal, wo einige Frauen aus der Gemeinde ein Mittagessen vorbereitet hatten. Außer Bob und seiner Schwester Michelle nahm noch eine größere Anzahl entfernter Verwandter an dem Totenschmaus teil.

Als Bob seine Schwester vom anderen Ende des

Tisches aus beobachtete, fiel ihm auf, dass sie kaum Gelegenheit gehabt hatten, miteinander zu reden, zumindest nicht, ohne dass Leute um sie herumstanden. Michelle und ihr Mann waren am Abend zuvor erst spät angekommen und hatten sich gleich am Flughafen ein Hotelzimmer genommen. Da Bob und Laura vor Ort wohnten, hatten sie es ihnen überlassen, die Beerdigung und alles Drumherum zu organisieren.

Bob hatte den Eindruck, dass sie zugenommen hatte, und er fragte sich, ob sie mit Greg glücklich war. Sie war drei Jahre älter als Bob, und als sie Greg Bradley geheiratet hatte, war sie noch sehr jung gewesen, gerade mal achtzehn. Sie war sehr hübsch, und Greg hatte schon immer eine Vorliebe für besonders junge Frauen gehabt. Dass er auf Michelle geflogen war, hatte Bob nicht gewundert, nur der Zeitpunkt der Hochzeit hatte ihn verblüfft. Greg war fünf Jahre älter als Michelle, und als sie sich kennen lernten, hatte er gerade in New York sein Hauptstudium begonnen. Sie waren erst sechs Wochen zusammen, als Michelle eines Tages losgefahren war und Harry einen Zettel dagelassen hatte, um ihn darüber zu informieren, dass sie Greg heiraten würde. Harry war außer sich gewesen. Fast ein Jahr lang hatte er sich geweigert, mit ihr zu sprechen. Zwar versöhnten sie sich schließlich wieder, aber ihr Verhältnis wurde nie wieder, wie es einmal gewesen war. Bob hatte damals vorausgesagt, dass die Ehe nicht halten würde, jetzt, fünfzehn Jahre später, schienen sie immer noch glücklich miteinander zu sein. Was er von sich und Laura nicht behaupten konnte.

Bob wusste, dass Michelle immer darunter gelitten hatte, so weit weg von zu Hause zu wohnen. Die beiden kamen regelmäßig zu Weihnachten zu Besuch, aber stets nur für ein paar Tage, weil Greg nicht gern lange blieb. Diesmal hatten sie die Kinder zu Hause gelassen und waren allein gekommen. Gleich bei der Begrüßung hatte Michelle erwähnt, Greg müsse am nächsten Morgen wieder arbeiten, und sie würden in aller Frühe zurück nach Boston fliegen. Bob fragte sich, wie oft er seine Schwester wohl in Zukunft sehen würde, jetzt, wo Harry tot war.

Greg hatte jahrelang für eine Maklerfirma in New York gearbeitet, aber vor kurzem hatte er eine Stelle in Boston angenommen. Die beiden würden an der Ostküste bleiben, daran bestand kein Zweifel. Jeder wusste, dass es ihnen finanziell gut ging, denn Greg wurde nie müde, es zu erwähnen. Er war nicht unsympathisch, aber ein bisschen zu sehr darauf bedacht, mit seinem Erfolg anzugeben. Bob kam am besten mit ihm klar, wenn er ihn so wenig wie möglich beachtete.

Nach dem Mittagessen, als die Gesellschaft sich allmählich auflöste, ging Bob zu Michelle hinüber, die allein am anderen Ende des Raumes stand. Früher hatten er und seine Schwester sich sehr nahe gestanden. Doch jetzt, als sie endlich allein waren, wusste Bob kaum, worüber er mit ihr reden sollte.

«Es war ein schöner Gottesdienst, nicht wahr?»

Sie nickte gedankenversunken. «Er wird mir fehlen.»

Er wünschte, er könnte dasselbe von sich behaupten. Es widerstrebte ihm zuzugeben, dass er überhaupt nichts empfand. Schweigend hörte er ihr zu.

«Ich meine, nicht dass wir uns besonders gut verstanden hätten. Er ist immer so ein sturer Bock gewesen. Aber als du angerufen hast, um mir zu sagen, dass er gestorben war, habe ich mich in der Küche auf den Boden gesetzt und geheult.»

«Das hast du von ihm.»

«Was? Die Gefühlsduselei?»

«Nein, die Sturheit.»

Sie lächelte über seinen Scherz. Immer, wenn es um Gefühle ging, verlegte Bob sich aufs Scherzen. Vielleicht war das seine Art, mit der Trauer umzugehen, dachte sie.

«Wir haben viel Spaß miteinander gehabt, jedenfalls, bevor ich weggegangen bin, um zu heiraten. Er war kein mustergültiger Vater, aber ich glaube, er hat seine Sache so gut gemacht, wie es ihm unter den Umständen möglich war.»

«Ja, wahrscheinlich», erwiderte Bob.

«Ich möchte Dad nicht als alten Griesgram in Erinnerung behalten. Ich denke lieber an die guten Zeiten zurück.»

«Hat es denn gute Zeiten gegeben?»

Sie überging seine Bemerkung. «Wie geht es eigentlich dir und Laura?»

«Gut.»

«Wirklich? Du würdest deiner Schwester doch nichts vorflunkern, oder?»

Er sah sie an. «Nein, ehrlich gesagt, geht es uns nicht gut. Sieht aus, als sei es vorbei. Es ist einfach nicht mehr wie früher.» Sie merkte, dass er es ernst meinte.

«Das tut mir Leid, Bob, wirklich. Greg und ich haben auch harte Zeiten hinter uns. Und auch jetzt noch geht es manchmal ganz schön heiß her zwischen uns. Du müsstest es mal erleben, wenn wir uns anschreien. Aber, ich weiß auch nicht warum, irgendwie raufen wir uns immer wieder zusammen. Bist du sicher, dass sie dich nicht manchmal doch noch fasziniert?»

«Sie raubt mir eher die Luft zum Atmen.»

«Ist es so schlimm?»

«Meistens empfinde ich nichts als eine große Leere. Als wäre überhaupt nichts mehr da. Es ist einfach nicht mehr wie früher.»

«Was hat sich denn geändert?»

«Das versuchen wir ja herauszufinden. Bisher leider vergeblich.»

«Ich würde dir die Leviten lesen, Bruderherz, wenn ich das Gefühl hätte, dass es etwas nützt.» In diesem Augenblick gesellte sich Greg zu ihnen. Er klopfte Bob auf die Schulter, als wären sie alte Kumpel. Michelle ließ die beiden allein und ging zu Laura und Emily hinüber.

«Mein Beileid, Bob», sagte Greg.

«Danke.»

«Aber der Gottesdienst war schön. Und es waren so viele Leute da.»

«Ja, das ist das Wichtigste», erwiderte Bob so ernst, dass Greg sein Sarkasmus entging.

«Er war halt ein netter Kerl.»

«Nett?»

Einen Augenblick lang schwiegen beide verlegen.

«Ich nehme an, ihr werdet seinen Haushalt auflösen und das Haus verkaufen?»

Bob hatte damit gerechnet, dass Greg der Erste sein würde, der auf das Thema zu sprechen käme. Als bräuchte er das Geld. Aber am Tag der Beerdigung danach zu fragen – er war doch wirklich ein abgebrühter Mistkerl.

«Ja, wir werden das Haus leer räumen müssen. Ich muss nach San Diego zurück, aber nächste Woche bin ich wieder hier. Vielleicht können wir uns dann darum kümmern. Laura ist ja Immobilienmaklerin, so sparen wir uns wenigstens die Provision.» Das würde Greg gefallen, dachte er.

«Hey, tolle Idee. Daran hatte ich noch gar nicht gedacht.»

«Ich muss noch rausfinden, ob Harry ein Testament gemacht hat, und dann muss ich mit meinem Anwalt reden und mich beraten lassen, wie man so was regelt. Aber dazu bin ich noch nicht gekommen.»

«Nein, natürlich nicht.»

«Ich habe gehört, du musst morgen wieder arbeiten? Fliegt ihr heute Abend schon zurück?»

«Morgen früh. Ich sage dir, Bob, bei den vielen Firmenfusionen, die heutzutage über die Bühne gehen, ist es ein Wunder, dass ich überhaupt noch zum Schlafen komme. Zurzeit bereiten wir einen Vertrag zwischen zwei großen Banken vor. Ich kann dir nicht sagen, um welche Banken es sich handelt, aber wenn das in den Zeitungen steht, wird das ein Knüller. Milliarden von Dollar werden da fließen. Ich wünschte nur, meine Beteiligung wäre ein bisschen höher. Aber die Makler werden halt immer über den Tisch gezogen. Gerade haben wir einen Vertrag ausgehandelt, bei dem ...» Bob wünschte, er könnte Greg einfach abschalten. Aber er nickte höflich, gab sich interessiert und ließ seine Gedanken schweifen.

Emily hatte die Beerdigung gut überstanden. Nur ein paar Tränen waren gekullert. Sie war bewundernswert. Er musste sie unbedingt nach San Diego holen, wo er sich richtig Zeit für sie nehmen konnte. Vielleicht noch bevor sie ihr reinen Wein einschenkten, denn dann könnte er sie schon einmal vorsichtig auf alles vorbereiten. Der Strand würde ihr gefallen. Es gab nichts Schöneres als einen ruhigen Tag am Strand von San Diego.

«Und du bist immer noch in San Diego?»

Sie konnten den Tag am Meer verbringen und dann im *La Casita* essen gehen. Dort gab es die besten Enchiladas diesseits der mexikanischen Grenze.

«Bist du immer noch in San Diego?», fragte Greg noch einmal, diesmal so laut, dass alle es hören konnten. Was für ein Schwachkopf, dachte Bob.

«Ja, ja, ich arbeite immer noch dort.»

«Eine Schande, dass ihr beide nicht mehr miteinander klarkommt.»

«Ja, es ist eine Schande», sagte Bob leise und fragte sich, woher Greg Bescheid wusste. «Also, ich werde dann mal nach Emily sehen.» Er wandte sich ab und ging zu Laura und Emily hinüber.

«Na, mein Kleines, wollen wir ein bisschen frische Luft schnappen?»

«Klar, Daddy.» Sie nahm seine Hand, und sie gingen nach draußen.

Laura blieb neben Emily liegen, bis ihre Tochter eingeschlafen war. Dann schlich sie aus dem Kinderzimmer, ging in die Küche, schenkte sich ein Glas Milch ein und setzte sich müde an den Tisch. Bob saß im Wohnzimmer auf dem Sofa.

Laura war körperlich erschöpft, aber hellwach. Während sie über die Ereignisse des Tages nachdachte, streckte Bob den Kopf zur Tür herein.

«Ich gehe schlafen. Gute Nacht.»

«Warum liebst du mich nicht mehr, Bob?», fragte sie geistesabwesend.

«Laura, fang nicht schon wieder damit an. Wir haben alle einen anstrengenden Tag hinter uns. Lass es für heute gut sein.»

«Ich weiß, dass es vorbei ist. Ich akzeptiere das. Aber ich möchte mich nicht mein Leben lang fragen müssen, warum. Was ist es? Hast du eine andere?»

«Nein, natürlich nicht.»

«Was ist es dann?»

Er zögerte, es widerstrebte ihm, sich auf das Gespräch einzulassen. Er fühlte sich jedoch irgendwie verpflichtet, etwas zu sagen. «Ich glaube nicht, dass ich es erklären kann. Ich kann dir nicht sagen, warum oder wie es dazu gekommen ist. Dich trifft keine Schuld. Ich weiß nur, dass ich etwas Neues anfangen muss.» Sie runzelte verwirrt die Stirn, sodass er fortfuhr: «Bist du schon mal irgendwo so lange gewesen, bis du total kribbelig wurdest – aber es waren Leute da, und du konntest nicht aufstehen? Also bist du sitzen geblieben, bis du das Gefühl hattest, du könntest nur noch schreien – bis es schließlich so unerträglich wird, dass du einfach aufstehen musst und ein bisschen rumlaufen und die Beine ausschütteln, egal, wer dich anstarrt oder was um dich herum passiert. Also, so ungefähr fühle ich mich zurzeit.»

Laura sah ihn ausdruckslos an. «Du verlässt mich, weil du kribbelig bist?»

«Laura, ich versuche, dir etwas zu erklären.»

«Ich versuche ja, zu verstehen, was du sagst. Aber es gelingt mir nicht. Wann werden wir es Emily sagen?»

«Wir sollten warten, bis ich das nächste oder übernächste Mal herkomme. Was immer du für richtig hältst.»

«Es wird ihr das Herz brechen, Bob.»

«Glaubst du etwa, das wüsste ich nicht? Allein der Gedanke daran bricht mir das Herz. Aber ich muss es einfach tun.»

Sie war zu erschöpft und zu verwirrt, um noch irgendetwas zu begreifen. Gedankenverloren starrte sie vor sich hin. Er wollte gerade gehen, als sie etwas sagte.

«Findest du es nicht seltsam, dass er genau an dem Tag gestorben ist, bevor er in das Heim ziehen sollte?»

«Was willst du damit sagen? Dass er sterben wollte?»

«Du hast doch gesehen, wie er reagiert hat, als wir mit ihm dort waren. Denk mal drüber nach. Er hat über fünfzig Jahre in dem Haus gelebt. Er hätte umziehen können, aber er ist lieber geblieben. Er hat es selbst gebaut, und ja, ich glaube, er wollte dort sterben. Ich verstehe nicht, wie so was möglich ist, aber ich kann mir auch nicht vorstellen, dass es Zufall war.»

Bob fand das alles ziemlich an den Haaren herbeigezogen, aber es schien keinen Zweck zu haben, darüber zu diskutieren. Es spielte auch keine Rolle. Er wechselte das Thema.

«Greg hat mich gefragt, ob wir das Haus verkaufen. Ist das zu fassen? Dieses Arschloch! Ich hab ihm gesagt, wir würden uns nächste Woche darum kümmern. Harry hat ja regelmäßig seine Rente bekommen – aber er muss auch noch irgendwelche Ersparnisse haben.»

«Komisch, wie wenig du über deinen Vater weißt.»

«Vergiss nicht, wir waren nicht gerade Busenfreunde. Ich wüsste mal gern, was passiert, wenn er kein Testament hinterlassen hat. Ich habe keine Ahnung, wie man mit so einem Nachlass umgeht. Am besten, ich rufe erst mal meinen Anwalt an.» Bei dem Wort «Anwalt» zuckte Laura zusammen, sagte jedoch nichts. «Ich fliege morgen

Nachmittag zurück nach San Diego, aber nächste Woche kann ich für ein paar Tage herkommen, um den Haushalt aufzulösen. Lass uns morgen früh mal rübergehen und sehen, was alles zu tun ist, bevor wir das Haus verkaufen können, damit wir eine genauere Vorstellung bekommen. Wenn wir das alles hinter uns haben, überlegen wir, was wir Emily sagen. Was meinst du?»

Keine Umarmung, kein Händedruck, kein Blick. Laura nickte, dann wünschten sie sich eine gute Nacht und gingen jeder in sein Bett. Während sie versuchte einzuschlafen, allein in ihrem kalten Bett, ging Laura die Frage nicht aus dem Kopf, wie es möglich war, dass jemand beschließen konnte zu sterben.

9

Nachdem Emily zur Schulbushaltestelle gegangen war, fuhren Laura und Bob zu Harrys Haus. Drinnen herrschte eine unheimliche Atmosphäre. Jeden Augenblick erwarteten sie, dass Cara oder Harry um die Ecke kommen würde. Bob nahm sich die alten Aktenschränke im Keller vor, während Laura sich im Erdgeschoss umsah. Die Möbel waren alt, aber gut erhalten. Sie konnten versuchen, sie in einer Kleinanzeige zum Verkauf anzubieten, doch Laura bezweifelte, dass sie viel dafür bekommen würden. Es war komisch, das Haus so kalt und leer zu erleben. Harry war schwierig gewesen, manchmal sogar unausstehlich, aber er hatte auch seine guten Seiten gehabt. Es machte Laura traurig, dass er nicht mehr da war; die freitäglichen Besuche bei ihm waren zu einem wichtigen Teil von ihrem und Emilys Leben geworden.

Sie ging in Harrys Schlafzimmer, das zum Garten hin lag. Auf dem Boden neben seinem Schreibtisch, auf dem sich der Computer befand, stand ein offener Karton. Als Laura einen Blick in den Karton warf, entdeckte sie drei große, säuberlich aufeinander gestapelte Bücher. Neugierig geworden, nahm sie das oberste heraus und betrachtete es genauer. Die Seiten hatten etwa die Größe eines Briefpapierbogens. Sie waren nur einseitig bedruckt, und die meisten sahen so aus, als stammten sie aus

Harrys Laserdrucker. Die Blätter waren am linken Rand gelocht und dann mit Schnur zu einem Buch zusammengebunden worden. Die Buchdeckel fühlten sich hart an, anscheinend waren sie aus Holz, überzogen mit einem gold- und elfenbeinfarben gemusterten Stoff. Das Ganze zeugte von großer Kunstfertigkeit. Der mit schwarzer Tinte in der vertrauten Handschrift des Alten geschriebene Titel, der auf dem Einband prangte, lautete: «Gedichte, die das Leben schrieb. Von Harry Whitney.»

Sie nahm die anderen beiden Bücher aus dem Karton, die genauso aussahen wie das erste; jedes enthielt Gedichte und Geschichten, die Harry offenbar selbst verfasst hatte.

Plötzlich hörte sie Bob von unten rufen: «Laura, kannst du mal runterkommen? Ich hab ein Testament gefunden.» Als Laura, das Buch in der Hand, im Keller eintraf, saß Bob in einem Sessel neben dem Aktenschrank. Mehrere Schubladen standen offen, und auf dem Boden lagen alle möglichen Aktenordner. Bob ging gerade einen Stapel zusammengehefteter Papiere durch, die er in der Hand hielt. «Harry hat tatsächlich ein Testament hinterlassen. Du wirst es nicht glauben, aber er hat das Haus Emily vermacht.»

«Emily?»

«So steht es hier.» Er wedelte mit den Papieren. «Sieht so aus, als hätte er es vor anderthalb Jahren geschrieben. Da wird Greg sich aber ganz schön wundern», sagte er grinsend.

«Was steht denn sonst noch drin?»

«Soweit ich das bisher beurteilen kann, sieht es wie ein ganz normales Testament aus. Das Haus vererbt er Emily, und das Geld auf seinem Sparbuch geht an Michelles

Kinder. Vielleicht hat er oben in seinem Schreibtisch noch neuere Kontoauszüge, aber nach dem, was ich hier gefunden habe, hat er etwa vierzehntausend Dollar auf seinem Sparkonto. Tja, das wird ihnen nicht gefallen.»

«Ist das denn legal?»

«Es ist von einem Anwalt aufgesetzt, ich nehme also an, dass alles seine Richtigkeit hat. Ich weiß nicht, ob irgendwo offiziell eine Kopie hinterlegt wurde, aber ich werde meinem Anwalt eine geben, der soll das mal feststellen. Bevor wir Genaueres wissen, sollten wir Greg und Michelle lieber nichts davon sagen.»

«Du ahnst nicht, was ich gefunden habe», sagte Laura und zeigte Bob das Buch.

«Was ist das?», fragte er, als er es entgegennahm.

«Ein Buch, das dein Vater selbst gebunden hat. Offenbar war er handwerklich sehr geschickt. Anscheinend hat er über die Jahre lauter Gedichte und Geschichten geschrieben. Ich möchte mal wissen, wie viel Zeit er da hineingesteckt hat. Sieh dir bloß mal an, wie kunstvoll das verarbeitet ist.»

Erstaunt betrachtete Bob das Buch von allen Seiten.

«Interessant. Das werde ich später lesen.» Er legte das Buch neben den Stapel Aktenordner.

«Es gibt drei solche Bücher, Bob. Sie sehen alle genau gleich aus. Wir sollten Emily eins mitnehmen. Und eins könnten wir Greg und Michelle schicken.»

«Ja, gute Idee», erwiderte Bob und wandte sich wieder den Papieren zu.

Laura ging zurück nach oben. Sie setzte sich auf einen Stuhl, öffnete eins von Harrys Büchern und begann zu lesen. Einige Gedichte waren schrullig, manche ernst, andere ergaben überhaupt keinen Sinn. «Eine Schande, was Alzheimer aus einem Menschen macht», dachte sie. «Es ist einfach traurig zu sehen, wie alte Menschen immer hinfälliger werden.»

Als Bob nach oben kam, trug er einen mit Aktenordnern gefüllten Karton unter dem Arm. «Ich habe Auszüge von einem Wertpapierkonto gefunden, auf dem weitere zweiundzwanzigtausend Dollar sind. Außerdem gibt es noch ein paar Aktien im Wert von etwas über zwölftausend Dollar. Das sind insgesamt etwa achtundvierzigtausend, aber das entspricht noch lange nicht dem Wert des Hauses. Interessanterweise, wenn ich das Testament richtig verstehe, wird das Haus von einem Treuhänder verwaltet und kann nicht verkauft werden, bevor Emily achtzehn ist. Ich werde mir das für alle Fälle von meinem Anwalt erklären lassen.»

«Wirklich? Warum er das wohl so geregelt hat?», überlegte Laura.

«Wer weiß?» Bob hob ratlos die Hände. «Ich hab noch nie begriffen, was dem Alten durch den Kopf ging.»

«Hast du das Buch mit raufgebracht?»

«Nein, ich hab's vergessen. Bin gleich wieder da.» Er holte das Buch aus dem Keller, legte es auf den Karton mit den Aktenordnern und trug alles zum Auto.

Laura erklärte Grant Midgley, sie hätte einen Besichtigungstermin mit einem Kunden, aber stattdessen fuhr sie zur Stadtbücherei. Sie wusste nicht recht, wo sie anfangen sollte, deswegen wandte sie sich an die Bibliothekarin, die am Informationstresen stand. «Guten Tag, ich suche Informationen zum Thema – äh – Sterben, und ich wüsste gern, wo ich etwas dazu finde.»

«Könnten Sie das ein bisschen präzisieren?»

Laura rang sich ein Lächeln ab. «Also, ich frage mich, ob es möglich ist, dass jemand beschließen kann zu sterben.» Sie hatte mit einem mitleidigen Lächeln gerechnet, aber die ältere Frau reagierte sehr freundlich.

«Mein Bruder ist auch ganz plötzlich gestorben, ich verstehe Ihre Frage. Mal sehen, Sie könnten anfangen mit –» Sie tippte etwas in den Computer, dann schrieb sie die Signaturen auf einen Zettel. «Diese hier finden Sie in der Abteilung Religion und Philosophie und die hier in der Abteilung Medizin.»

«Vielen Dank.»

«Gern geschehen. Melden Sie sich ruhig, wenn Sie noch etwas brauchen.»

Als Erstes ging Laura in die Abteilung Religion und Philosophie. Sie umfasste zwei komplette Regalwände. Laura hatte gehofft, schnell ein paar Antworten zu finden, aber eine Dreiviertelstunde später sah sie sich mit einem Berg von Artikeln über ungewöhnliche Grenzerfahrungen konfrontiert. Außerdem hatte sie jede Menge Bücher über das Leben nach dem Tod gefunden, aber nichts, was direkt mit ihrer Frage zu tun hatte. Allmählich wurde ihre Zeit knapp, und sie ging in die medizinische Abteilung hinüber. Eilig überflog sie einige Bücher, doch die meisten Artikel enthielten medizinisches Fachchinesisch. Als sie gerade aufgeben wollte, erregte ein Artikel in einem der Bücher ihre Aufmerksamkeit.

«Alzheimer-Krankheit.» Sie schlug die Seite auf und las.

«Die Alzheimer-Krankheit ist eine fortschreitende Gehirnerkrankung, die zu Gedächtnisschwund, Sprachstörungen, Orientierungsverlust und emotionaler Gleichgültigkeit führt. Erste Anzeichen sind hochgradige Vergesslichkeit, doch im fortgeschrittenen Stadium kommt es zu völligem Gedächtnis-

schwund, die Persönlichkeit des Patienten wird zerstört, und der Kranke ist in hohem Grad pflegebedürftig. Die frühen Symptome der Alzheimer-Krankheit können leicht übersehen werden, da sie den natürlich bedingten Alterserscheinungen ähneln. Ähnliche Symptome können durch Erschöpfung, Trauer, Depressionen, Krankheit, Verlust der Sehkraft und Alkoholmissbrauch hervorgerufen werden.

Die Ursachen der Alzheimer-Krankheit sind immer noch unbekannt. Wissenschaftler nehmen an, dass es sich um eine Kombination aus genetischen Faktoren, dem Alterungsprozess und Umwelteinflüssen handelt. In den USA leiden schätzungsweise vier Millionen Menschen an der Alzheimer-Krankheit.»

Das war seltsam. Harry hatte an der Alzheimer-Krankheit gelitten, aber seine Symptome passten nicht zu der Beschreibung in dem Artikel. Wenn es sich um eine allmählich fortschreitende Krankheit handelte, bei der sich der Zustand des Patienten unaufhaltsam verschlechterte, warum hatte es dann Zeiten gegeben, in denen Harry ganz normal wirkte? Selbst an dem Tag, als sie mit ihm zu dem Pflegeheim gefahren waren, hatte er zeitweise gewirkt, als würde sein Verstand noch gut funktionieren. Als Laura den Artikel noch einmal überflog, fiel ihr ein Satz besonders auf: *«Ähnliche Symptome können durch Erschöpfung, Trauer, Depressionen, Krankheit... hervorgerufen werden.»* War es möglich, dass Harry noch an etwas anderem gelitten hatte?

Sie fotokopierte den Artikel und stellte das Buch ins Regal zurück. Dann nahm sie ihr Handy aus der Tasche und rief Cara an.

«Hallo, Cara, hier ist Laura.»

«Hallo, meine Liebe, wie geht es Ihnen?»

«Mir geht es gut. Ich wollte mich noch einmal ganz

herzlich dafür bedanken, dass Sie zur Beerdigung gekommen sind.»

«Dafür brauchen Sie mir nicht zu danken. Ich musste mich doch von Harry verabschieden.»

«Sie sind ein Schatz. Cara, ich möchte Sie etwas fragen.»

«Schießen Sie los.»

«Haben Sie Harry jemals in die Klinik begleitet?»

«Klar, mehrmals. Meinen Sie die am Highland Drive?»

«Ja. Erinnern Sie sich noch an den Arzt, der ihn behandelt hat?»

«Nein, ich habe immer draußen gewartet. Warum? Haben die Ihnen eine Rechnung geschickt?»

«Nein, ich habe nur ein paar Fragen.»

«Fahren Sie doch einfach hin, die können Ihnen bestimmt sagen, bei wem Harry in Behandlung war.»

«Gute Idee. Wollen wir nächste Woche mal zusammen mittagessen gehen?»

«Klar. Rufen Sie mich Montag an, dann verabreden wir was.»

Nachdem sie sich verabschiedet hatten, suchte Laura die Nummer der Klinik aus dem Telefonbuch. Nach dem sechsten Läuten meldete sich die Aufnahme.

«*TSI Medicare Clinic*, bitte warten Sie.» Es dauerte fast fünf Minuten, bis die Frau wieder an den Apparat kam. «Was kann ich für Sie tun?»

«Ich möchte gern einen Termin mit dem Arzt haben, der Harry Whitney behandelt hat.»

«Welcher Arzt war das?»

«Ich habe keine Ahnung, deswegen rufe ich an.»

«Einen Augenblick bitte.» Erneut musste Laura mehrere Minuten warten.

«Wollen Sie einen Termin für Mr Whitney vereinbaren?»

«Äh, nein, Harry, ich meine Mr Whitney ist verstorben. Ich möchte dem Doktor nur ein paar Fragen stellen.»

«Einen Augenblick bitte.» Laura verdrehte die Augen, als schon wieder die von Störgeräuschen begleitete Wartemelodie ertönte.

«Ma'am? Der Arzt kann Ihnen nur Auskunft erteilen, wenn der Patient seine Zustimmung gibt.»

«Aber der Patient ist doch tot.»

«Tut mir Leid. Wenn Sie herkommen und eine Verzichterklärung ausfüllen, könnten wir Ihr Anliegen prüfen.»

«Haben Sie mich nicht verstanden? Der Patient ist tot», sagte Laura.

«Ich habe Sie verstanden, Ma'am. Deswegen muss eine Verzichterklärung abgegeben werden.»

«Ich bin in zehn Minuten da.» Sie hatte schon von bürokratischen Hürden gehört, aber das war lächerlich. Doch da sie sich größere Aussichten auf Erfolg ausrechnete, wenn sie persönlich vorsprach, fuhr sie auf direktem Weg in die Klinik. Nach einem kurzen Gespräch mit der Frau, mit der sie bereits am Telefon verhandelt hatte, war Laura der Verzweiflung nahe.

«Lassen Sie mich das nochmal klarstellen – Sie brauchen die Unterschrift des Patienten, aber die kann ich Ihnen nicht besorgen, weil der Patient tot ist. Wenn er noch lebte, bräuchte ich seine Unterschrift nicht, um rauszufinden, warum er gestorben ist, denn dann wäre er ja noch am Leben. Habe ich das richtig verstanden?»

«Ma'am, ich bin erst seit einem Monat hier. Ich habe die Vorschriften nicht gemacht.»

«Lassen Sie mich raten. Sie haben vorher in der Kfz-Abteilung gearbeitet, richtig?»

Die Frau lächelte nicht einmal. «Nein, Ma'am. Ich habe auf der Toxikologie-Station gearbeitet.»

«Gibt es einen Arzt, irgendeinen Arzt, den ich sprechen kann?»

«Tut mir Leid, nicht ohne Termin.»

«Großartig! Dann möchte ich gern einen Termin haben.»

«Wie lautet Ihre Patientennummer?»

«Ich habe keine.»

«Tut mir Leid, aber um einen Termin zu bekommen, brauchen Sie eine Patientennummer.»

«Ist Ihnen eigentlich klar, wie lächerlich das alles ist?»

«Bitte, Ma'am, ich mache die Vorschriften nicht.»

«Lächerlich!», schäumte Laura, drehte sich auf dem Absatz um und stürmte aus dem Büro. Kurz bevor die Aufzugtüren sich schlossen, kam ein Mann im weißen Kittel angelaufen und streckte Laura seine Hand hin.

«Hallo, ich bin Dr. Iverly.» Wortlos schüttelte Laura ihm die Hand. «Ich habe zufällig den Rest Ihrer Auseinandersetzung mitbekommen. Kann ich Ihnen irgendwie behilflich sein?»

«Wissen Sie eigentlich, mit was für Schwachköpfen Sie hier zusammenarbeiten?» Der Mann versuchte nur, ihr zu helfen, und kaum hatte sie die Worte ausgesprochen, tat es ihr auch schon Leid. Aber er schien sich nichts daraus zu machen.

«Sie werden mich sicher aufklären», erwiderte er lächelnd. «Was kann ich für Sie tun?»

Sie holte tief Luft. «Erst mal vielen Dank, dass Sie sich um mich bemühen.»

«Keine Ursache.»

«Mein Schwiegervater, Harry Whitney, wurde hier ambulant behandelt. Er ist gerade gestorben, an Alzheimer, und ich habe ein paar Fragen.»

Die Aufzugtüren glitten auf, und sie traten in den Korridor.

«Wir dürfen nach dem Tod eines Patienten keine Informationen herausgeben; damit schützt die Klinik sich gegen etwaige Anzeigen wegen ärztlicher Behandlungsfehler, aber wenn Sie es für sich behalten, werde ich einmal nachschauen. Ich könnte Sie anrufen, und dann sehen wir mal, ob ich Ihnen Ihre Fragen beantworten kann – natürlich inoffiziell.»

Sie war völlig verblüfft. Inmitten des bürokratischen Labyrinths gab es tatsächlich noch Menschlichkeit. «Das wäre ein Geschenk des Himmels.»

«Kein Problem. Was möchten Sie denn wissen?»

«Hatte er wirklich Alzheimer?»

«Ist das alles?»

«Im Prinzip, ja. Ich wüsste gern, ob er noch an irgendetwas anderem gelitten hat.»

«Okay, geben Sie mir noch mal seinen Namen.»

«Harry. Harry Whitney.» Er notierte sich den Namen auf einem Block.

«Und Ihre Telefonnummer?», fragte er, den Stift in der Hand.

«Wie bitte?» Sie war leicht empört über sein Ansinnen.

«Ihre Telefonnummer. Damit ich Sie anrufen und Ihnen die gewünschten Informationen geben kann.»

«Ja, natürlich», erwiderte sie verlegen und gab ihm die Nummer.

«Und Ihr Name?»

«Laura. Laura Whitney.»

«Schön. Ich rufe Sie heute Abend an. Sind Sie zu Hause?»

«Ja.»

«Dann bis heute Abend.» Als sie auf die Tür zur Tiefgarage zuging, winkte er ihr zum Abschied nach.

Mir ist nicht ganz klar, ob er mir nur helfen oder mich anmachen wollte, dachte sie grinsend.

Sie stand unter der Dusche und hörte das Telefon nicht. Emily sollte eigentlich schon im Bett liegen, doch plötzlich hörte sie sie vor der Badezimmertür rufen.

«Mama, da ist ein Mann am Telefon, der mit dir sprechen will!»

«Ich komme! Danke, mein Schatz, und jetzt geh schön wieder zurück ins Bett.» Emily verdrehte die Augen und rannte in ihr Zimmer.

«Hallo, hier spricht Laura.»

«Hallo, Laura. Hier ist Dr. Iverly. War das Ihre Tochter?» Die Frage überraschte sie. Zuerst hatte sie bedauert, dass der Anruf Emily geweckt hatte, aber plötzlich war sie ganz froh darüber.

«Ja, das war meine siebenjährige Tochter Emily.»

«Sie hat gesagt, Sie seien gerade unter der Dusche. Tut mir Leid, Sie zu stören.» Laura nahm sich vor, gleich am nächsten Morgen mit Emily darüber zu sprechen, was man am Telefon sagen durfte und was nicht.

«Kein Problem. Was haben Sie herausgefunden?»

«Ich habe mir sein Krankenblatt angesehen. Die üblichen Eintragungen. Sie wissen ja, bei Kassenpatienten werden nur die Routinetests durchgeführt.»

«Und hatte er Alzheimer?»

«Laut Krankenblatt ja, aber ehrlich gesagt, jetzt, wo er tot ist, kann man das nicht mehr überprüfen. Er hatte auf jeden Fall entsprechende Symptome, doch das trifft auf viele alte Menschen zu. Allerdings kommt mir merkwürdig vor, dass er laut Krankenblatt immer ziemlich klar bei Verstand war, wenn er zu den Untersuchungen kam – relativ gesehen. Das könnte bedeuten, dass die Krankheit sich noch im Anfangsstadium befunden hat. Sie ist erst in einem sehr fortgeschrittenen Stadium tödlich.»

«Also, Dr. Iverly, wenn ich Sie richtig verstehe ...»

«Nennen Sie mich Steve.»

«Okay, Steve. Wenn ein Patient an Alzheimer leidet, ist er dann jemals bei klarem Verstand? Würde es dann jeden Tag Zeiten geben, in denen er normal ist – geistig, meine ich?»

«Es handelt sich um eine Krankheit, die allmählich fortschreitet, und so kann ein Patient anfangs noch relativ normal wirken. Aber mit der Zeit baut der Patient sowohl körperlich als auch geistig und seelisch immer mehr ab, bis er völlig hilflos ist.»

«Glauben Sie, dass Harry Alzheimer hatte?»

«Schwer zu sagen.»

«Angenommen, er hatte es nicht. Was sonst könnte seine Symptome hervorgerufen haben?»

«Tja, es gibt da noch eine Möglichkeit, aber das ist nicht mein Fachgebiet.»

«Welche denn?»

«Es ist nur eine Vermutung, aber er könnte an einer Form von Demenz gelitten haben.»

«Sie meinen, er war verrückt?»

«Das ist nicht der medizinische Fachausdruck.»

«Was meinen Sie denn dann?»

«Er hatte die klassischen Symptome der Alzheimerschen Krankheit. Das wäre die einfache Diagnose und auch die – wie soll ich sagen – für die Klinik profitabelste. Aber Demenz, verursacht beispielsweise durch Depressionen, könnte die gleichen Symptome hervorrufen, die Sie beschrieben haben. Ich würde Ihnen raten, sich einmal mit einem Spezialisten über das Thema zu unterhalten. Auf diese Weise würden Sie vielleicht Genaueres in Erfahrung bringen.»

«Darf ich Ihnen noch eine letzte Frage stellen?»

«Selbstverständlich.»

«Kann ein Mensch beschließen zu sterben?»

«Zu einem bestimmten Zeitpunkt? Nicht dass ich wüsste. Es gibt Studien, die belegen, dass die innere Einstellung eines Patienten großen Einfluss auf seine Genesung hat. Das bedeutet, Patienten mit einem starken Lebenswillen haben weitaus größere Chancen zu überleben als solche, die lethargisch sind oder sich selbst aufgeben, auch wenn sie an derselben Krankheit leiden. Um also Ihre Frage zu beantworten – die innere Einstellung spielt eine große Rolle. Aber dass ein Mensch beschließt, sagen wir, morgen früh zu sterben – ich habe so etwas noch nicht erlebt.»

«Steve?»

«Ja?»

«Vielen Dank für alles, was Sie für mich getan haben.»

«Gern geschehen. Passen Sie schön auf Emily auf, und falls Sie noch etwas brauchen, rufen Sie mich an.»

Was für ein netter Mann. «In Ordnung. Vielen Dank.»

Kaum hatte sie den Hörer aufgelegt, klingelte das Telefon erneut.

«Laura, hier ist Bob. Bei dir war ja ewig besetzt. Mit wem hast du denn telefoniert?»

«Mit Steve Iverly.»

«Mit wem? Ach, egal. Hör zu, ich kann morgen nicht kommen. Du weißt schon, um Dads Haus leer zu räumen. Mir ist was dazwischengekommen. Ich würde die Aktion gern auf nächstes Wochenende verschieben. Geht das? Bis dahin werden wir das Haus sowieso nicht verkaufen.»

«Kein Problem. Ich bin ziemlich flexibel mit meiner Zeitplanung.»

«Super. Mein Anwalt überprüft das Testament für mich. Nach einem ersten Blick, den er darauf geworfen hat, meinte er, wir können das Haus wahrscheinlich doch verkaufen. Aber das Geld, das wir mit dem Verkauf einnehmen, muss dann auf einem Treuhandkonto bleiben, bis Emily volljährig ist. In ein paar Tagen kann ich dir Genaueres sagen.»

«Bob, ich habe ein bisschen recherchiert. Wusstest du, dass Alzheimer die Großhirnrinde zerstört? Bei den meisten Leuten fängt es damit an, dass sie vergesslich werden, aber wenn die Krankheit ihr Endstadium erreicht hat, sind die Leute vollkommen hilflos.»

«Worauf willst du hinaus?»

«Na ja, so war es doch bei Harry überhaupt nicht. Ich meine, er war manchmal vergesslich, und er konnte ziemlich grantig sein, aber oft genug war er ganz klar im Kopf. Das passt doch irgendwie nicht.»

«Laura?»

«Ja?»

«Nimm's nicht persönlich, aber vergiss das alles. Harry ist tot. Es spielt keine Rolle mehr. Lass ihn in Frieden ruhen.»

«Entschuldige, dass mich das beschäftigt, aber es kommt mir einfach merkwürdig vor.»

«Komisch, er war mein Vater, aber du zerbrichst dir den Kopf über ihn.»

«Stimmt, Bob. Das ist wirklich komisch.»

Sie hatte natürlich Recht. «Mach es für Emily nicht noch schlimmer», sagte er.

«Und du bist also der Experte, der weiß, wie man es Emily leichter macht?»

«Lass uns lieber Schluss machen. Das ist lächerlich. Ich melde mich, sobald ich meinen Terminplan für nächste Woche habe. Tschüs.»

Obwohl Laura hörte, wie es in der Leitung klickte, als Bob auflegte, hielt sie den Hörer immer noch ans Ohr. Sie war nicht sauer, dass er das Gespräch so abrupt beendet hatte, aber es frustrierte sie, dass er ihr nicht zuhören wollte und dass ihn das alles einfach nicht interessierte. Sah er denn nicht, dass etwas am Tod seines Vaters nicht stimmte?

Während sie schließlich ganz langsam den Hörer auflegte, grübelte sie immer noch über Harry nach.

10

Das Restaurant war typisch mexikanisch. Aus billigen Boxen, die an der Decke hingen, dudelte Mariachi-Musik, die Wände waren mit knallbunten Bildern geschmückt, und die Luft war erfüllt vom Duft nach Koriander und scharfer Soße. Es war kein vornehmes Lokal. Es war nicht einmal gemütlich, aber ins *La Casita* ging man nicht der Atmosphäre wegen, sondern weil das Essen phantastisch war. Als sie endlich kam, hatte er bereits zwei Glas Wasser getrunken und eine halbe Schüssel Tortilla-Chips gegessen. Sich hier mit ihr zu verabreden, war ihm ziemlich unverfänglich erschienen. Es war anders, als zusammen im Auto irgendwohin zu fahren. Als sie auf seinen Tisch zukam, fiel ihm auf, dass sie ihr Haar offen trug, nicht im Nacken zusammengebunden wie morgens beim Joggen. Sie war hübsch und freundlich, und, das war das Wichtigste, sie war an ihm interessiert. Schließlich konnte er nicht bis an sein Lebensende allein bleiben, bloß weil er mit Laura nicht mehr klarkam. Sie hatten sich mehrmals zum Laufen getroffen, und jetzt schien es an der Zeit, den nächsten Schritt zu tun. Es war ein großer Schritt, und er machte ihn nervös. Bob war ängstlich und aufgeregt zugleich.

«Hallo, Cynthia.»

«Hallo, Bob. Tut mir Leid, dass ich zu spät komme.»

Sie drückte ihm zur Begrüßung einen Kuss auf die Wange, bevor sie sich setzte.

«Sie kommen nicht zu spät. Ich bin auch erst seit ein paar Minuten hier.» Lächelnd betrachtete sie die Chipskrümel in der Schüssel, die mitten auf dem Tisch stand. «Sind Sie schon mal hier gewesen?», fragte er.

«Ich fahre jeden Tag hier vorbei, aber ich hätte mir nie träumen lassen, dass ich hier mal essen würde.»

«Essen Sie die Enchiladas mit Hühnchenfleisch, dann wollen Sie nie wieder hier weg. Dann kündigen Sie Ihren Job bei Brightman und fangen hier als Kellnerin an, bloß damit sie jeden Tag Enchiladas essen können.»

«Die müssen ja verdammt gut sein.»

«Allerdings. Manchmal nehme ich mir noch welche mit nach Hause und esse sie am nächsten Tag zum Frühstück.»

Sie lachte. «Zum Frühstück?»

«Sie sind einfach göttlich. Vertrauen Sie mir.»

«Ich soll Ihnen vertrauen? Wenn ich für jedes Mal, wo ein Mann das zu mir gesagt hat, einen Dollar bekommen hätte, könnte ich das *La Casita* kaufen. Ach was, ich könnte mir die ganze Kette kaufen.»

Sie plauderten angeregt, bis das Essen kam. Nachdem sie die Enchiladas probiert hatte, erklärte sie, er habe ihr nicht zu viel versprochen. Er fand sie attraktiv und charmant und hatte das Gefühl, dass er ihr ebenso gut gefiel. Nach dem Essen tranken sie noch einen Kaffee, dann bestellte Bob die Rechnung und bezahlte.

«Und wissen Sie, was das Beste ist? Da Sie bei Dr. Brightman arbeiten, kann ich das alles von der Steuer absetzen.»

Sie verdrehte die Augen und stand auf. Vor dem Ausgang blieb sie stehen und ließ sich von ihm die Tür aufhalten. Draußen blieben sie beide stehen und schwiegen verlegen.

«Die Enchiladas waren wirklich phantastisch», sagte Cynthia schließlich. «Ich würde sie zwar nicht zum Frühstück essen wollen, aber was mexikanische Küche angeht, war es das Beste, was ich je erlebt habe.»

«Ja, wenn das Mariachi-Gedudel nicht wäre, würde ich jeden Tag hier essen. Wahrscheinlich lassen sie das Zeug nur laufen, damit die Leute nicht zu lange bleiben und die Tische wieder frei machen.»

«Ich wohne übrigens ganz in der Nähe», sagte Cynthia. «Hätten Sie Lust, noch kurz mit zu mir zu kommen? Wir könnten noch einen Absacker trinken.»

Er zögerte nur einen kurzen Augenblick. «Klar, gute Idee.»

«Ich will Sie nicht drängen», meinte sie lächelnd.

«Ich fühle mich kein bisschen gedrängt – im Gegenteil.»

Es war ein warmer Abend, Bob ließ seinen Wagen auf dem Restaurantparkplatz stehen, und sie gingen zu Fuß. An der Haustür angekommen, steckte sie den Schlüssel ins Schloss und drehte ihn um, sodass Bob die Tür aufdrücken konnte. Kaum waren sie im Hausflur, ertönte ein Piepen aus ihrer Handtasche. Sie sah ihn frustriert an. «O Gott, das passiert immer in den unmöglichsten Momenten.» Sie nahm den Pieper aus der Tasche und las die Nummer ab. «Hab ich's mir gedacht. Zweimal die Woche habe ich Rufbereitschaft. Muss das sein, dass sie mich ausgerechnet jetzt brauchen?»

«Machen Sie sich nichts draus. Wir holen das nach.»

«Tut mir Leid. Soll ich Sie zu Ihrem Wagen mitnehmen?»

«Danke, aber die Luft ist so schön, ich gehe lieber zu Fuß. War ein netter Abend.»

«Ja, das stimmt. Hören Sie, ich glaube, wir könnten noch ein paar Muster gebrauchen. Kommen Sie diese Woche in die Praxis?»

«Das habe ich vor.»

Seit dem Begräbnis waren zwei Wochen vergangen, und mittlerweile konnte Laura mit Emily über Harry reden, ohne dass ihr die Tränen kamen. Bob hatte seinen Besuch schon zum zweiten Mal verschoben. Das war ihr sehr recht. Je später er kam, um mit ihr Harrys Hausstand aufzulösen, umso länger würde es dauern, bis sie Emilys Herz erneut brechen musste.

«Mami, lies mir eine Gutenachtgeschichte vor.»

«Ach, Liebes, es ist schon so spät. Können wir nicht morgen früh eine Geschichte lesen?»

«Hä? Man kann doch morgens keine Gutenachtgeschichte lesen. So ein Quatsch.»

«Das ist Quatsch, da hast du Recht.»

«Also musst du mir jetzt eine vorlesen.» Sie kicherte, als Laura sie tadelnd ansah.

«Also gut, mein Schatz, aber nur eine.» Sie nahm das Buch vom Nachttisch und setzte sich auf die Bettkante.

«Das nicht, Mami, das hast du mir gestern vorgelesen», quengelte Emily.

«Dann such ein anderes Buch aus, aber beeil dich.»

«Ich weiß schon, welches», sagte Emily mit leuchtenden Augen, sprang aus dem Bett und lief zum Schrank.

Dann stellte sie sich auf die Zehenspitzen und zog Harrys Buch vom obersten Regalbrett.

«Das?», fragte Laura.

«Ja, Opa hat es geschrieben.»

«Ich weiß, aber es sind vor allem Gedichte, und die sind ziemlich seltsam.»

«Bitte, bitte, bitte», bettelte Emily.

«Na gut, aber nur eins», willigte Laura ein. Sie schlug das Buch auf und las das erste Gedicht vor.

Engelein Mein, Im Lachenden Yammer
die Antworten suchen. Palimpsest, ach schamma!
So wer oftens rät Taten im sinnigen Teich,
in alle Ewigkeit glücklich und reich.

«Das ist ja wirklich verrücktes Zeug», murmelte Laura. «Ich hab dir ja gleich gesagt, die Gedichte sind schwer zu verstehen.»

«Ich find es lustig, Mami. Was heißt überhaupt Lisest?»

«Es heißt Palimpsest, mein Schatz. Und es bedeutet – also, es ist etwas Rätselhaftes. Aber es ist ein Quatsch-Gedicht, Kleines. Es soll gar keinen Sinn ergeben. Dein Opa war krank, und er wusste nicht immer, was er schrieb. Es hat ihm einfach Spaß gemacht, albernes Zeug zu schreiben.»

«Mir gefällt es», erklärte Emily und starrte auf die seltsamen Worte auf der Seite. Plötzlich leuchteten ihre Augen auf, und sie rief freudig aus: «Guck mal, die komischen Wörter ergeben meinen Namen!»

«Was meinst du, mein Schatz?»

«Die großen Buchstaben in der ersten Zeile – Opa hat meinen Namen geschrieben.» Laura schaute noch einmal genauer hin und setzte die großen Buchstaben zusammen.

E-M-I-L-Y. «Meine Güte!», sagte sie verblüfft.

«Was ist los, Mami?»

«Es ist dein Name.»

«Hab ich dir doch gesagt.»

«Nein, es ist wirklich dein Name.»

Emily kicherte vor Freude darüber, dass sie es als Erste entdeckt hatte.

Laura ging das ganze Gedicht durch und setzte die Anfangsbuchstaben der Wörter zusammen. *D-a-s P-a-s-s-w-o-r-t i-s-t i-a-e-g-u-r* «Unglaublich», murmelte sie. Aufgeregt blätterte Laura weiter und las die Gedichte. Aber bei den anderen schien das mit den Anfangsbuchstaben nicht zu funktionieren. Ein paar Gedichte las sie gründlicher, um herauszufinden, ob sich auch dort Muster oder verborgene Bedeutungen erkennen ließen.

«Gefallen sie dir, Mami?» Laura war so vertieft in das Buch, dass sie Emily keine Antwort gab. «Hörst du mir überhaupt zu, Mami?»

«Was? Ja, natürlich, mein Schatz.» Laura stand auf, beugte sich zu Emily hinunter und küsste sie auf die Wange. «So, jetzt wird geschlafen. Ich werde im Bett noch ein bisschen in Opas Buch lesen. Gute Nacht. Ich hab dich lieb.» Dann eilte sie in ihr Schlafzimmer.

Seite um Seite blätterte sie um und überflog die Wörter. Manche Gedichte ergaben keinen Sinn, andere waren eher ernst. Einige waren seltsam. Enthalten die anderen Gedichte auch eine verborgene Bedeutung?, überlegte sie. Wann hatte Harry sie geschrieben? Wahrscheinlich nicht in letzter Zeit, denn da war er zu verwirrt gewesen. Das Passwort musste der Zugang zu einer

Datei auf seinem Computer sein. Sie wünschte, sie hätte den Computer mit nach Hause gebracht. Heute Abend war es schon zu spät, um ihn zu holen, aber morgen früh würde sie als Erstes zu Harry fahren.

Um Mitternacht war sie immer noch in das Buch vertieft. Es faszinierte sie, dass Harry so etwas geschaffen hatte. Sie nahm den Telefonhörer ab und wählte Bobs Nummer.

«Hallo.» Er meldete sich nach dem ersten Läuten und wirkte hellwach. Einen Augenblick lang lauschte sie angestrengt, um herauszufinden, ob im Hintergrund andere Stimmen zu hören waren. «Hallo?», sagte er noch einmal.

«Hier ist Laura.»

«Laura, was gibt's?»

«Hab ich dich geweckt?»

«Nein, ich war noch wach.»

«Oh, dann ruf ich später nochmal an», scherzte sie.

«Laura, es ist Viertel nach zwölf. Ist alles in Ordnung?»

«Ich glaube nicht. Hast du Harrys Buch zur Hand?»

«Was?»

«Hast du Harrys Buch zur Hand? Hol es mal schnell.»

«Bist du sicher, dass alles in Ordnung ist?»

«Jetzt redest du wie ein Therapeut. Los, geh das Buch holen!»

«Okay, okay, immer mit der Ruhe. Bin gleich wieder da.» Sie hörte, wie er irgendwo herumkramte.

«Also gut, ich hab's.»

«Lies das erste Gedicht, und sag mir, was du siehst.»

«Was?»

«Bitte, Bob, lies es einfach.»

«Moment.» Einige Sekunden später sagte er: «Ich hab's gelesen. Na und?»

«Ist dir irgendwas Merkwürdiges aufgefallen?»

«Eigentlich nicht. Harry hat immer Nonsensreime gedichtet, als ich klein war, aber das ist auch schon alles. Warum?»

«Sag nicht immer Harry, er war dein Vater.»

«Bezweckst du was ganz Bestimmtes mit all dem Quatsch?»

«Was ist ein Palimpsest, Bob?»

«Ich bin mir nicht ganz sicher. Wieso?»

«Wo bist du bloß zur Schule gegangen? Es ist eine Art Rätsel. Aber egal, sieh dir die Anfangsbuchstaben von den Wörtern an – fang in der ersten Zeile an.» Sie lächelte erwartungsvoll.

«Ich werd verrückt! Die Anfangsbuchstaben der ersten Zeile ergeben das Wort Emily!» Ein paar Sekunden lang herrschte Stille in der Leitung. «Ein Passwort?»

«Ich bin mir nicht ganz sicher. Wahrscheinlich kann man damit eine Datei in Harrys Computer öffnen.»

«Du bist also noch nicht in Harrys Haus gewesen?», wollte er wissen.

«Nein, aber ich fahre gleich morgen früh hin.»

«Ruf mich an und sag mir Bescheid, ob du was gefunden hast. Machst du das? Laura?» Sie legte auf, ohne zu antworten.

11

Am nächsten Morgen standen Laura und Emily früh auf und fuhren vor der Schule bei Harry vorbei. Das Haus war leer, aber heute wirkte es nicht mehr ganz so verlassen. Sie gingen in Harrys Zimmer und schalteten den Computer an. Das antiquierte Gerät brauchte mehrere Minuten, um das System hochzufahren. Laura wartete geduldig, bis die Windows-Oberfläche auf dem Bildschirm erschien.

«Wonach suchst du eigentlich, Mami?», wollte Emily wissen.

«Ich weiß es nicht genau. Aber wir werden es schon herausfinden.»

Sie suchte die Festplatte nach Dateien ab, und tatsächlich gab es einen Ordner mit der Bezeichnung «Briefe für Emily». Sie öffnete den Ordner. Er enthielt sechsundzwanzig Dateien, die alle durchgehend nummeriert waren. Anscheinend stimmten sie mit dem Inhalt von Harrys Buch überein – die Gedichte, Rätsel und Geschichten waren von eins bis sechsundzwanzig durchnummeriert. Als sie die erste Datei anklickte, erschien ein kleines Feld auf dem Bildschirm, in das ein Passwort eingegeben werden musste.

«Vielleicht war der verrückte Alte gar nicht so verrückt», flüsterte Laura. Vorsichtig tippte sie die Buchstaben i a e g u r ein und drückte die Eingabetaste. «Falsches Passwort – bitte geben Sie das korrekte Passwort ein.» Verwirrt schlug Laura das Buch auf und überflog noch einmal das Gedicht.

«E-m-i-l-y d-a-s P-a-s-s-w-o-r-t i-s-t…»

«Moment. Ich hab's.» Diesmal tippte sie «in alle Ewigkeit glücklich und reich», genauso, wie es in dem Gedicht stand, dann drückte sie erneut die Eingabetaste. Der Computer summte, und die Datei wurde geöffnet.

«Ja!», rief sie und drückte Emily an sich.

«Was ist es?»

«Ich glaube, es ist ein Brief, den Opa an dich geschrieben hat. Hör zu, ich lese ihn dir vor.»

Meine liebe Emily,
du hast das Rätsel des ersten Gedichts gelöst. Ich wusste, dass du es schaffen würdest, du bist ein kluges Mädchen.
Wie du vielleicht inzwischen bemerkt hast, enthält jedes Gedicht und jede Geschichte in meinem Buch ein Geheimnis, das du lüften musst. Wenn du genau aufpasst, wirst du in jedem ein Passwort zu den Briefen finden, die ich hier auf dem Computer für dich gespeichert habe.
Ich habe das aus zwei Gründen so gemacht. Erstens möchte ich dir damit zeigen, dass es im Leben nicht immer leicht ist, die Lösung für ein Problem zu finden. Oft muss man unter der Oberfläche nach den Antworten suchen.
Der zweite Grund ist praktischer Natur und hat etwas mit meinem Gesundheitszustand zu tun. Ich fürchte, wenn meine Krankheit schlimmer wird, könnte ich aus Versehen etwas löschen oder verändern. Die Passwörter sollen mich vor mir selbst schützen.

Du bist noch so jung. Vielleicht fragst du dich, was ein alter Mann wie ich dir schon beibringen kann. Das frage ich mich auch. Auf keinen Fall will ich behaupten, ich wüsste auf jede Frage eine Antwort. Manchmal weiß ich nicht einmal, wie die Fragen lauten. Aber ich möchte, dass du es einmal besser hast im Leben als ich. Ich möchte, dass du aus den vielen Fehlern lernst, die ich gemacht habe. Lerne aus den guten Zeiten und aus den weniger guten. Denn weißt du, dieses Leben ist eine Zeit der Bewährung, und mit vielen von den Problemen, die ich in meinem Leben bewältigen musste, wirst auch du dich herumplagen müssen. Das Leben hat die seltsame Angewohnheit, sich zu wiederholen, und ich möchte, dass meine Erfahrungen dir eine Hilfe sind. Ich möchte für dich eine Rolle spielen.

Ich hoffe sehr, dass du dir meine Worte zu Herzen nimmst und dass du meine Liebe in Erinnerung behältst. Wenn auch nur einer meiner Ratschläge dir nützlich ist, sind meine Gebete erhört worden. Vieles von dem, was ich dir sage, mag dir zunächst unverständlich erscheinen, aber wenn du älter wirst, wirst du es vielleicht begreifen. Behalte meine Worte und meine Liebe in Erinnerung. Bitte vergiss die Gelegenheiten, in denen ich dich geärgert oder verletzt habe. Es ist ein Wunsch, der jedem gewährt werden sollte.

Mein Buch und diese Briefe sind mein Geschenk an dich. Ich hoffe, dass sie dir Freude bereiten. Ich hoffe, dass du an mich denkst, wenn du sie liest, denn ich werde an dich denken.

In Liebe
dein Opa Harry

«Dieser alte …» Sie schaute Emily an und beendete den Satz mit: « … Schlaufuchs.»

«Er hat mir einen Brief geschrieben!» Emily war begeistert.

«Ganz genau, mein Schatz. Er möchte dir sagen, wie klug und wunderbar du bist.»

«Hat er noch mehr geschrieben?»

«Ja, aber erst müssen wir die Rätsel lösen. Komm her, ich zeig's dir.»

Sie setzte sich mit Emily aufs Sofa und zeigte ihr, wie das Passwort, das Emily entdeckt hatte, in dem Gedicht versteckt war. Jedes Gedicht enthielt ein Passwort, erklärte sie ihr, und mit jedem weiteren Passwort konnten sie nacheinander Opas Briefe lesen.

«Können wir Dad den Brief zeigen?»

«Natürlich.» Laura trat an den Computer, gab einen Druckbefehl ein und wartete, bis der Drucker den Brief ausspuckte. Dann schloss sie das Programm und schaltete den Computer aus. Sie hätte die Dateien auf eine Diskette kopieren können, aber für alle Fälle beschloss sie, lieber den ganzen Computer mitzunehmen.

Als Laura hinter den Schreibtisch trat, um den Netzstecker herauszuziehen, knirschte etwas unter ihren Füßen. Erschrocken schaute sie nach unten und sah, dass sie eine kleine Medizinflasche zertreten hatte. Sie hob das zerbrochene Fläschchen auf und las das Etikett. Der Name und die Adresse des verschreibenden Arztes stimmten nicht mit der Adresse der Klinik auf dem Highland Drive überein, doch das Rezept für das Medikament war erst kürzlich ausgestellt worden. Seltsam. Hastig riss Laura das Etikett von den Scherben und steckte es in die Tasche. Sie verstaute den Computer in ihrem

Wagen, schnallte Emily auf dem Rücksitz an und fuhr los.

Nachdem sie Emily in der Schule abgeliefert hatte, eilte sie zu einem Termin mit einem Kunden. Kurz nach Mittag war sie wieder zu Hause. Auf dem Anrufbeantworter waren acht Nachrichten, sieben davon von Bob. Anstatt zurückzurufen, beschäftigte Laura sich lieber mit Harrys Buch und wartete, bis er erneut anrief. Es dauerte nicht lange.

«Hallo?»

«Hast du was rausgefunden?»

«Willst du mich nicht zuerst begrüßen, Bob?»

«Hallo, Laura, hast du was rausgefunden?»

«Ja, hab ich.» Sie wartete auf seine Reaktion.

«Was denn? Soll ich dich auf Knien anflehen?»

Das ist noch besser, als ihn mitten in der Nacht anzurufen, dachte Laura. «Genau das, was ich vermutet habe. Er hat auf seinem Computer genau so viele Dateien gespeichert, wie Gedichte in dem Buch enthalten sind. Mit dem Passwort, das Emily in dem ersten Gedicht gefunden hat, konnten wir die erste Datei öffnen.»

«Emily hat es rausgefunden?»

«Du hast eine sehr kluge Tochter.»

«Da hast du allerdings Recht. Und was enthält diese Datei?»

«Hast du dein Faxgerät eingeschaltet? Ich fax es dir. Ach ja, und noch was.»

«Ja?»

«Ich hab in Harrys Zimmer ein leeres Medikamentenfläschchen gefunden, aber es ist nicht von der Klinik, wo er immer behandelt wurde.»

«Und?»

«Findest du das nicht komisch?»

«Ich weiß nicht. Wahrscheinlich ist es was Altes.»

«Nein, ist es nicht.»

«Meinst du nicht, dass du es allmählich übertreibst, Laura?»

«Möchtest du denn nicht die Wahrheit erfahren?»

«Welche Wahrheit? Dass er krank war und gestorben ist?»

«Ich weiß, dass er krank war und gestorben ist, Bob, aber dahinter steckt noch mehr. Ich spüre es einfach. Lies erst mal seinen Brief, dann wirst du dich wundern.»

«Kann ich irgendwas tun, damit du endlich aufhörst, nach einer Erklärung zu suchen?»

«Ich höre erst auf, wenn ich gefunden habe, was ich suche.»

«Wenn du auf eine Goldader stößt, sagst du mir dann Bescheid?» Sie ignorierte seine Bemerkung. «Kannst du mir den Brief jetzt gleich faxen?», fuhr er fort.

«Sobald du auflegst, Bob.»

Sie ging ins Schlafzimmer, wo das Faxgerät stand, schob das Blatt hinein und wählte Bobs Faxnummer. Anschließend kramte sie das Etikett von dem Medikamentenfläschchen aus ihrer Handtasche. Aus der Beschriftung ging hervor, dass das Medikament erst kürzlich verschrieben worden war. Es ärgerte sie, dass Bob sich überhaupt nicht dafür interessierte. Sie notierte sich das Datum und den Namen des Medikaments auf einem Zettel und markierte das Datum mit einem Kringel. Darunter schrieb sie: «Noch ziemlich neu!» Dann schob sie den Zettel in das Faxgerät und drückte auf die Wahlwiederholungstaste.

Nachdem das Fax übermittelt war, nahm sie den Telefonhörer ab und wählte die Nummer der Apotheke, die das Medikament verkauft hatte. Der Apotheker war freundlich und suchte gleich die Unterlagen heraus. Das ursprüngliche Rezept war vor sechs Jahren ausgestellt worden. Vor anderthalb Jahren war es erneuert worden. Auf dem letzten Rezept hatte der Arzt fünf Folgepackungen verordnet, was der höchstzulässigen Menge entsprach. Die letzte Packung war dem Patienten vor sieben Monaten zugeschickt worden. Wenn sie Genaueres wissen wolle, riet er ihr, solle sie sich direkt an den Arzt wenden, und gab ihr die Nummer. Nach dem ersten Läuten meldete sich die Sprechstundenhilfe.

«Praxis Dr. Jensen, guten Tag.» Erleichtert nahm Laura zur Kenntnis, dass die Frau zumindest freundlich war.

«Ist Dr. Jensen zu sprechen?»

«Er behandelt gerade eine Patientin. Soll ich ihn bitten, Sie zurückzurufen?»

«Ja, bitte. Es geht um meinen Schwiegervater, Harry Whitney. Er war bei ihm in Behandlung.»

«Sagten Sie Harry?»

«Ja.»

«Es handelt sich also um einen Mann?»

«Natürlich. Ich sagte doch, es geht um meinen Schwiegervater.»

«Tut mir Leid, Dr. Jensen ist Gynäkologe. Wahrscheinlich meinen Sie Rodney Jensen, seinen Vater.»

«Das ist gut möglich. Auf dem Etikett steht nur eine Initiale vor dem Nachnamen. Könnte ich denn vielleicht Dr. Rodney Jensen sprechen?» Es kam keine Antwort. «Hallo? Könnte ich bitte Dr. Rodney Jensen sprechen?»

«Tut mir Leid, Ma'am, aber Dr. Rodney Jensen ist vor über einem Jahr gestorben.»

«Was?» Laura war vollkommen verwirrt. «Verzeihen Sie, das wusste ich nicht.» Sie wollte gerade auflegen, als ihr ein Gedanke kam. «Könnte ich mit seinem Sohn sprechen, sobald er die Behandlung beendet hat?»

«Selbstverständlich. Einen Augenblick bitte.»

Während sie darauf wartete, dass der Arzt ans Telefon kam, starrte sie auf das Etikett in ihrer Hand.

12

Am nächsten Morgen wachte Laura früh auf. Die Gedichte ließen sie nicht los, vor allem eines beschäftigte sie. Während sie am Küchentisch saß und darauf wartete, dass Emily aufwachte, las sie es noch einmal.

Kathryn,
Glaube – *und Liebe bricht hervor wie helles Licht am Morgen.*
Berührung – an *Tagen auch voll Dunkelheit und Sorgen.*
Wärme und Nähe – Liebe *ist das Wunder, das uns verbindet.*
Ein lichter Kreis um uns, auf den *kein Schatten findet.*
Getrennt und doch verbunden – beim ersten *Mal war mein Herz berührt.*
Blind und verloren war ich – du hast einen Blick *geführt.*
In Liebe Harry

Laura las das Gedicht mehrmals. Es war schrullig, aber irgendwo musste ein Hinweis versteckt sein. Sie las die Zeilen erst stumm, dann laut, sprach jedes Wort deutlich aus... «Ein lichter Kreis um uns, auf den kein Schatten findet.»... Das klang komisch. Sie spürte, dass sie auf der richtigen Fährte war, doch sie sah noch nicht, wo sie hinführte. In dem Gedicht ging es um Liebe, aber um was noch... «Getrennt und doch verbunden...»

Plötzlich wusste sie die Antwort, und nachdem sie sie gefunden hatte, fragte sie sich, warum sie so lange dafür gebraucht hatte. Sie nahm einen Bleistift und kringelte die Namen Kathryn und Harry in dem Gedicht ein. «Okay, Harry», sagte sie, als säße er neben ihr, «jetzt seid ihr beide eingekreist. Ihr seid getrennt. Dann wollen wir euch mal verbinden.» Mit dem Bleistift zog sie eine Linie zwischen den beiden Namen und verband damit bestimmte Wörter in dem Gedicht. Stolz über ihren Einfall, lachte sie in sich hinein. Es war so einfach – und doch so faszinierend. Laut las sie die Wörter, die durch die Linie miteinander verbunden waren. «Glaube an Liebe auf den ersten Blick.» Es war ein langes Passwort, aber es bestand kein Zweifel daran, dass dies des Rätsels Lösung war. Sie ging an den Computer und klickte die Datei an. Mit klopfendem Herzen gab sie das Passwort ein. Harry war nicht nur ein verrückter alter Mann gewesen; unter der rauen Oberfläche hatte sich ein gefühlvoller Mensch verborgen – ein Mensch, der seine Familie liebte. Sie konnte nur hoffen, dass Bob das auch eines Tages begreifen würde.

Als der Text auf dem Bildschirm erschien, begann sie zu lesen.

Meine liebe Emily,
die Liebe ist etwas Seltsames und zugleich etwas Wunderbares. Sie lässt einen Dinge tun, die einem nie in den Sinn kämen, wenn man einen klaren Kopf bewahren würde. Sie ist spontan und unberechenbar, qualvoll und beglückend, alles in einem.
In deinem Leben, meine liebe Emily, wirst auch du Schmerz und Herzeleid erleben; aber du wirst auch die Freuden der Liebe kennen lernen. Wenn du die Menschen fragst, was Liebe ist, werden sie dir sagen, dass die

wahre Liebe sich erst nach vielen Jahren der Zuneigung, des selbstlosen Gebens und gegenseitigen Aufopferns entwickelt, und sie haben Recht. Aber die Liebe kann auch auf den ersten Blick entstehen. Ich weiß das, denn ich habe es selbst erlebt.

Ich will dir erzählen, wie deine Oma Kathryn und ich uns kennen gelernt haben. Wenn sie heute hier wäre, würde sie wahrscheinlich ausrufen, dass das, was ich dir sage, blanker Unsinn ist. Aber, so wahr mir Gott helfe, so ist es gewesen.

Ich war gerade beim Baseball-Training, als sie auftauchte. Während ich die Bälle warf, kam sie auf die Tribüne, ging die Stufen hinunter und setzte sich auf unsere Mannschaftsbank. Ihr Gesicht war wunderschön, ihre Haut rein und glatt, ihr Lächeln bezaubernd. Ihr Haar glänzte so unglaublich im Sonnenlicht, dass ich glaubte, sie wäre ein Engel, der vom Himmel herabgestiegen war, um mir beim Training zuzusehen. Sie hatte die schönsten braunen Augen auf der Welt, und als ich sie sah, da wusste ich, dass wir füreinander bestimmt waren. Es gab nur ein Problem – sie hielt Händchen mit meinem besten Freund, mit Bud Nobles.

Bud und ich teilten uns in jenem Semester ein Zimmer im Studentenheim. Er hatte mir von einem Mädchen aus Wharton, Texas, erzählt, das er kennen gelernt hatte. Es war eine grausame Laune des Schicksals, dass er ihr als Erster begegnete, als er sich für das neue Semester einschrieb. Sie hatte gerade angefangen, als studentische Hilfskraft im Immatrikulationsbüro zu arbeiten, und Bud war ihr erster «Kunde». Bezaubert von ihrem texanischen Akzent, ergriff er die Gelegenheit beim Schopf und lud sie zum Maiball ein, der wenige Tage später stattfand. Da sie neu an der Uni war und weil sie sich nicht auskannte, nahm sie die Einladung an. Und jetzt wollte es das Schicksal, dass ich verschwitzt, verdreckt und allein auf dem Spielfeld stand, während Bud Händchen haltend mit dem wunderbarsten Geschöpf, das ich je gesehen hatte, auf der Bank saß.

Es ist sehr gefährlich, wenn eine Frau zwischen zwei beste Freunde gerät. Ich hatte schon mehr als einmal erlebt, wie über so etwas Freundschaften zerbrochen waren, und ich wollte nicht, dass das auch mit unserer Freundschaft passierte. An Ort und Stelle, mitten auf dem Sportplatz, noch bevor ich ein einziges Wort mit ihr gewechselt hatte, begann ich, mir meinen Plan zurechtzulegen.

Im Studentenheim wurde jeden Mittwochabend Poker gespielt. Das Spiel war immer dasselbe, Seven-Card Studpoker, keine Joker, zehn Dollar Limit, zwei Dollar höchste Einsatzsteigerung. Es gab vier unter uns, die kein Spiel ausfallen ließen. Bud überlegte, am kommenden Mittwoch lieber mit Kathryn ins Kino zu gehen; gerade rechtzeitig erwischte ich ihn nach dem letzten Seminar. Das wäre uns anderen gegenüber nicht fair, argumentierte ich. Wir würden auf ihn zählen, es sei seine Pflicht, zu erscheinen und die Pokerspieler der Welt zu unterstützen. Er müsse diese heilige Tradition aufrechterhalten. Am Ende blieb ihm keine Wahl.

Das Spiel begann um Punkt neun. Ich war nervös, und um zehn, nur eine Stunde später, hatte ich die Hälfte meines Einsatzes verloren. Da ich wusste, dass dies meine einzige Chance war, schloss ich die Augen und dachte an die Grübchen, das Lächeln, den bezaubernden Blick, den charmanten Akzent, der jedem Mann weiche Knie machte. Ich schwor mir zu gewinnen und lief zur Hochform auf.

Die Regeln waren in Stein gemeißelt: Es wird bis Mitternacht gespielt, keiner kneift, und es steigt keiner aus, der einen schnellen Gewinn gemacht hat, zehn Dollar Höchsteinsatz. Wenn einem vor Mitternacht das Geld ausging, setzte man Dienstleistungen – eine Woche lang alle Betten machen, Autos putzen, solche Sachen. Um Viertel vor zwölf hatte ich eine Glückssträhne, aber Bud war blank, und da wusste ich, dass meine Chance gekommen war. Ich war mit Geben an der Reihe. Nach zwei Anfangsrunden, in denen kaum erhöht wurde, gab ich jedem Spieler seine letzte Karte. Ich zeigte zwei Buben, eine Sechs und eine Vier. Drei Karten ließ ich verdeckt. «Männer», sagte ich, «es betrübt mich, dass ich euch euer ganzes Geld abgeknöpft habe. Ich weiß, dass ihr es dringend braucht. Weil ich also so ein gutes Herz habe, gebe ich es euch zurück – das heißt, wenn ihr den Mumm habt.» Sie starrten mich entgeistert an. «Ich habe eine Glückssträhne», fuhr ich fort, «deswegen setze ich alles, was ich habe, den gesamten Gewinn dieses Abends, auf dieses eine Blatt.» Ich schob das Geld, das vor mir lag, in die Mitte des Tischs.

«Was soll das, Harry?», fragte Jason Hanson.

«Ich hab's doch gerade gesagt, ich hab eine Glückssträhne. Ich setze alles.»

«Wir haben ein Einsatzlimit, das kannst du nicht machen.»

«Ich verlange nicht von euch, dass ihr mitgeht, ihr braucht nicht mehr als die höchstens zugelassenen zehn Dollar zu setzen – das verstößt doch nicht gegen die Regeln, oder?» Sie waren sprachlos.

«Moment mal. Soll das heißen, du setzt dreihundert Dollar oder mehr, während wir nur zehn setzen?»

«Erstaunlich, aber wahr. Da könnt ihr mal sehen, was ich für ein gutes Herz habe.»

Jason sprang als Erster darauf an. «Ich bin dabei, Mann, hier sind meine zehn.» Er warf einen Blick auf seine letzte Karte und warf sein Geld auf den Tisch. Zuversichtlich zeigte er zwei Paare, Fünfen und Dreien, einen Kreuz-Buben. Harvey Langer war als Nächster an der Reihe. Er kratzte seine letzten zehn Dollar in Münzen zusammen und schob sie in die Mitte. Er bemühte sich, selbstbewusst dreinzublicken, doch ich hatte das Gefühl, dass er bluffte. Er zeigte zwei Vieren, eine Zwei und eine Sieben. Dann war Bud dran. Er hatte die besten Karten auf der Hand; sein Problem war, dass er kein Geld mehr hatte. Misstrauisch sah er erst die anderen und dann mich an.

«Ihr wisst genau, dass ich blank bin. Was wollt ihr? Verdammt, Harry, ich muss jetzt schon bis Oktober dein Bett machen!»

«Da Harry seinen ganzen Gewinn setzt», sagte Jason, «würde ich sagen, er bestimmt, was du dagegensetzt. Harry?»

Alle schauten mich an. «Ich weiß nicht», sagte ich lässig. «Mal sehen. Hier liegt ja eine Menge Geld auf dem Tisch, insgesamt über dreihundertsechzig Dollar, mal ganz abgesehen von dem Bettenmachen und Badezimmerputzen, das du schon an der Backe hast. Tja, das ist eine Menge Holz, keine Frage. Du müsstest schon einen ganz besonderen Einsatz bieten, wenn du die Chance haben willst, das alles zurückzugewinnen.»

«Okay, Harry, hör auf, so eine Schau abzuziehen. Was willst du?»

«Ich mache dir einen Vorschlag. Diese Kleine, die du kennen gelernt hast, wie hieß sie noch? Kiley, Catrina?»

«Sie heißt Kathryn, Harry. Was ist mit ihr?»
«Genau, Kathryn, jetzt fällt es mir wieder ein. Ich habe am Freitag noch nichts vor. Ich hätte Lust, mit einem netten Mädchen auszugehen – nur so zum Spaß. Ich könnte mir denken, dass es interessant wäre, ein bisschen mit ihr zu plaudern, sie redet so lustig mit ihrem Oklahoma-Akzent und so.»
«Sie ist aus Texas, Harry. Soll das etwa heißen, ich soll meine Verabredung mit Kathryn am Freitag setzen? Du hast sie doch nicht alle.»
«Ich hab sie nicht alle? Wenn du den ganzen Topf gewinnst, kannst du am Freitagabend mit Kelly in das teuerste Restaurant am Platz gehen und Steak und Hummer essen.»
«Kathryn.»
«Du könntest dir sogar noch eine Limousine mieten und hättest immer noch was übrig. Denk drüber nach, Bud. Wenn du nicht mitgehst, bist du pleite. Dann kannst du ihr höchstens eine Tüte Fritten spendieren, wenn du dafür überhaupt das Kleingeld zusammenkriegst. Es geht um alles oder nichts. Bist du dabei?»
Nach außen hin gab ich mich vollkommen kühl und gelassen, aber innerlich wäre ich vor Aufregung fast gestorben.
«Also, ich weiß nicht – ich meine, eine Verabredung mit einem Mädchen als Spieleinsatz?»
Ich ordnete die Stapel Geldscheine, die vor mir auf dem Tisch lagen.
«Wie gesagt, Bud, es ist deine Sache. Hummer oder Fritten – du musst dich entscheiden.»
Er nahm seine letzte Karte auf und studierte sein Blatt. Drei Neunen, einen König und eine Zehn hatte er auf-

gedeckt. Wenn er jetzt eine Neun gezogen hatte, würde ich verlieren. Er schien zu lächeln.

«Okay, ich bin dabei.»

Das waren die Worte, die ich hören wollte.

«Es kann nicht mehr gesetzt werden, Gentlemen, es liegt alles auf dem Tisch. Einer von uns wird den großen Gewinn einstreichen, die anderen gehen leer aus. So funktioniert das Spiel. Es ist ein Spiel für ganze Männer. Alles oder nichts, jetzt geht's um die Wurst. Was meint ihr, wollen wir alle gleichzeitig aufdecken, um die Spannung zu erhöhen?» Es herrschte Totenstille, als alle ihre Karten ordneten.

Emily, im Leben eines jeden gibt es entscheidende Momente. Momente, die alles verändern. Für den einen ist es die Geburt des ersten Kindes. Für den anderen der erste Kuss oder die erste Beförderung. Ich weiß, es klingt seltsam, aber für mich war es jener Mittwochabend im College, als ich die Verabredung mit Kathryn gewonnen habe. Diesen Augenblick werde ich bis an mein Lebensende nicht vergessen. Ich war überglücklich.

Nachdem die Aufregung sich gelegt hatte, gab es allerdings noch ein kleines Problem, das Bud und ich lösen mussten. Gut, ich hatte Kathryn gewonnen, aber wir konnten schlecht zu ihr hingehen und ihr das einfach so sagen. In solchen Dingen verstehen Frauen keinen Spaß. Also heckten wir einen Plan aus.

Bud war anfangs nicht begeistert, aber er hatte keine Wahl. Wir kamen überein, dass ich als sein Chauffeur fungieren würde – eine lustige Idee – das würde ihr gefallen. Leider würde Bud plötzlich schrecklich krank werden und nach Hause gebracht werden müssen. Weil er Kathryn den Abend nicht verderben wollte, würde er darauf bestehen, dass ich sie an seiner Stelle zum Tanz begleiten und anschließend mit ihr zu Abend essen würde. Der Plan war genial.

Um das Ganze realistisch erscheinen zu lassen, brauchten wir einen Wagen, der eines Chauffeurs würdig war. Das war gar nicht so einfach, wie es klingen mag. Normalerweise mietet man eine Limousine stundenweise, und zwar mitsamt Chauffeur. Wenn wir den Wagen selbst fahren wollten, mussten wir ihn für vierundzwanzig Stunden mieten. Das kostete mich ein Vermögen, aber es war für Kathryn, und sie war mir jeden Preis wert. Wir holten den Wagen gegen Mittag ab und fuhren den ganzen Nachmittag damit in der Stadt herum. (Wenn wir schon so viel Geld dafür bezahlten, wollten wir auch etwas davon haben.) Um fünf holten wir unsere Smokings beim Kostümverleih ab und fuhren ins Studentenheim, um zu duschen. Buds Smoking hatte lange Schwalbenschwänze, während zu meinem nur ein kurzes Jackett gehörte, was meiner Rolle angemessen war.

Um sieben trafen wir wie geplant vor Kathryns Wohnung ein. Bud nahm das Ansteckssträußchen, ging an die Tür und klingelte. Sie sah umwerfend aus. Als die beiden auf den Wagen zukamen, sprang ich heraus und hielt Kathryn die Tür auf.

«Ma'am, wenn ich bitten darf.»

«Kathryn, das ist Harry, mein Zimmergenosse. Ich habe ihn dir neulich nach seinem Training vorgestellt.»

«Ach ja, hallo, Harry.» Ich nickte höflich, als sie in den Wagen stieg. Bud warf mir einen wütenden Blick zu.

«Was verschafft uns das Vergnügen, dass du uns heute Abend chauffierst, Harry?», fragte Kathryn. Ich hatte mir meine Geschichte sorgfältig zurechtgelegt. Ein Mädchen anzulügen, wäre mir nie in den Sinn gekommen.

«Sagen wir einfach, wir haben vor ein paar Tagen bis spät in die Nacht gepokert, und lassen wir es dabei.» Bud hustete – nein, es hörte sich eher so an, als würde er gleich ersticken.

«Um so was pokert ihr? Männer!», sagte Kathryn empört.

Du hast ja keine Ahnung, Süße, dachte ich.

Wir gingen zu dem Ball, und ich hielt mich im Hintergrund, bis die Musik anfing. Aus Freundschaft hatte ich Bud einen Tanz mit ihr gestattet, bevor die Übelkeit sich bemerkbar machte. Ich lächelte, als die Band zu spielen begann. Bud wirkte angespannt. Kurz bevor das Stück zu Ende war, ging ich zur Herrentoilette und wartete vor der Tür. Das nächste Stück wurde gespielt, und zu meinem Entsetzen sah ich, wie Bud weiter mit meinem Mädchen tanzte. Nervös schaute er immer wieder zu unserem Treffpunkt herüber, und als sich unsere Blicke begegneten, deutete ich mit einer Handbewegung an, dass ich ihm die Kehle durchschneiden würde. Alles war klipp und klar abgemacht, ich würde nicht zulassen, dass er mich jetzt betrog.

Als das Stück zu Ende war, entschuldigte er sich und kam auf mich zu. Ich folgte ihm in den Toilettenraum.

«Was zum Teufel soll das, Bud? Spielschulden sind Ehrenschulden!»

«Harry, ich schaff's nicht. Lass uns was anderes ausmachen, ich bring's einfach nicht fertig. Es tut mir Leid.»

Er hatte sich in einen Engel verliebt, aber das Glück war nicht auf seiner Seite.

«Egal wie, Bud, aber du kannst mich beim Wort nehmen, wenn ich dir sage, dass dir gleich kotzübel wird.»

Ich hatte mit so etwas gerechnet und war vorbereitet. «Stimmt's, Jason?», sagte ich zu Jason, der gerade aus einer Kabine trat.
«Harry hat Recht. Ich war dabei. Ich hab's mit eigenen Augen gesehen. Du musst deine Schulden begleichen, Bud.» Jason packte Bud von der einen, ich packte ihn von der anderen Seite. Gemeinsam schleppten wir ihn in die nächste Kabine und zwangen ihn in die Knie. Während Jason Buds Kopf in die Kloschüssel drückte, zog ich die Spülung.
«Okay, okay, ich mach's. Lasst mich los.»
Als Nächstes schleiften wir ihn an ein Waschbecken. Ich lockerte seine Krawatte, und Jason bespritzte sein Hemd und sein Revers mit Wasser.
«Hey, vorsichtig», protestierte Bud. «So einen Smoking reinigen zu lassen ist verdammt teuer!»
«So, das dürfte reichen. Und jetzt geh raus und erzähl der Kleinen, dass du dir die Seele aus dem Leib gekotzt hast.»
Wir schoben ihn zur Tür hinaus und warteten. Es dauerte nicht lange.
«Schön, dich wieder zu sehen, Bud. Du musst dich bestimmt schon wieder übergeben, was?»
Es lief alles nach Plan – bis auf ein kleines Problem. Als wir Buds Kopf in die Kloschüssel gedrückt hatten, hatten wir nicht bemerkt, dass die Kabine nebenan besetzt war. Wir hörten nicht, wie die Tür geöffnet wurde, und auch nicht, wie der Spion hinausschlich und uns verpetzte. (Erst Jahre später habe ich erfahren, Emily, dass der Petzer niemand anders war als der jämmerliche Arnold Swenson, den ich in der Baseballmannschaft als Schlagmann verdrängt hatte.)
Als wir Bud gerade darauf vorbereiteten, Kathryn die

traurige Nachricht zu verkünden, wurde plötzlich die Tür aufgerissen. Wir blickten vom Waschbecken auf und sahen Kathryn in die Herrentoilette stürmen.

«Harry?» Wir standen am hinteren Ende des Raums, zwei Jungs, die vor den Urinalen standen, machten schnell ihre Reißverschlüsse zu und suchten hastig das Weite. Kathryn marschierte schnurstracks auf uns drei zu. Ich starrte sie entgeistert an. Jason war der Erste, der seine Sprache wieder fand.

«Du kannst hier nicht einfach reinkommen! Das ist die Herrentoilette!» Sie sah ihn an, als wollte sie sagen, versuch doch, mich davon abzuhalten, Kumpel.

«Ich habe sechs Brüder, Schätzchen – hier gibt's nichts zu sehen, was mir neu wäre, verlass dich drauf», schnaubte sie. Dann wandte sie sich an Bud. «Du siehst ja aus, als würde es dir schon wieder viel besser gehen.»

«Äh, also, ja, es geht mir wieder besser», stammelte er.

«Freut mich, das zu hören», erwiderte sie verächtlich. «Gentlemen, was hat das zu bedeuten, dass mich einer beim Poker gewonnen oder verloren hat?» Ich hätte damit gerechnet, dass sie wütend wäre, aber sie war auf unheimliche Weise ruhig. Ich weiß nicht, ob es sein schlechtes Gewissen war oder Kathryns verführerischer Akzent, aber Bud gab als Erster auf.

«Tut mir wirklich Leid. Es war Harrys Idee. Über dreihundertsechzig Dollar waren im Topf, und ich war blank, und Harry hat vorgeschlagen –» Verräter, dachte ich. Sie drehte sich um und sah mir direkt in die Augen.

«Harry? Ist das eine Art einheimische Tradition, eure Frauen beim Poker als Einsatz zu bieten?» Sie war ruhig, aber bestimmt. Doch insgeheim, glaube ich, fühlte sie sich geschmeichelt.

«Äh, nein, Ma'am. Es ist das allererste Mal, dass ich von so was höre.» Dummerweise fügte ich hinzu: «Aber es war alles so abgemacht.»

«Verstehe. Womit hast du gewonnen, Harry?»

«Wie bitte?»

«Hast du Bohnen in den Ohren, oder was? Ich sagte, womit hast du gewonnen – was hattest du für ein Blatt?»

«Äh – Buben und Sechsen.»

«Buben und Sechsen? Du hast mich mit Buben und Sechsen gewonnen?» Sie wirkte sehr verwundert.

«Ja, das ist richtig.»

Sie sah uns nachdenklich an. «Also, Jungs, ich finde, wenn ihr um eine Frau pokert, als wäre sie ein preisgekröntes Schwein, das man auf dem Jahrmarkt gewinnen kann, sollte sie wenigstens die Chance bekommen, sich zu verteidigen.»

«Was meinst du damit?», wollte Jason wissen. Sie beachtete ihn nicht, sondern wandte sich an Bud.

«Habt ihr ein Kartenspiel hier?»

«Klar», sagte er. «Wir haben eins im Umkleideraum.»

Sie schaute mich herausfordernd an und befahl: «Los, komm, Harry, wir spielen eine Runde Poker.»

Während Bud losrannte, um die Karten zu holen, trottete ich wie ein Schaf hinter ihr her zu einem freien Tisch hinter dem Getränkestand. Sie wirkte unglaublich sicher und selbstbewusst. Auf dem Weg zum Tisch versuchte ich, ein Gespräch mit ihr anzufangen. «Du spielst Poker? Ich kenne kaum Frauen, die Poker spielen.»

«Ich hab dir doch gesagt, Harry, ich bin als einzige Schwester mit sechs Brüdern aufgewachsen. Ich kann noch viel mehr als Poker spielen. Was spielt ihr denn gewöhnlich?»

«Normalerweise spielen wir Seven-Card Studpoker, keine Joker, zehn Dollar Limit – aber ich habe nicht besonders viel Geld dabei.» Es war schwer zu sagen, aber ich hatte den Eindruck, dass sie grinste.

«Keine Sorge, Harry. Wir spielen nicht um Geld.»

Sie schob die kleine Schleppe ihres Kleides zur Seite, dann hob sie ihren Rock gerade hoch genug, um sich bequem auf den Stuhl mir gegenüber setzen zu können. Anschließend zog sie ihre Satinhandschuhe aus und warf sie auf einen leeren Stuhl. Es war eine Herausforderung. Ich bemühte mich, einen selbstbewussten Eindruck zu machen. Ihr Blick war durchdringend. Bud kam mit den Karten und wollte sie mir geben, doch Kathryn streckte ihre Hand aus, nahm ihm die Karten ab und begann zu mischen. Es war ein überwältigender Anblick. Ihre zur Seite gerückte Schleppe, ihr Haar, das im gedämpften Licht leuchtete, die Band, die im Hintergrund spielte, und Kathryn, die mit den Karten umging, als würde sie am Küchentisch einen Brotteig kneten.

Innerhalb von Sekunden hatte sie die Karten gemischt und abgehoben. «Also, los geht's», verkündete sie. «Ach ja, und da wir nicht um Geld spielen, was hältst du davon, wenn wir Five-Cards-Draw spielen, ohne Joker, höchstens drei Mal tauschen?»

«Klar, klingt gut.»

Kaum hatte ich zugestimmt, lagen die Karten auch schon vor mir auf dem Tisch.

Sie sah mir in die Augen und erklärte: «Ich sage dir jetzt, worum es geht, Harry. Du sagst, du hast mich in einem fairen Spiel gewonnen, aber das stimmt nicht, denn ich war nicht dabei. Wenn du um das Recht spielen willst, mich nach Hause begleiten zu dürfen, in Ordnung.

Wenn du gewinnst, darfst du mich heute nach dem Tanz nach Hause bringen.»
«Und wenn ich verliere?»
«Wenn du verlierst», sie ließ ihren Blick durch den Raum schweifen. «Wenn du verlierst, dann gehst du zu der Bowleschüssel rüber und küsst ihren Boden.» Dann fügte sie lächelnd hinzu: «Von innen.»
«Soll das heißen, ich muss meinen Kopf in die Bowleschüssel stecken?»
«Du bist ein kluger Junge.»
Mir blieb keine Wahl. Um dieses unglaubliche, Poker spielende Geschöpf nach Hause bringen zu dürfen, wäre ich bis ans Ende der Welt gegangen.
«Also gut, fangen wir an», sagte ich und nahm meine Karten. Das Blatt war nicht schlecht. Ich hatte zwei Paare, Achten und Vieren, einen Kreuz-Buben. Ich setzte ein möglichst entspanntes Gesicht auf. Sie sah mir in die Augen. Die Entscheidung fiel mir leicht. Ich warf den Buben ab und versuchte, ein Full House zu ergattern; damit wäre mir der Sieg sicher.
«Ich nehme eine», sagte ich und warf meine Karte in Kathryns Richtung.
«Und ich nehme zwei», murmelte sie vor sich hin, als sie die Karten gab.
Mit pochendem Herzen hob ich meine Karte auf. Nichts; ich würde mit zwei Paaren gewinnen müssen.
«Harry, möchtest du den Einsatz erhöhen oder willst du sehen?» Mein Blatt war gut, aber sie schien sich ihrer Sache so sicher zu sein.
«Ich würde sagen, Karten auf den Tisch.»
«Wie du willst», sagte sie. «Was hast du?» Als ich meine Karten auf den Tisch legte, ging ein Raunen durch die

kleine Menge, die sich neugierig um unseren Tisch versammelt hatte. Kathryn legte ihre Karten hin und präsentierte mir zwei Damen und zwei Neunen und einen Kreuz-König.

Mir rutschte das Herz in die Hose. «Tut mir Leid, Harry, ich hoffe, du magst Bowle.»

Als ich gerade aufstehen wollte, um meine Strafe auf mich zu nehmen, fuhr sie fort: «Wir könnten natürlich noch ein Spiel machen, wenn du deinen Einsatz noch einmal erhöhen möchtest.»

«Was hättest du denn gern?»

«Noch ein Spiel. Wenn du gewinnst, darfst du mich nach Hause bringen. Aber wenn ich gewinne –» Sie schaute zu Bud hinüber, der das Ganze sehr zu genießen schien. «Bud, gibt es im Bio-Saal immer noch Hühner?»

«Klar, ich hab sie heute noch gesehen.»

«Also gut, Harry, wenn du verlierst, holst du ein Huhn aus dem Bio-Saal, gehst damit mitten auf die Tanzfläche und küsst es vor allen Leuten eine Minute lang auf den Schnabel.»

«Was? Ich soll ein Huhn küssen?»

«Ganz genau. Das ist dein Einsatz. Das ist ein Spiel für ganze Männer. Bist du ein ganzer Mann?» Ihre Worte klangen irgendwie vertraut. Es war seltsam, alle waren als Paare dort, aber im Verlauf des Spiels versammelten sich die Mädchen hinter Kathryn, während die Jungs hinter mir Aufstellung nahmen. Ich spielte nicht nur um Kathryn, ich vertrat mein Geschlecht. Ich spürte, wie die Spannung wuchs.

In solchen Situationen, Emily, ist es schwer zu entscheiden, wie man sich richtig verhält. Ich stand schwer unter Druck, aber was hatte ich für eine Wahl? Ich konnte

meinen Kopf in die Bowle stecken oder mein Glück erneut versuchen, Kathryn zu gewinnen.
«Ich mache dir einen Vorschlag», sagte ich. «Wenn ich verliere, küsse ich das Huhn. Ich küsse das Huhn eine Minute lang, dann stecke ich meinen Kopf in die Bowleschüssel und anschließend drücke ich mein Gesicht in die Torte da drüben auf dem Tisch. Aber wenn ich gewinne, darf ich dich nicht nur nach Hause fahren, sondern dich mitten auf der Tanzfläche eine Minute lang küssen.» Die Männer johlten und applaudierten.
Sie schien verblüfft, zuckte jedoch mit keiner Wimper.
«Einverstanden. Du bist dran mit Geben.» Sie schob mir die Karten zu, doch ich lehnte höflich ab.
«Du gibst», erklärte ich. «Ich möchte nicht in den Verdacht geraten, ein Falschspieler zu sein, wenn ich gewinne.» Das war kein Versuch, den Kavalier zu markieren, aber ich wusste, dass ich ein schwaches Bild abgeben würde, denn im Kartenmischen war sie wesentlich geschickter als ich. Innerhalb weniger Sekunden hatte sie die Karten gemischt und in perfekten Stapeln auf dem Tisch platziert. Ich nahm mein Blatt auf. Der Pokergott war mir nicht hold. Die Männer hinter mir stöhnten, als ich um drei Karten bat. Sie nahm nur eine. Wir deckten unsere Karten auf, und die Frauen hinter Kathryn brachen in Jubelgeschrei aus – diesmal wegen zwei lausiger Buben.
«Du hast eine Pechsträhne erwischt, Harry. Vielleicht solltest du etwas vorsichtiger mit deinem Einsatz sein, wenn du pokerst.»
Ich fühlte mich gedemütigt. Ich sollte ein Huhn küssen, meinen Kopf in die Bowleschüssel stecken und mein Gesicht in eine Torte drücken. Aber anscheinend war sie nicht darauf aus, mich leiden zu sehen.

«Machen wir noch ein Spiel», schlug sie zu meiner großen Verblüffung vor.
Ich hatte meine Ehre bereits verloren, von Kathryn ganz zu schweigen, worauf kam es da noch an?
«Meinetwegen. Und um was geht es diesmal?», fragte ich und legte mein Schicksal in ihre Hand.
«Um dasselbe wie vorher, aber wenn du verlierst, steigst du zusätzlich auf den Sprungturm unten am Schwimmbecken, ziehst dich nackt aus, springst runter und rufst gleichzeitig: ‹Männer sind Schwachköpfe›». Die Frauen brachen in Jubelgeschrei aus.
«Ich soll mich nackt ausziehen?», fragte ich entgeistert.
«Du scheinst die seltsame Angewohnheit zu haben, mir alles nachzuplappern», meinte sie, als das Gekichere leiser wurde.
«Abgemacht», sagte ich eiskalt.
Sie mischte die Karten und teilte aus. Ich hatte drei Könige, eine Sechs und eine Zehn. Verdammt gut. Ich versuchte, in ihren Augen zu lesen. Sie waren wunderschön, aber sie verrieten nichts über die Karten in ihrer Hand.
«Ich nehme zwei», sagte ich, bemüht, mich zerknirscht zu geben. Sie gab mir zwei Karten und beobachtete mich aufmerksam, als ich sie aufhob. Am liebsten wäre ich vor Freude an die Decke gesprungen. Ich hatte zwei Dreien gezogen und hatte ein Full House. Das war schwer zu überbieten. Sie sah mich unverwandt an und verkündete: «Ich nehme zwei.» Sie gab sich zwei Karten und legte sie vor sich auf den Tisch. Ohne sie anzusehen, fragte sie: «Was hast du, Harry?»
«Willst du dir deine Karten nicht ansehen?»
«Nein. Was hast du?»

Ich deckte meine Karten auf, sodass alle sie sehen konnten. Die Männer jubelten.

«Full House. Gutes Blatt», sagte Kathryn. «Aber –» Sie wirkte so ruhig, so selbstsicher. Langsam legte sie ihre Karten ab, eine nach der anderen. Eine Dame, noch eine Dame und dann noch eine dritte. Als sie meinen Blick bemerkte, grinste sie. Das Entsetzen muss mir ins Gesicht geschrieben gewesen sein. Ein Full House war immer noch mehr als drei Damen, aber ihre beiden restlichen Karten lagen bedrohlich auf dem Tisch. Sie hob die Ecke der ersten Karte an. Jetzt war ihr Gesicht völlig ausdruckslos. Mit einer schnellen Handbewegung drehte sie sie um. Eine Sieben. Die Männer hinter mir atmeten erleichtert auf. Noch eine Karte. Ich wusste, dass die vierte Dame noch nicht im Spiel gewesen war. Wenn sie sie hatte, würde sie mich mit vier Gleichen schlagen, und ich würde zum Gespött des gesamten Colleges. Wenn es irgendeine andere Karte war, egal welche, hätte ich den größten Coup meines Lebens gelandet. Langsam zog sie die Karte auf sich zu, während sie mir immer noch in die Augen schaute. Dann hob sie eine Ecke an und lugte darunter, ohne dass irgendjemand die Karte sehen konnte. Ihr Gesichtsausdruck blieb unverändert. Ich starrte sie wie gebannt an. Es war, als überlegte sie, wie sie sich entscheiden sollte, als könnte sie die Karte durch schiere Willenskraft bestimmen. Nach mehreren Augenblicken, die mir wie Minuten erschienen, stand sie auf und schob die Karte zurück in den Stapel, der immer noch in der Mitte des Tischs lag.

«Sieht so aus, als hätte Harry gewonnen!», rief sie. Die Männer johlten, während die Frauen sich seufzend abwandten. Kathryn zuckte mit keiner Wimper. Ich nahm ihre Hand, und zusammen gingen wir auf die Tanzfläche. Als die Musik wieder spielte und die Paare zu tanzen begannen, strich ich mit dem romantischsten Kuss meines Lebens meinen Gewinn ein.

Von dem Tag an waren wir unzertrennlich, und sieben Monate später heirateten wir. Bis zum heutigen Tag, Emily, bis heute weiß ich nicht, welche Karte sie gezogen hatte.

Ich muss dir allerdings ein Geständnis machen. Es ist etwas, das mich mein Leben lang verfolgt hat. Ich habe dir gesagt, dass ich das erste Spiel fair gewonnen hatte, das Spiel im Studentenheim am vorausgegangenen Mittwoch. Ich wäre ein Lügner, wenn ich nicht zugeben würde, dass es ein abgekartetes Spiel war. Ich habe meinen gesamten Gewinn, außer meiner Verabredung mit Kathryn, an Jason Hanson gezahlt, der mir für die letzte Runde seine Karten zugeschoben hatte.

Ich habe Unrecht getan, Emily. Selbst um Kathryn für mich zu gewinnen, hätte ich nicht falsch spielen dürfen. Ich war jung und dumm, und ich glaubte, es wäre die einzige Möglichkeit für mich, sie zu bekommen, ohne meine Freundschaft mit Bud aufs Spiel zu setzen. Aber ich habe es falsch angefangen. Einige Jahre später habe ich Bud alles gebeichtet. Zur Strafe musste ich ihm dreihundertsechzig Dollar plus Zinsen zahlen und ihn und seine Frau zum Essen ausführen. Wir haben stundenlang darüber gelacht. Trotzdem war es nicht richtig.

Die Frage ist nun, meine liebe Enkelin, welche Lehre kannst du daraus ziehen? Ich hoffe, dass du das mit dem Falschspiel vergisst und dich einfach nur daran erinnerst, wie sehr ich deine Großmutter geliebt habe. An dem Tag, als sie in mein Leben getreten ist, hat sich für mich alles geändert.

Wenn du einmal den Richtigen kennen lernst, wirst du wissen, dass er es ist. Und wenn das passiert, dann halte ihn mit beiden Armen fest und lass ihn nie mehr los. Du wirst dich mit ihm streiten, das haben Kathryn und ich auch getan, aber wir haben nie aufgehört, uns zu lieben. Ihrer Mutter zuliebe haben wir sieben Monate mit dem Heiraten gewartet – sie wollte, dass wir uns erst ganz sicher waren. In unserem Fall wäre das nicht nötig gewesen, aber es ist ein guter Rat. Tu dasselbe mir zuliebe, Emily, es scheint mir ratsam zu sein.

Ich werde auf dich aufpassen.

In Liebe
Opa Harry

Als Emily im Schlafanzug in die Küche kam, saß Laura am Tisch und weinte. Emily gewöhnte sich langsam an diesen Anblick. Laura winkte sie zu sich.

«Komm her, mein Schatz, ich will dir eine Geschichte vorlesen. Sie handelt davon, wie dein Opa und deine Oma sich kennen gelernt haben.»

Emily hörte aufmerksam zu, als Laura ihr den Brief vorlas.

«Das war cool, Mami.»

Laura musste lachen. «Sollen wir deinen Daddy anrufen und ihm das Geheimnis verraten?»

«Klar. Ich wähl die Nummer.» Emily nahm den Hörer auf und drückte die Tasten.

Der Brief war ein Juwel. Laura hatte bisher nichts über Emilys Großmutter Kathryn gewusst. Sie war sich nicht einmal sicher, ob Bob viel über sie wusste, da er noch ein Kind gewesen war, als sie starb.

«Daddy, ich bin's.»

«Guten Morgen, meine Kleine, wie geht es dir?»

«Gut. Mami will dir ein Geheimnis verraten – ich geb sie dir.» Sie reichte Laura den Hörer.

«Hallo.»

«Nun?»

«Sie waren Menschen aus Fleisch und Blut, Bob. Sie war lebhaft und lustig und voller Energie – und sie haben sich so geliebt.»

«Wer?»

«Weißt du eigentlich, wie deine Eltern sich kennen gelernt haben?»

«Nein.»

«Aber ich weiß es, und es ist eine unglaubliche Geschichte. Wir haben uns an ihn als alten Mann gewöhnt und ganz vergessen, dass er auch mal so jung war wie wir. Willst du die Geschichte hören? Deine Mutter muss eine unglaubliche Frau gewesen sein.»

«Okay, ich will sie hören.»

«Es ist das vierte Gedicht. Lies es ganz langsam. Dann kringle ihre Namen ein. Wenn du die Namen durch eine Linie miteinander verbindest, bekommst du das Passwort.»

«Ach, komm schon, Laura, erzähl mir die Geschichte doch einfach.»

«Ich möchte, dass du das Passwort findest. Lies es mir vor, dann faxe ich dir die Geschichte zu. Ich würde sie dir vorlesen, aber sie ist mehrere Seiten lang. Und sie ist wunderschön, glaub mir.»

Sie wartete geduldig, während er das Buch holte und das Gedicht suchte. «Liebe auf den ersten Blick», sagte er. «Er sagt ihr, sie soll daran glauben. Hey, das hat er ja ganz schön raffiniert gemacht.»

«Also gut, das reicht. Es ist eine unglaubliche Geschichte, Bob. Ich faxe sie dir jetzt.»

«Moment noch», sagte er. «Bevor du auflegst – könntest du die Dateien auf eine Diskette ziehen und sie mir schicken? Dann brauchen wir uns nicht alle paar Stunden anzurufen.» Eigentlich hatte Laura angefangen, die Telefongespräche zu genießen. «Ich habe übrigens mit Michelle gesprochen. Sie fragt, ob du ihr das dritte Buch schicken kannst und auch eine Kopie von den Dateien. Sie ist völlig ausgeflippt, als ich ihr erzählt habe, was wir entdeckt haben. Sie ist eine gute Rätselraterin. Ich schätze, je mehr Hilfe wir bekommen, umso besser.»

«Kein Problem. Ich habe Michelles Buch schon eingepackt. Ich ziehe die Dateien auf zwei Disketten und bringe alles gleich zur Post.»

«Laura? Vielen Dank.»

Während das Faxgerät die bedruckten Seiten einzog, schlug sie das Telefonbuch auf und suchte nach der Nummer von Dr. Steve Iverly.

13

Fast eine Viertelstunde lang hing sie in der Warteschleife, bis er endlich ans Telefon kam. Der Frau von der Vermittlung gegenüber hatte sie behauptet, es handle sich um einen dringenden Notfall.

«Hier Iverly, guten Morgen. Tut mir Leid, dass Sie so lange warten mussten.»

«Hallo, hier ist Laura Whitney. Erinnern Sie sich an mich?»

«Was für eine dumme Frage, selbstverständlich erinnere ich mich. Haben Sie Probleme?»

«Es ist eigentlich kein richtiger Notfall», gab sie verlegen zu. «Aber ich wusste nicht, wie ich sonst zu Ihnen durchkommen sollte. Wenn es sich tatsächlich um einen Notfall gehandelt hätte, dann wäre ich allerdings jetzt tot.»

Sie sah nicht, wie der Arzt lächelte. «Tja, man muss sich nur zu helfen wissen. Was kann ich für Sie tun, Laura?»

«Sie haben zwar gesagt, Sie seien kein Spezialist, aber ich weiß einfach nicht, an wen ich mich wenden soll. Darf ich Ihnen noch ein paar Fragen stellen?»

«Es geht um Harry?»

«Ja.»

«Ich will gern versuchen, Ihnen zu helfen.»

«Ich habe ein leeres Fläschchen Norepinephrin gefunden. Können Sie mir sagen, wogegen es gewöhnlich verschrieben wird?»

«Damit wird Dysfunktionalität behandelt – vor allem kontrolliert es die Hormonproduktion.»

«Es ist also ein Medikament, das bei Depressionen verordnet wird?»

«Im Prinzip, ja.»

«Was würde passieren, wenn jemand dieses Medikament über eine längere Zeit einnimmt und dann, wenn die Tabletten ausgehen, vergisst, es sich neu verschreiben zu lassen? Würde man dann bei dem Patienten eine Veränderung feststellen können?»

«Sicher, vor allem, wenn bei der Behandlung Erfolge erzielt wurden.»

«Genau das hat Dr. Jensen auch gesagt.»

«Dr. Jensen? Ich bin also der Zweite, den Sie um eine Meinung bitten?»

«Nein, Sie waren der Erste, an den ich mich um Rat gewandt habe. Er war der Zweite. Und jetzt – na ja, jetzt wende ich mich wieder an Sie.» Er lachte. «Hören Sie», fuhr Laura fort, «ich hoffe, Sie halten mich nicht für verrückt, aber ich glaube, Sie hatten Recht mit Ihrer Vermutung über Harry.»

«Was meinen Sie damit?»

«Ich glaube, er hatte nicht einfach nur Alzheimer. Es gab Zeiten am Tag – manchmal nur ein paar Minuten, manchmal auch mehrere Stunden –, da war er vollkommen klar im Kopf. Zu anderen Zeiten war er geistesabwesend, verwirrt, grantig – als wäre er ein anderer Mensch. Ich habe in ein paar Büchern nachgeschlagen, und nach allem, was ich über die Alzheimersche Krankheit gelesen habe, hätte er in einem nahezu hilflosen Zustand gewesen sein müssen, wenn er wirklich an Alzheimer gestorben wäre. Aber das war er nicht.»

«Und welche Krankheit hatte er dann Ihrer Meinung nach?»

«Sie sprachen von psychischen Störungen. Ich habe mich ein wenig damit beschäftigt. Harry hatte die typischen Symptome. Ihm wurde über lange Zeit Norepinephrin verschrieben. Das würde alles zusammenpassen. Er hatte gar nicht Alzheimer, sondern litt an einer Form der Depression, wahrscheinlich fast sein ganzes Erwachsenenleben lang. Ich meine nicht so etwas wie Schizophrenie, aber es war eine Krankheit. Können Sie mit meinen Überlegungen etwas anfangen?»

«Wann fangen Sie mit dem Medizinstudium an?»

«Sie halten es also für möglich, dass ich Recht habe?»

«Nach allem, was Sie mir erzählt haben, könnten Sie den Nagel auf den Kopf getroffen haben.»

Am liebsten wäre sie ihm um den Hals gefallen. «Darf ich Ihnen noch eine letzte Frage stellen?»

«Sie dürfen mich bis morgen früh löchern.» Er sah nicht, wie sie errötete.

«Harrys Frau ist sehr jung gestorben. Könnte das seine Depressionen ausgelöst haben?»

«Das sollten Sie besser einen Experten auf dem Gebiet der Psychotherapie fragen.»

«Im Augenblick sind Sie mein Experte.»

«Vielleicht war es der Auslöser, aber meistens liegt bei psychischen Störungen eine erblich bedingte Veranlagung vor.»

«Wenn Harry also depressiv war, dann ist anzunehmen, dass sein Vater oder seine Mutter es auch war, wenn ich Sie richtig verstehe?»

«Oder jemand anders in der Familie. Das ist nicht nur möglich, sondern statistisch gesehen sogar wahrscheinlich. Vergessen Sie nicht, dass mehr als zwanzig Millionen Erwachsene in den USA unter einer psychischen Störung leiden. Sie ist das verbreitetste Psychosyndrom in unserem Land.»

«Zwanzig Millionen?»

«Das geht aus zahlreichen Studien hervor. Manche Menschen kommen damit zurecht und führen ein ganz normales Leben; andere brauchen psychotherapeutischen Beistand und sogar Medikamente. Und manche, so traurig es ist, landen auf der Straße. Aber ob es sich um leichte oder schwere Depressionen handelt, es gibt keinen Grund, sich wegen dieser Krankheit zu schämen oder sich davor zu fürchten.»

«Ich möchte Ihnen sagen, Doktor ...»

«Bitte nennen Sie mich Steve.»

«Steve, ich möchte Ihnen sagen, dass ich Ihnen sehr dankbar bin für Ihre Hilfe. Sie sind ein sehr netter Mensch, und die sind heutzutage sehr selten.»

«Vielen Dank für das Kompliment, aber es ist nicht nötig, und nette Menschen sind gar nicht so selten. Sie brauchen sich nur umzusehen.»

Laura dachte über seine Worte nach. «Sie haben Recht. Ich sollte nicht so schwarz sehen. Nette Menschen sind überhaupt nicht selten, nicht wahr?»

«Nein, ganz sicher nicht.» Er zögerte einen Augenblick. «Laura, darf ich Ihnen eine persönliche Frage stellen?»

«Natürlich.»

«Wenn Emily Ihre Tochter ist, darf ich dann annehmen, dass Sie verheiratet sind?»

Seine Frage schmeichelte ihr, doch sie antwortete ohne zu zögern: «Ja.»

«Das hatte ich mir gedacht. Die Netten sind immer schon vergeben.»

«Danke, Steve.»

«Keine Ursache. Alles Gute.»

Sie kam ein paar Minuten zu spät zu der Besprechung im Büro. Da er wusste, dass sie Probleme in ihrer Ehe hatte, verlangte Grant Midgley keine Erklärung von ihr. Im Büro herrschte reges Treiben. Laura nahm sich ihre telefonischen Nachrichten vor, die sich übers Wochenende angesammelt hatten, und außer einer Stunde gegen Mittag, in der sie einen Kunden durch das Musterhaus führte, verbrachte sie den Rest des Tages am Telefon.

Nachdem sie den letzten Anruf erledigt hatte, kam es ihr so vor, als klebte der Hörer an ihrem Ohr. Zeit, nach Hause zu fahren, wenn sie vor Emily dort ankommen wollte. Als sie gerade ihre Sachen zusammenpackte, klingelte das Telefon wieder. Es war Bob.

«Ich hab schon immer gern an Rätseln herumgeknobelt. Dieses Buch macht mich regelrecht süchtig.»

«Bob, ich hab nicht viel Zeit, ich muss nach Hause, bevor Emily kommt.»

«Ich mach's kurz. Ich weiß ja nicht, ob diese Gedichte in einer bestimmten Reihenfolge gelesen werden sollen, aber sieh dir mal das auf Seite sechzehn an. Da steht was von Edelsteinen und von einem Schatz.»

«Und?»

«Na ja, zwei Zeilen später heißt es: ‹rot funkelnd, lebendig, bleibend, schön›.»

Sie hatte das Buch nicht im Büro, deswegen schrieb sie die Zeilen mit, die Bob diktierte. «Weiter.»

«Hast du alles mitgeschrieben?»

«Ja.»

«Okay, unterstreiche den ersten Buchstaben in ‹rot› und den zweiten in ‹funkelnd›.»

«Hab ich.»

«Siehst du es?»

«Bob, ich hab's eilig, sonst verpasse ich Emilys Bus.»

«Also gut. Jetzt unterstreiche weiter die dritten, vierten und fünften Buchstaben und lies mir vor, wie der Edelstein heißt, den wir finden sollen.»

Sie lächelte. «Rubin.»

«Probier's aus und ruf mich an, wenn du zu Hause bist. Und auch die Nummer zwölf – ich weiß, du musst dich beeilen, also werde ich dich nicht auf die Folter spannen. Das Passwort lautet ‹Engel›.» Ihr Laptop war in ihrer Aktentasche. Sie würde die Passwörter eingeben, sobald sie zu Hause war. «Hast du mir die Diskette geschickt?», wollte er wissen.

«Ja, gestern Abend per Nachtexpress. Du müsstest sie heute bekommen. Wenn nicht, ruf mich an.»

«Okay. Nur noch eins. Ich habe gerade mit Greg gesprochen. Ich kann dir sagen, meine Schwester hat einen richtigen Gauner geheiratet.»

«Was ist denn los?»

«Greg meint, wir sollten das Testament anfechten. Er findet es nicht in Ordnung, dass Emily das Haus erben soll, während die anderen nur ein paar tausend Dollar bekommen.»

«Und wie hast du reagiert?»

«Noch gar nicht. Ich hab ihm gesagt, ich würde ihn zurückrufen. Ich meine, ich kann seinen Standpunkt verstehen, aber andererseits ist es Harrys Geld. Er hat schließlich das Recht, es zu geben, wem er will. Mein Anwalt meint, das Testament ist wahrscheinlich in Ordnung. Es hängt davon ab, wann es verfasst wurde und wann die ersten Alzheimer-Symptome aufgetreten sind – also, ob Harry zum Zeitpunkt des Schreibens ‹im Vollbesitz seiner geistigen Kräfte› war. Was soll ich Greg deiner Meinung nach sagen?»

«Ich weiß nicht. Ich will dich jetzt nicht einfach abwürgen, aber Emily wird vor verschlossener Tür stehen, wenn ich mich nicht beeile. Kann ich dich später nochmal anrufen, um darüber zu sprechen?»

«Klar. Bis später dann.»

Sie war sich nicht sicher, ob Bob verärgert aufgelegt hatte oder nicht. Bei ihm war das manchmal schwer einzuschätzen.

Es herrschte nicht viel Verkehr, und sie traf so früh zu Hause ein, dass ihr noch sechs Minuten blieben, bis der Schulbus kam. Während sie auf Emily wartete, schaltete sie den Computer ein und öffnete den sechzehnten Brief. Offenbar hatte Bob die richtige Lösung gefunden. «Nicht dumm, Harry, gar nicht dumm.» Sie lehnte sich bequem zurück und begann zu lesen.

Meine liebe Emily,

es gibt immer wieder Leute, die behaupten, wenn man Wespen in Ruhe lässt, tun sie einem nichts. Alles Quatsch! Wer so was erzählt, hat sich noch nie viel im Garten aufgehalten. Ich bin schon unzählige Male gestochen wor-

den, obwohl ich die Wespen nicht einmal beachtet habe. Aber hat mich das davon abgehalten, meinen Garten zu genießen? Nur ein einziges Mal. Ich habe das Gefühl, Emily, dass ein Wespenstich uns eine wichtige Lehre erteilen kann. Lass mich dir erklären, was ich meine.
Eines Tages, ich war gerade beim Unkrautjäten, setzte sich eine Wespe auf meine Schulter. Als ich sie verscheuchen wollte, landete sie in meinem Nacken, wo sie mich prompt stach. Ich war schon öfter gestochen worden, aber diesmal wurde es mir zu bunt. Wütend lief ich in den Schuppen und schnappte mir eine Dose Insektenspray und eine Fliegenklatsche. Ich legte mir ein Stück Gaze über das Gesicht, setzte mir einen Hut auf, um meinen kahlen Schädel zu schützen, zog mir ein langärmeliges Baumwollhemd und ein Paar dicke Handschuhe über. Dann stürmte ich in den Garten, um den Wespen den Krieg zu erklären. Ich war entschlossen, sämtliche Wespen auszurotten, die in und um meinen Garten herum summten.
Zwei Stunden später war das Kartoffelbeet immer noch voller Unkraut, der Rasen war nicht gesprengt, und die Möhren waren nicht gedüngt. Aber das kümmerte mich nicht, ich wollte alle Wespen töten, die Gott geschaffen hatte. Und ich war ziemlich gut, ich hatte bereits mehrere Dutzend erlegt. Das Problem war, dass sie trotzdem nicht weniger zu werden schienen. Es muss ein ziemlich lustiger Anblick gewesen sein, wie ich im Garten herumsprang und um mich schlug und mit der Spraydose fuchtelte. Es dauerte den halben Tag, bis mir klar wurde, wie verrückt das alles war. Es würde immer viel mehr Wespen geben, als ich totschlagen konnte, und ich fühlte mich hundeelend.

Im Leben ist es genauso. Du wirst Zeiten erleben, in denen du dich nur um deinen eigenen Kram kümmerst und niemandem etwas zuleide tust. Und dann kommt plötzlich jemand vorbei und ärgert dich. Du hast zwei Möglichkeiten zu reagieren. Du kannst wütend werden und tagelang deine Zeit damit vergeuden und mit jedem Streit anfangen, der dir bedrohlich erscheint; wenn du das tust, wirst du am Ende feststellen, dass du nichts erreicht hast. Besser ist es, sich, so gut es geht, zu schützen und seinen Garten zu genießen. Wenn du gestochen wirst, tut es weh; du weinst vielleicht und fragst dich, womit du eine solche Behandlung verdient hast. Aber dabei lässt du es am besten bewenden. Atme tief durch, kühle den Stich, wisch deine Tränen ab und setz ein Lächeln auf. Wende dich wieder deinem Garten zu und erfreue dich an seiner Schönheit. Ich hoffe, du verstehst, was ich dir sagen will. Und jetzt pflege deinen Garten und genieße das Leben.

In Liebe
Opa Harry

Laura druckte den Brief aus, dann klickte sie die Datei Nummer zwölf an. Sie tippte das Wort «Engel» ein und wartete darauf, dass der Text erschien. In diesem Augenblick kam Emily zur Tür herein.

«Hallo, mein Schatz.»

«Hallo, Mami. Hast du noch mehr Briefe von Opa gefunden?»

«Ja, zwei Stück.»

«Können wir sie lesen?»

«Klar, ich wollte gerade mit dem zweiten anfangen. Komm, wir lesen ihn zusammen.»

Laura druckte den Brief aus, dann machten sie es sich auf dem Sofa bequem.

Meine liebe Emily,
wenn du heranwächst, sollst du nie vergessen, dass du ein Engel bist. Das ist kein plumpes Kompliment von einem Großvater an seine Enkelin. Ich meine das ganz wörtlich – du bist ein «Engel». Lass mich es dir erklären.
Ich weiß nicht, ob ich dir je erzählt habe, dass deine Großmutter Kathryn Schneiderin war. Sie war sehr geschickt und nähte die schönsten Kleider. Als wir anfangs verheiratet waren, spezialisierte sie sich darauf, Brautkleider zu nähen, und schon bald hatte sie so viel zu tun, dass sie kaum wusste, wie sie die Arbeit schaffen sollte. Ich riet ihr, ihre Preise zu erhöhen, und das tat sie auch, aber die Nachfrage ließ nicht nach. Nach kurzer Zeit hatte sie weit über den Ort hinaus den Ruf, eine hervorragende Schneiderin zu sein. Eines Tages hatte sie eine Verabredung mit einer jungen Frau in der St. James Cathedral in East Milford. Vor der Kirche steht ein schöner Brunnen, den sie schon immer sehr gemocht hatte. Da sie nach dem Treffen mit der jungen Frau noch ein bisschen Zeit hatte, beschloss sie, sich an den Brunnen zu setzen und schon ein paar Entwürfe für ihre Kundin zu machen. Während sie den schönen Tag genoss, begann sie ein Gespräch mit einer jungen Frau, die ebenfalls am Brunnen saß. Sie hieß Andrea. Kathryn war schon immer eine Frau, der die Menschen Vertrauen entgegenbrachten, und so erfuhr sie im Laufe des Gesprächs, dass Andrea aus einer Kleinstadt in Oklahoma stammte. Genauso wie die Kundin, die Kathryn zuvor getroffen hatte, sollte auch sie bald in der Kathedrale heiraten – allerdings unter weni-

ger glücklichen Begleitumständen. Sie war schwanger, und deswegen hatten ihre Eltern sie verstoßen. Sie und ihr Freund wohnten bei einer Tante im Keller und hatten vor, demnächst in aller Stille zu heiraten. Als Kathryn sich nach dem Hochzeitskleid erkundigte, gestand Andrea ihr, sie habe keins und fürchte zudem, dass es kein Kleid gebe, das ihr in ihrem Zustand passen würde.

Spontan bot Kathryn sich an, ihr kostenlos ein Brautkleid zu nähen. Sie gab vor, eine Anfängerin zu sein und sie wolle lernen, Umstandskleider zu nähen. Sie erklärte Andrea sogar, sie wäre ihr dankbar, wenn sie ihr Gelegenheit gäbe zu «üben». So ein Mensch war Kathryn. Ich hatte Kathryn schon viele Brautkleider nähen sehen, aber die Arbeit an diesem Kleid schien ihr besonderes Vergnügen zu bereiten.

Die Hochzeit fand statt, und das Kleid, das Kathryn genäht hatte, war umwerfend. Nach der Trauung nahm Andrea Kathryn mit Tränen in den Augen zur Seite und nannte sie ihren «Engel». Sie erzählte, dass sie bei der Begegnung am Brunnen vor einigen Wochen todunglücklich und völlig verwirrt gewesen sei. Sie habe ein paar Münzen in den Brunnen geworfen, die Augen geschlossen und sich gewünscht, ein guter Engel möge ihr beistehen; wenige Sekunden später habe Kathryn neben ihr gestanden. Ich will damit sagen, Emily, dass Kathryn für Andrea wirklich ein Engel war. Sie war gekommen und hatte ihr geholfen, als sie sich in Not befand.

Manchen mag das alles bedeutungslos erscheinen. Schließlich ging es nur um ein Kleid. Aber für Andrea bedeutete es alles. Wenn wir uns nur aufmerksam umsehen, können auch wir für andere, die in Not sind, Engel sein.

Sei immer aufmerksam und mitfühlend, meine liebe Enkelin, dann kannst auch du ein Engel sein.

In Liebe
Opa Harry

Laura schaute Emily an. Emily sagte kein Wort, und es sah so aus, als würde sie gleich in Tränen ausbrechen. Das hat sie von mir, dachte Laura und drückte sie an sich.

«Verstehst du, was Opa dir sagen will?»

Emily nickte. Laura wusste, dass die Briefe Emily noch mehr sagen würden, wenn sie erst älter war – wenn sie sie besser verstehen konnte.

«Mami, glaubst du, Oma Kathryn war hübsch?»

«Da bin ich mir ganz sicher.»

«Kannst du dich an sie erinnern?»

«Nein, mein Schatz. Sie ist gestorben, als dein Daddy noch klein war – ich glaube, er war noch jünger, als du jetzt bist. Aber wenn sie so aussah wie du, dann war sie sehr hübsch.» Emily wirkte nachdenklich. «Aber das ist das Schönste an diesen Briefen», fuhr Laura fort. «Opa erzählt uns alles über sie – damit wir sie kennen lernen. Sie war etwas ganz Besonderes, genau wie du.»

«Sie fehlt mir, Mami, obwohl ich sie doch gar nicht gekannt habe.»

«Ich habe sie auch nicht gekannt, aber mir fehlt sie ebenfalls.»

«Lass uns den anderen Brief lesen, dann können wir sie beide zu Daddy faxen.»

Als sie fertig waren, wählte Laura Bobs Nummer und wartete darauf, dass er abnahm.

«Hallo, hier spricht Bob Whitney. Bitte hinterlassen Sie eine Nachricht oder schicken Sie ein Fax.»

Sie schob die Seiten in das Faxgerät und drückte auf die Taste. Es tat ihr Leid, dass sie ihn am Nachmittag so abgewimmelt hatte. Sie würde noch einmal versuchen, ihn anzurufen, wenn Emily im Bett war. Dann konnten sie ungestört über Greg reden und darüber, was sie wegen des Testaments unternehmen sollten.

14

Voller Freude entdeckte Michelle das Päckchen vor ihrer Tür. Seit Bob sie angerufen und ihr von dem Buch erzählt hatte, hatte sie die ganze Zeit auf heißen Kohlen gesessen.

Es war größer, als sie erwartet hatte. Faszinierend. Vorsichtig schlug sie das Buch auf. Es ist unglaublich kunstvoll gearbeitet, dachte sie, als sie es genauer betrachtete. Der Stoffeinband war an den Rändern mit Kordel vernäht, deren Enden auf den Innenseiten der Buchdeckel jeweils mit einer Schleife zusammengebunden waren. Das Buch war dick und stabil. Da sie noch eine Stunde Zeit hatte, bis die Kinder nach Hause kamen, setzte sie sich hin und begann zu lesen.

Vieles in dem Buch war ihr vertraut und erinnerte sie an ihre Kindheit. Bob schien nur unangenehme Erinnerungen an früher zu haben, aber ihr ging es ganz anders. Sie waren nicht in paradiesischen Verhältnissen aufgewachsen, doch es gab reichlich Kinder, die es schlechter hatten, fand sie. Natürlich wäre es schön gewesen, eine Mutter im Haus zu haben, vor allem für Bob. Komisch, dass sie sich immer noch um ihn sorgte. Alles war so schwierig, wenn man so weit voneinander entfernt lebte. Bob wirkte nie glücklich, wenn sie mit ihm telefonierte, immer unzufrieden. In vielen Dingen erinnerte er sie an Harry, aber das würde sie ihm niemals sagen.

Zärtlich fuhr sie mit der Hand über den Einband von Harrys Buch. Dann blätterte sie vorsichtig die Seiten um, eine nach der anderen, und überflog die Gedichte. Ihr Vater hatte also Gedichte geschrieben – Gedichte, die Botschaften enthielten. Sie suchte die Gedichte, deren Rätsel Bob und Laura bereits gelöst hatten. Sogleich entdeckte sie die Passwörter. Das war natürlich einfach, wenn man die Lösung kannte.

Sie nahm sich ein paar Gedichte vor, die noch entschlüsselt werden mussten, und begann zu lesen.

Bob war völlig aus dem Häuschen, als Laura sich am Telefon meldete.

«Sitzt du gut?»

«Nein, sollte ich?»

«Du wirst es nicht glauben.»

«Was? Welches hast du gelöst?»

«Bisher noch kein Weiteres.»

«Was ist es dann?»

«Es war Greg – äh, die Kinder, glaube ich –, also, ich weiß nicht so genau, wie es gelaufen ist. Jedenfalls haben sie mit dem Buch rumgespielt und …»

«Rumgespielt? Sie haben mit dem Buch gespielt?»

«Ich weiß es nicht, hol einfach das Buch, setz dich und hör zu.» Laura nahm das Buch vom Tisch, legte das Gespräch auf das schnurlose Telefon und setzte sich wortlos aufs Sofa. Emily spielte im Kinderzimmer.

Nach einigen Sekunden fragte Bob: «Bist du noch dran?»

«Ja. Du hast doch gesagt, ich soll mich hinsetzen und zuhören.»

«Ach so. Okay. Schlag jetzt den hinteren Buchdeckel auf.»

Sie tat, wie ihr geheißen. «Ich hab's aufgeschlagen.»

«Mach die Schleife auf.»

«Hä?»

«Die Schleife, mit der die Kordelenden zusammengebunden sind. Mach die Schleife auf und heb den Stoff an, dann fällt der mittlere Teil des Buchdeckels raus. Mach's und sag mir, was passiert.»

Laura löste die Schleife und schlug ein darunter gefaltetes Stück Stoff zurück. Der Buchdeckel bestand aus drei dünnen, übereinander liegenden Brettchen. Als sie das mittlere herauszog, fiel eine Goldmünze zu Boden, die in einer runden Aussparung versteckt gewesen war. Laura hob die Münze auf und betrachtete sie.

«Bob?»

«Warte, sag's mir nicht. Ich wette, es ist eine Saint-Gaudens-Goldmünze von 1908 – und zwar eine in tadellosem Zustand. Na, wie bin ich?»

«Aber …»

«Ich vermute, die haben sie rein zufällig gefunden. Wahrscheinlich steht in einem von Harrys Gedichten oder Briefen, dass sie an dieser Stelle zu finden ist. Greg meint, wahrscheinlich im Gold-Gedicht, aber ich bin mir nicht ganz sicher. Ist es nicht irre, dass er Goldmünzen in den Büchern versteckt hat?»

«Dein Vater steckt voller Überraschungen.»

«Es kommt noch besser. Greg ist völlig ausgeflippt. Er glaubt, dass im Haus noch mehr Gold versteckt ist, und jetzt hat mein guter Schwager, der eigentlich ‹nur Weihnachten einen Tag Zeit hat› für einen kurzen Besuch, sich ein paar Tage freigenommen, damit er und

Michelle herkommen und selbst im Haus nachsehen können.»

«Sie kommen her?»

«Ganz genau. Am Mittwoch. Und jetzt kommt der Hammer – Greg meint, falls wir irgendwelche Goldmünzen im Haus finden, müssten die unter die Ersparnisse fallen, die Harry in seinem Testament Michelles Kindern vermacht hat. Erst will er das Testament anfechten, weil er behauptet, Harry sei nicht ganz bei Verstand gewesen, als er es geschrieben hat, und jetzt beruft er sich darauf. Ist das zu fassen?»

«Glaubst du auch, dass im Haus noch mehr Gold versteckt ist? Wir haben doch alles ziemlich gründlich durchgesehen, meinst du nicht?»

«Wer weiß, was er noch alles versteckt hat? Erst die rätselhaften Gedichte, dann die geheimen Passwörter und jetzt die Goldmünzen – mich würde überhaupt nichts mehr wundern. Schließlich hat Gold ihn schon immer fasziniert. Wenn man länger als zehn Minuten neben ihm stand, lief man Gefahr, dass er einen goldfarben anmalte. Ich weiß wirklich nicht mehr, was ich glauben soll. Auf jeden Fall komme ich am Mittwoch, um Greg und Michelle zu treffen. Ich habe schon einen Flug gebucht. Ich möchte nicht, dass Greg das Haus auseinander nimmt, ohne dass ihm jemand auf die Finger schaut. Ich wollte dir nur Bescheid sagen.»

«Danke, Bob.»

«Kein Problem. Wir sehen uns in ein paar Tagen.»

Laura legte die Münze in den Buchdeckel zurück und band die Schleife wieder zu. «Was hast du vor, Harry?», murmelte sie vor sich hin.

In dem weißen Ballkleid, das sie im Keller gefunden hatte, traf sie in der Klinik ein. Sie sah umwerfend aus, und als die Aufzugtüren sich öffneten, bauschte die Zugluft ihren duftigen Rock auf. Stolz schritt sie auf den Empfangstresen zu.

«Ich möchte zu Dr. Iverly», verkündete sie so laut, dass alle, die im Wartebereich saßen, sie hören konnten.

«Haben Sie eine Patientennummer?», fragte die grauhaarige Frau kühl. Laura öffnete ihre Handtasche. Sie war vollkommen leer. Sie hatte die Nummer, die er ihr gegeben hatte, zu Hause vergessen.

«Ich habe sie nicht dabei, aber er erwartet mich. Er hat mich angerufen und gebeten herzukommen.» Das Telefon auf dem Tresen begann zu läuten.

«Tut mir Leid, Ma'am, aber ohne Ihre Patientennummer kommen Sie nicht an mir vorbei.»

«Sie müssen mich vorbeilassen, er wartet auf mich. Er möchte, dass ich ihn begleite. Er hat mich eben angerufen.» Das Telefon klingelte immer noch.

«Das wird er sein, er versucht, Ihnen Bescheid zu sagen. Wollen Sie nicht den Hörer abnehmen?»

«Nein, Ma'am. Ich bin die Aufnahmeschwester, nicht die Telefonistin. Die Telefonistin hat bis Dienstag frei.» Das Telefon klingelte und klingelte. Laura wurde fast hysterisch.

«Das ist er, und er will, dass ich mit ihm gehe. Ich habe seinen Smoking mitgebracht – sehen Sie, es ist seine Größe –, und er wartet auf mich. Sie müssen ans Telefon gehen.» Wieder klingelte es.

«Nein, Ma'am, nicht vor Dienstag.»

Schließlich erwachte sie aus ihrem Traum. Verschlafen tappte sie nach dem Telefon auf ihrem Nachttisch.

«Hallo?», murmelte sie.

«Ich hab noch eins gefunden.»

«Hä?»

«Ha! Endlich hab ich auch mal das Vergnügen, dich aus dem Schlaf zu reißen. Ich hab noch eins gefunden. Schlag Seite dreizehn auf und lies das Gedicht.»

Sie wusste, dass Bob von den Rätseln und Harrys Briefen fasziniert war, aber das war lächerlich. Doch sie wollte sich nicht mit ihm streiten. «Okay, einen Augenblick», sagte sie. «Ich hole das Buch.» Sie stieg aus dem Bett, suchte im Dunkeln nach ihrem Morgenmantel und ging auf Zehenspitzen die Treppe hinunter. Das Buch lag immer noch auf dem Wohnzimmertisch, wo sie am Abend darin gelesen hatte. Sie schlug es auf, suchte das Gedicht Nummer acht, ging an den Computer und begann zu lesen.

Großmutters Familienporträt

Zum Familienporträt sind sie erschienen,
Onkel, Tanten und Kusinen.
Vetter Jim aus New York City, Fred und Jane aus Florida,
Kusine Jane mit Tochter Ida.

Ah, da ist ja auch der alte Joe
und Onkel Sam aus Idaho.
Mary-Anne im kurzen Rock,
und Vetter Louis geht am Stock.

Hochbetagt mit dreiundneunzig
sitzt die Oma da und freut sich,

trägt zu der Gelegenheit
ihr allerbestes Sonntagskleid.

Nun heißt es, alle aufgestellt,
dass keiner aus der Rolle fällt!
Und jetzt lächeln, ruft der Fotograf,
auch die Oma, wenn ich bitten darf!

Schaut euch bloß die Alte an!
Hat ihr jemand was getan?
Grimmig blickt sie plötzlich drein,
wie geplagt von Schmerz und Pein.

Eben hat sie sich noch amüsiert,
was ist bloß mit ihr passiert?
So, wie sie dasitzt, könnt man meinen,
dass sie gleich anfängt zu weinen.

Ida tröstet sie ein bisschen,
Onkel Fred gibt ihr ein Küsschen.
Wilma meint, der Opa fehlt ihr sehr,
seit er tot ist, lächelt sie kaum mehr.

Doch die Oma hebt die Hand zum Mund,
und ganz verlegen tut sie kund:
Der alte Knabe fehlt mir zwar,
doch er ist tot seit einem Jahr.

Etwas anderes bedrückt mich nun,
und das hat nichts mit ihm zu tun.
Ich habe mein Gebiss vergessen,
deshalb kann ich jetzt nicht lächeln.

Nachdem Laura das Gedicht bereits mehrmals gelesen hatte, musste sie immer noch lachen. «Okay, wo steckt es?», fragte sie.

«Nimm den ersten Buchstaben von jeder Strophe und sag mir, was dabei rauskommt.»

«Mal sehen – Zahnseide?»

«Genau!», sagte er triumphierend.

«Zahnseide?», wiederholte sie.

«Warum nicht? Es ist ein guter Rat.»

Laura schaltete den Computer an, öffnete den entsprechenden Ordner, klickte auf die achte Datei und gab das Passwort ein.

«Ich werd verrückt, du hast Recht. Gar nicht schlecht, Bob.»

«Danke.» Er schien mächtig stolz auf seinen Erfolg zu sein.

«Soll ich dir den Brief vorlesen? Er ist nur eine halbe Seite lang.»

«Ich hab ihn schon gelesen. Deine Diskette ist heute angekommen. Ich dachte nur, du würdest ihn dir auch gern ansehen.»

«Wirklich?»

«Ja, wirklich.»

«Danke. Warte noch, bis ich ihn gelesen habe.» Schnell überflog sie den Text.

Meine liebe Emily,

hast du schon mal einen achtzigjährigen Mann gesehen, dessen Zähne im Badezimmer im Zahnputzbecher liegen? Glaub mir, es ist kein schöner Anblick. Die Zähne mit Zahnseide zu reinigen, dauert nur ein paar Sekunden jeden Abend, aber die Mühe lohnt sich sehr. Manchmal wirst du spätabends nach Hause kommen und dir sagen: «Ach, ich mach's lieber morgen früh.» Gib nicht nach! Mach die Schublade auf, reiß ein Stück Zahnseide ab und säubere deine Zähne.

Du wirst doppelt belohnt werden. Erstens wirst du dich dein Leben lang nie schämen müssen zu lächeln, und zweitens, wenn du einmal eine neunzigjährige Großmutter bist und in den Spiegel schaust, wirst du dein Lächeln sehen und an mich denken.

Pass auf dich auf, Emily. Ich hab dich lieb.

In Liebe
dein Opa Harry

«Wann hat er das Zeug geschrieben, Laura? Komisch. Mir hat er nie gesagt, ich soll mir die Zähne mit Zahnseide putzen.»

«Verstehst du das denn nicht? Es geht gar nicht um Zahnhygiene, er möchte, dass sie an ihn denkt.»

«Das passt einfach nicht zu ihm.»

«Ich finde schon. Denk doch mal an die Zeit zurück, als er noch nicht krank und hinfällig war. Weißt du noch, wie witzig er sein konnte? Er ist nicht immer so ein Sturkopf gewesen.»

«Ich habe ihn jedenfalls nur so in Erinnerung.»

«Seit ich dich kenne, hast du in ihm immer nur einen verbiesterten alten Mann gesehen.»

Am liebsten hätte er ein Streitgespräch angefangen, versucht, sich zu rechtfertigen, aber er wusste, dass Laura Recht hatte. «Wie lange habt ihr ihn jede Woche besucht, du und Emily?»

Laura überlegte. «Etwas über zwei Jahre.»

«Hast du ihn jemals schreiben sehen?»

«Nicht oft, aber Cara hat es ein paarmal erwähnt. Ich glaube, er hat am liebsten frühmorgens geschrieben. Gut möglich, dass er mehrere Jahre lang an diesen Büchern gearbeitet hat. Ich halte das sogar für ziemlich wahrscheinlich.»

«Es ist einfach so seltsam. All diese Weisheiten stammen angeblich von meinem Vater, aber es kommt mir vor, als kämen sie von einem Fremden.»

«Vielleicht ist das der Grund, warum er das alles geschrieben hat. Hast du dir das schon mal überlegt?», fragte sie.

«Wir sollten lieber Schluss machen, es ist schon spät. Ach ja, ich glaube, Nummer siebzehn habe ich auch so gut wie gelöst. Wenn ich's heute Nacht noch rauskriege, rufe ich dich an. Wenn nicht, hab ich die Lösung spätestens bis Freitag, wenn ich komme.»

«Ich freue mich schon. Aber, Bob?»

«Ja?»

«Ruf mich morgen früh an. Ich meine, falls du es heute Nacht noch rauskriegst, ruf mich morgen früh an.» Sie legte auf.

«Laura? Laura?»

15

Laura wartete in der Ankunftshalle. Als Bob aus dem Flugzeug stieg, streckte er die Finger in die Luft, als würde er das Friedenszeichen machen. Laura verstand sofort, dass er damit sagen wollte, er habe die Passwörter zu zwei weiteren Briefen gefunden. Als er auf sie zuging, wusste er nicht recht, wie er sie begrüßen sollte. Ihr die Hand zu schütteln, kam ihm lächerlich vor, aber eine Umarmung erschien ihm ebenfalls unangemessen. Um dem Dilemma zu entgehen, überfiel er sie ohne Umschweife mit seinen Neuigkeiten.

«Zwei Passwörter, Laura. Ich hab eine Glückssträhne. Eins davon hab ich während des Flugs hierher entdeckt. Als ich einen Freudenschrei ausstieß, kam die Stewardess sofort angeschossen und wollte wissen, ob ich Probleme hätte.» Er schaute sich im Terminal um, als fürchte er, jemand könnte zuhören, dann beugte er sich zu ihr und flüsterte ihr ins Ohr: «Und zu meiner Schande muss ich gestehen, dass ich mich gestern krankgemeldet habe. Ich hab den ganzen Tag am Küchentisch gesessen und über diesen bescheuerten Gedichten gebrütet.»

«Was hast du rausgefunden?»

«Ich hab die Dateien auf meinem Laptop. Ich lese dir die Briefe im Auto vor, auf dem Weg zum Hotel.»

«Hotel?»

«Ja, ich hab ein Hotelzimmer gebucht. Soll ich die Buchung stornieren?»

«Die mitternächtlichen Telefongespräche bringen mich noch um. Wenn du einverstanden bist, kannst du wieder bei uns auf dem Sofa schlafen.»

«Danke, das ist nett.»

Während Laura den Wagen vom Flughafenparkplatz lenkte, schaltete Bob seinen Laptop ein und öffnete das Windows-Programm.

«Das erste ist das Gedicht über den Schokoladenpudding.»

«Das hast du gelöst?», fragte Laura begeistert. Das Gedicht enthielt zwei Rezepte für Schokoladenpudding. Sie hatte sich schon selbst daran versucht, war jedoch nicht weit gekommen.

«Ja, ich hab's rausgekriegt. Ich hab allerdings eine ganze Weile gebraucht. Gestern Abend hab ich tatsächlich beide Rezepte ausprobiert, bis ich Harry auf die Schliche gekommen bin.» Laura lächelte. In ihrem Kühlschrank standen ebenfalls zwei Schokoladendesserts, die sie am Abend zuvor nach Harrys Rezepten zubereitet hatte. «Der Schlüssel liegt in den Zutaten, Laura. Sie sind in unterschiedlicher Reihenfolge angegeben, um einen zu verwirren, aber wenn man genau hinsieht, erkennt man, dass es genau die gleichen sind – für beide Rezepte braucht man die gleichen Zutaten. Pass auf, ich lese dir den Brief vor, dann verstehst du's.»

Während Laura weiterfuhr, gab Bob das Passwort ein und begann vorzulesen.

Meine liebe Emily,
hast du dich schon mal gefragt, welcher Unterschied zwischen einem Schokoladensoufflé und einem Schokoladenpudding besteht? Ich weiß, die Frage klingt verrückt, aber wenn du weiterliest, wirst du mich schon verstehen.
Als Student habe ich im *David Angela* gejobbt, einem ziemlich vornehmen Restaurant. Die meisten Desserts, die auf der Speisekarte standen, wurden als Tiefkühlprodukte fertig gekauft, aufgetaut und den Gästen als frisch zubereitet vorgesetzt. Aber das Schokoladensoufflé wurde tatsächlich jedes Mal von uns frisch gemacht. Es war ein altes Familienrezept und eine Spezialität des Hauses. Das Soufflé wurde auf einem weißen Teller serviert und mit Schokoladen- und Himbeersoße, weißen Schokoraspeln und ein wenig Puderzucker garniert. Allein der Anblick ließ einem das Wasser im Mund zusammenlaufen. Auch ich habe, während ich in dem Restaurant arbeitete, gelernt, es zuzubereiten. Kannst du dir das vorstellen? Dein Großvater in der Küche beim Kochen? Allein der Gedanke ließ Kathryn erschauern. Nachdem wir geheiratet hatten, verbannte sie mich aus der Küche. Als Grund gab sie an, ich würde nie aufräumen, aber in Wirklichkeit lag es daran, dass mein Schokoladensoufflé ihres in den Schatten stellte.
Einmal habe ich Kathryn beim Friseur abgeholt, wo sie sich eine kunstvolle Frisur hatte machen lassen – etwas, was ich, ehrlich gesagt, nie begriffen habe. Wie kann man nur Geld dafür bezahlen, dass jemand einem die Haare komisch auftürmt, sodass man tagelang nicht bequem schlafen kann vor lauter Angst, sich die Frisur zu ruinieren? Seltsame Sitte. Jedenfalls war sie noch nicht fertig, und während ich wartete, habe ich in einigen

Zeitschriften geblättert. Da es keine Gartenzeitschriften gab, nahm ich mir eine mit Kochrezepten vor und blätterte sie durch. Plötzlich entdeckte ich ein Rezept für Schokoladenpudding. Jawohl, Schokoladenpudding. Nicht die Sorte, die man aus einem Fertigpulver anrührt, sondern ein richtiges Rezept. Beim Lesen fiel mir auf, dass man genau die gleichen Zutaten brauchte wie für das Soufflé, das ich früher in dem Restaurant gemacht hatte. Der einzige Unterschied lag darin, wie die Zutaten verarbeitet wurden, wie lange man die Masse schlagen musste und wie das Dessert garniert wurde.

In diesem Augenblick sagte ich mir, meine liebe Emily, dass das Leben so ähnlich ist wie gute Küche. Die Zutaten, die uns mit auf den Weg gegeben werden, sind oft die gleichen, die auch andere erhalten. Der Unterschied liegt in der Verarbeitung der Zutaten, der aufgewendeten Zeit und der Art der Präsentation. Die einen kochen einen Pudding, während andere sich ein bisschen mehr Zeit nehmen, sich etwas mehr Mühe geben, ihre Kreationen geschmackvoll präsentieren und auf diese Weise etwas Außergewöhnliches herstellen.

Also, geh in die Küche, Emily, nimm die Zutaten, die dir auf deinen Lebensweg mitgegeben wurden, und bereite deinem Opa ein köstliches Schokoladensoufflé.

In Liebe
dein Opa Harry

«Das war das Gedicht, das ich gestern geknackt hab. Im Flugzeug hab ich das mit den Zahlen entschlüsselt.»

«Lies es mir vor.»

«Klar.» Er nahm Harrys Buch, suchte das Gedicht und begann zu lesen.

Finde zahlreiche Freunde

So mancher zieht lieber allein durch die Welt,
trägt weniger Lasten, braucht weniger Geld.

Wird der Weg jedoch steinig, finster und kalt,
wird er einsam, vermisst Freunde und Halt.

Wohin wir auch gehen, ist Raum genug.
Nehmt Freunde mit, das ist sinnvoll und klug.

Sind zwei euch zu wenig, so findet doch zehn,
mit denen es lohnt, auf die Reise zu gehen.

Erheitert einander, steht euch bei in Gefahr.
Dann wächst eure Freundschaft von Jahr zu Jahr.

Zweiundachtzig bin ich jetzt, und wenn ich zurückschau
auf mein Leben,
möcht ich einen sagen hören: Ich bin hier, weil er mir
Mut gegeben.

«Das ist ein ziemlich kompliziertes Rätsel», verkündete Bob. «Der Schlüssel liegt im Titel: ‹Finde zahlreiche Freunde›. Ich habe die Zahlen in dem Gedicht gefunden, und zwar zwei, zehn und zweiundachtzig. Wenn man sie nacheinander eintippt, lässt die Datei sich öffnen.»

Er öffnete erneut den Laptop, gab das Passwort ein und las den Brief vor.

Meine liebste Emily,
in einem alten Sprichwort heißt es: «Kleine Ursachen, große Wirkungen.» Es bedeutet, dass kleine Fehler oft großes Unheil anrichten können. Ich habe das am eigenen Leib erlebt. Sei auf der Hut und schütze dich vor solchen Erfahrungen. Dazu brauchst du eine Reihe von Prinzipien, und wenn du dich im Leben an diese Prinzipien hältst, werden sie dir als Richtschnur dienen, die dir dabei hilft, gefährlichen Situationen auszuweichen und angenehme Erfahrungen zu machen. Sie werden dich dabei unterstützen, auf dem rechten Weg zu bleiben und Abwege zu meiden, die sich anzubieten scheinen, wenn du verwirrt bist oder unter Druck gerätst. Du darfst deine Prinzipien niemals verraten, denn schon der kleinste Fehltritt kann dich auf gefährliche Wege leiten. Ich will meinen Rat mit einer Geschichte verdeutlichen.
Kurz nachdem wir in unser Haus gezogen waren, lud ein Freund mich zu einem Campingausflug ein. Es sollte eine Sache «unter Männern» sein. Ich glaube, der moderne Ausdruck für so etwas ist «Männerclique» oder irgend so etwas Albernes. Mein Freund jedenfalls besorgte sich ein paar Landkarten, und wir machten uns auf, um die Gegend in der Nähe von Diamond Fork zu erkunden. Die Wanderwege waren leicht zu finden, und irgendwann entdeckten wir eine wunderbare heiße Quelle im Corner Canyon. Ein Wasserfall, der eiskaltes Bergwasser führte, stürzte über einen Granitfelsen in einen kristallklaren, von zwei heißen Quellen gespeisten Teich. In der kühlen Morgenluft bildeten sich dichte Dampfwolken über dem Teich, die die nähere Umgebung in Nebel hüllten. Es war ein atem-

beraubender Anblick. Ich war so begeistert, dass ich Kathryn dieses Naturwunder unbedingt zeigen wollte, und ich plante einen Wochenendausflug mit ihr. Wir packten unsere Sachen und machten uns auf den Weg, aber in meiner Eile ließ ich die Landkarte zu Hause auf der Küchenanrichte liegen. Als wir bemerkten, dass wir ohne Karte unterwegs waren, schlug Kathryn vor zurückzukehren, um sie zu holen. Ich versicherte, es sei nicht nötig; ich erklärte ihr, ich sei schließlich schon einmal dort gewesen und hätte ein gutes Ortsgedächtnis. Wahrscheinlich hast du schon erraten, wie die Sache ausgegangen ist, Emily. Ohne die Landkarte verpasste ich die Abbiegung, die zu dem Wanderweg führte. Der erste Fehler führte dazu, dass wir erst einen und dann den nächsten falschen Weg einschlugen. Bis mir der Fehler bewusst wurde, waren wir schon kilometerweit in die falsche Richtung gewandert. Als wir schließlich zu unserem Auto zurückgefunden hatten, war es schon dunkel, und wir hatten den kristallklaren Teich nicht gefunden.

So geht es oft im Leben, Emily. Eine falsche Entscheidung kann einen in die falsche Richtung führen. Und oft geschieht es, dass wir, bis wir unseren Fehler erkennen und auf den richtigen Weg zurückgefunden haben, die Gelegenheit längst verpasst haben – und selten bekommt man eine zweite Chance.

Wenn du dich in jungen Jahren entscheidest, wohin dein Lebensweg dich führen soll, und wenn du dir ein paar Prinzipien setzt, kannst du dir deine eigene Landkarte zeichnen. Und wenn du dann irgendwann schwierige Entscheidungen treffen musst oder wenn sich Sturmwolken zusammenbrauen, wirst du nicht in die Irre gehen, denn du kennst ja bereits den Weg, der dich zu deinem Ziel führen wird.

Ich kann dein Lebensziel nicht auswählen und kann dir auch keine Leitlinien mit auf den Weg geben. Ich wünschte, ich könnte es, doch du musst dir dein eigenes Ziel setzen und deine eigenen Prinzipien finden. Aber wenn du diese Entscheidungen erst einmal getroffen hast – wenn du deine eigenen Prinzipien gefunden hast –, dann werden sie wie ein fester und sicherer Anker für dich sein.

Emily, ich wünsche mir von Herzen, dass deine Hoffnungen und deine Träume sich erfüllen werden, dass du ein glückliches und erfülltes Leben haben wirst. Denk immer daran, dass ich dich lieb habe.

In Liebe
dein Opa Harry

Bob war von neuem beeindruckt von dem Brief. Als er ihn zu Ende vorgelesen hatte, schaute er noch eine Weile wortlos auf den Bildschirm.

Laura wollte ihn nicht aus seinen Gedanken reißen, außerdem war die Schule gleich um die Ecke. Als sie am Straßenrand hielt und den Motor abschaltete, sah Bob sie verwundert an.

«Ich habe ganz vergessen, dir zu sagen, dass ich Emily versprochen habe, sie abzuholen. Die Schule ist in zehn Minuten aus. Was hast du eben gesagt?»

Er wirkte immer noch gedankenversunken. «Es ist einfach unglaublich. Er war ein verrückter alter Mann, der Alzheimer hatte. Wie ist es möglich, dass er das alles geschrieben hat?»

Laura zögerte. Sie wusste nicht recht, ob sie ihm sagen

sollte, was sie herausgefunden hatte. Doch dann kam sie zu dem Schluss, dass es eigentlich egal war, wann sie ihm davon erzählte.

«Ich muss dir etwas sagen.»

«Was denn?»

«Ich habe mich nach den Tabletten erkundigt – erinnerst du dich, ich habe doch das leere Fläschchen gefunden. Ich habe mit zwei Ärzten gesprochen, Bob. Der Arzt, der Harry das Medikament verschrieben hat, war ein Freund von ihm. Anscheinend hat Harry ihn hin und wieder aufgesucht. Von ihm hatte er die Tabletten.»

«Und was hat er dir gesagt?»

«Gar nichts. Er ist vor über einem Jahr gestorben.»

«Wie bitte?»

«Aber ich habe mit seinem Sohn gesprochen. Er ist auch Arzt. Er hat in den Unterlagen seines Vaters nachgesehen, und er erinnerte sich sogar, dass sein Vater ihm von Harry erzählt hat. Das Medikament wurde Harry per Post geschickt. Aber vor ein paar Monaten ist das Rezept abgelaufen, etwa um die Zeit, als es mit Harry bergab ging.» Als sie sah, dass Bob interessiert zuhörte, fuhr sie fort. «Das Medikament wurde nicht gegen Alzheimer, sondern gegen Depressionen verschrieben. Aus den Unterlagen des Arztes geht hervor, dass er schon sehr lange an Depressionen litt, womöglich sein Leben lang.»

«Aber was ist mit der Klinik? Haben die Ärzte dort nicht behauptet, er hätte Alzheimer gehabt?»

«Ich bin in der Klinik gewesen. Du solltest dir den Laden mal ansehen. Da geht es schlimmer zu als in einer Kfz-Werkstatt. Sie behandeln die alten Leute wie am Fließband und stellen die Diagnosen, die ihnen den größten Profit sichern. Sie haben keinerlei Untersuchungen auf Dysfunktionalität, Depression oder andere psychische Erkrankungen durchgeführt – keine einzige. Ich habe einen Arzt gebeten, das zu überprüfen. Ich behaupte nicht, Harry sei ‹verrückt› gewesen, sondern dass er an irgendeiner Art von Depressionen gelitten hat. Wusstest du, dass mehr als zwanzig Millionen Amerikaner an Depressionen leiden?»

Sie hatte damit gerechnet, dass er sich mit ihr anlegen, dass er wütend werden würde. Aber er wirkte nur nachdenklich.

«Was glaubst du, wann er das Zeug geschrieben hat, Laura?»

«Ich nehme an, er hat jeden Tag ein bisschen geschrieben. Womöglich hat er jahrelang daran gearbeitet. Wer weiß? Dein Vater war schwer zu durchschauen. Er hat nie viel von sich preisgegeben. Vielleicht war er einfach nicht dazu in der Lage. Ich weiß es nicht, ehrlich. Ich glaube, mit seinen Gedichten wollte er uns zeigen, dass er sich Mühe gegeben hat – dass wir ihm wichtig waren.»

Die hintere Wagentür wurde aufgerissen. «Daddy?»

«Hallo, Emily.»

«Was machst du denn hier?»

«Hast du etwa mit Leonardo DiCaprio gerechnet?»

«Hä?»

«War nur ein Scherz. Wie geht's dir, meine Kleine?»

«Gut. Warum bist du hier?»

«Ich bin hergekommen, weil ich mich um ein paar Dinge kümmern muss – Harrys Sachen.»

«Du bleibst also nicht?»

«Ein paar Tage, Liebes. Hättest du Lust, ins Kino und anschließend mit uns was essen zu gehen?»

«Jetzt gleich?»

«Klar. Wenn deine Mutter nichts dagegen hat. Ich lade euch ein.»

Laura verdrehte die Augen. «Hab ich denn noch eine Wahl?»

Emily bemerkte, dass Bob Harrys Buch auf dem Schoß liegen hatte. Auf dem Weg zum Kino bat sie ihn, ihr ein paar von den Gedichten vorzulesen. Plötzlich wurde Emily hellhörig.

«Das Gedicht kenne ich.»

«Was soll das heißen, du kennst es?», wollte Bob wissen.

«Ich weiß die Antwort. Es ist genauso wie in dem Witz mit dem Pferd.»

«Wovon redest du, Emily?»

«Lies es nochmal vor, dann zeig ich's euch.» Plötzlich stand Emily im Mittelpunkt der Aufmerksamkeit, und Laura spürte, dass sie es genoss und es so lange wie möglich auskosten würde. Bob las das Gedicht noch einmal vor.

«Mein Name missfällt mir», sprach der alte Bauer,
«wenn man ihn hört, wird die Milch gleich sauer.
Aber das wird jetzt anders, ich bin doch nicht doof,
ich hab ja noch Tiere auf meinem Hof.»

Den Hund nannte er Itzig,
das war jiddisch und erschien ihm witzig.

Das Schwein taufte er Berta,
und die Ente hieß Herta.
Die Kuh, na klar, war Dickmadam,
der Frosch im Weiher Aga Khan.

Isadora hieß jetzt die Katze,
und selbst der Floh in der Matratze
erfreut' sich eines neuen Namens –
der hieß von nun an Herr des Hades.

Auch einen Esel gab es im Stall,
er war schon klapprig und ziemlich alt,
doch wie, ich hab es nicht behalten,
hieß der Esel des Alten?

«Ich habe versucht, die Namen der Tiere rückwärts zu lesen. Ich habe sie alle aneinander gereiht. Aber nichts funktioniert», sagte Bob.

Emily kicherte. «Es funktioniert genauso wie in dem Witz mit dem Pferd.»

«Würdest du uns verraten, wovon du redest, oder willst du lieber doch nicht ins Kino gehen?», fragte Laura scherzhaft.

«Also gut. Opa hat mir den Witz beigebracht. Er geht so:

Ich hatt' mal einen Gaul,
der war gewiss nicht faul,
er gewann jedes Rennen,
doch seinen Namen will ich nicht nennen.
Wie, vielleicht erratet ihr's,
war der Name des Tiers?

Merkt ihr denn nichts? Das Pferd heißt ‹Wie vielleicht erratet ihr's›!»

Laura und Bob sahen einander erstaunt an. Es war so albern, und doch war es direkt vor ihren Augen. Bob klickte die Datei an und gab den Namen des Esels ein – «Doch wie, ich hab es nicht behalten». Zu seiner Überraschung ließ die Datei sich öffnen. «Okay, jetzt kommt der Brief.»

Meine liebe Emily,
mein Vater hat mir einmal eine Geschichte erzählt, die ich nie vergessen werde. Ich glaube, er kannte sie von seinem Vater. Du solltest sie deinen Kindern auch erzählen.
Es war einmal ein Bauer, der hatte ein Maultier. Das Maultier war schon alt und konnte kaum noch sehen. Eines Tages fiel das Maultier in einen alten Brunnen. Es erschrak sehr, doch es war nicht verletzt, und als es vergeblich versuchte, aus dem Brunnen zu klettern, begann es zu schreien. Das alte Maultier machte so einen Lärm, dass der Bauer zu dem Brunnen lief, um nachzusehen, was da los war. Der Brunnen war tief, und das Maultier war alt. Der Bauer sagte sich, dass das Maultier verletzt sein musste, und kam zu dem Schluss, dass es das Beste sei, das alte Tier einfach im Brunnen zu begraben. Er holte eine Schaufel aus der Scheune und begann, den Brunnen mit Erde zu füllen. Das Maultier wunderte sich, als die Erde auf seinen Kopf und seinen Rücken fiel. Es glaubte schon, sein Ende sei gekommen, doch dann geschah etwas Unerwartetes. Jedes Mal, wenn eine Schaufel Erde auf seinen Rücken fiel, schüttelte es sie ab und stampfte sie mit den Hufen fest. Je mehr Erde herunterfiel, umso mehr schüttelte sich das Maultier, und umso mehr stampfte es mit den Hufen. Der Brunnen füllte sich, aber das Maultier blieb immer obenauf. Als der Brunnen schließlich ganz voll mit Erde war, stieg das Tier heraus und trabte erschöpft in den Stall.

Ich möchte dich nicht mit einem alten Maultier vergleichen, Emily, aber du wirst in deinem Leben immer wieder Leuten begegnen, die dich mit Dreck bewerfen. Wenn du den Dreck abschüttelst und festtrittst, so wie das alte Maultier es getan hat, wirst du dich aus unangenehmen Situationen befreien können.
Das Leben ist oft schwierig. Aber denk immer daran, dass du nie allein bist. Wenn du an einem warmen Sommerabend eine kühle Brise spürst und plötzlich an mich denken musst, dann werde ich da sein. Wenn du so hoch geklettert bist, wie du kannst, und deine Kräfte dich verlassen, dann werde ich hinter dir stehen und dich weiterschieben. Wenn du fällst, werde ich dich auffangen, damit du dir nicht wehtust. Du wirst mich nicht sehen, aber ich werde immer da sein.
Ich hab dich lieb. Sei brav und versuche, immer das Richtige zu tun.

In Liebe
dein Opa Harry

16

Greg und Michelle kamen am frühen Morgen an. Sie mieteten sich ein Auto und fuhren zu dem Café in Midvalley, wo sie mit Bob und Laura verabredet waren. Es wurde ein kurzes Frühstück. Greg schien es kaum erwarten zu können, mit der Schatzsuche zu beginnen.

Beide Wagen hielten gleichzeitig vor Harrys Haus. Bob beobachtete Greg argwöhnisch, als dieser einen länglichen Karton aus seinem Kofferraum holte. Als er näher trat, sah Bob, dass es sich um einen nagelneuen Metalldetektor handelte. «Wenn du genau hinsiehst, wirst du garantiert Dollarzeichen in seinen Augen entdecken», raunte er Laura zu. Sie versetzte ihm einen Rippenstoß.

«Das Ding hab ich in einem Spezialgeschäft in der Nähe von meinem Büro gekauft», verkündete Greg, als er das Gerät aus dem Karton nahm. «Es ist das Allerneueste, was es auf dem Markt gibt.»

«Bei den vielen Knöpfen sollte es das auch sein. Haben sie dir denn auch gezeigt, wie man damit umgeht?», fragte Bob.

«Es ist ganz einfach. Lass uns im Keller anfangen, dann zeig ich's dir.»

Die Vorstellung, sich von Greg etwas zeigen zu lassen, raubte Bob den letzten Nerv, doch gleichzeitig war er froh, dass Greg das Ding gekauft hatte. Es wäre eine Katastrophe, wenn sie das Haus verkauften, nur um später zu erfahren, dass die neuen Eigentümer einen Sack Goldmünzen in irgendeinem Versteck gefunden hatten.

Bob und Greg gingen in den Keller, um mit der Suche zu beginnen, während die Frauen es sich am Küchentisch gemütlich machten. Eigentlich hätten sie sich beteiligen sollen, doch diese Aufgabe überließen sie gern den Männern und ihrem elektronischen Spielzeug. «Lass uns lieber die Zeit nutzen, um ein bisschen zu plaudern», flüsterte Laura.

Da sie sich normalerweise nur an den Weihnachtstagen sahen, waren die beiden Frauen sich nicht sehr vertraut. Aber heute fühlte Laura sich in Michelles Gegenwart ausgesprochen wohl. Anfangs tauschten sie Informationen über die Kinder aus – Emily war jetzt in der zweiten Klasse und liebte ihre Lehrerin. Michelles Kinder gingen in die vierte und sechste Klasse, Preston spielte am liebsten Fußball, Devin Klavier. Sie unterhielten sich über ihre Arbeit, ihre Nachbarn, über Mode. Schließlich kam Michelle auf Bob zu sprechen.

«Es hat mir fast das Herz gebrochen, als Bob mich angerufen hat, um mir zu sagen, dass ihr beiden euch trennt», sagte sie und legte Laura eine Hand auf den Arm. Laura wusste nicht, was sie sagen sollte. «Und bloß weil er mein Bruder ist, heißt das noch lange nicht, dass ich auf seiner Seite bin», fuhr Michelle fort. «Wenn du mich fragst, ist er ein Trottel.»

Laura freute sich über die Unterstützung. «Danke. Ich sage dir, das ist alles total verwirrend. Manchmal kommt er, und eine Zeit lang ist es, als wäre alles beim Alten, und dann, beim nächsten Mal, kommt er mir vor wie ein

Fremder. Irgendwie ist einfach der Wurm drin. Vielleicht ist es wirklich das Beste.» Plötzlich ging die Kellertür auf, und Greg und Bob kamen in die Küche.

«Habt ihr was gefunden?», wollte Greg von Michelle wissen.

Sie lächelte. «Noch nicht, Liebling, aber sobald wir auf etwas stoßen, werdet ihr die Ersten sein, die es erfahren. Außerdem seid ihr doch mit dem Hightech-Gerät ausgerüstet. Funktioniert es überhaupt? Sind wir schon reich?»

«Bisher haben wir noch nichts gefunden», bemerkte er knapp.

«Nichts stimmt nicht ganz», mischte sich Bob grinsend ein. «Wir haben zwei Löcher in die Wand gebohrt, bis wir raushatten, dass der Metalldetektor auch auf Kupferrohre reagiert.» Er sah Laura an und verdrehte die Augen.

«Jetzt funktioniert er aber einwandfrei», sagte Greg. «Außerdem sind die Löcher hinter der Tür, die können wir problemlos wieder zustopfen.»

«Lasst euch von uns nicht aufhalten», rief Laura. «Wir sehen gleich nochmal unter dem Küchentisch nach.» Sie zwinkerte Michelle verschwörerisch zu.

«Ich finde, wir sollten in Harrys Schlafzimmer anfangen», sagte Bob, «und uns von dort aus weiter vorarbeiten. Was meinst du?» Er war bemüht, höflich zu bleiben. In Wirklichkeit interessierte ihn Gregs Meinung nicht die Bohne. Gemeinsam marschierten die Männer in Harrys Schlafzimmer.

Das Zimmer war immer noch mit Harrys Sachen gefüllt, sodass Bob das Gefühl hatte, in der Privatsphäre seines Vaters herumzuschnüffeln. Greg schien damit keine Probleme zu haben.

«Sollen wir mit dem Wandschrank anfangen?», fragte Greg. Er öffnete die Tür und suchte nach dem Lichtschalter. Es gab keinen. Er schätzte, dass der Wandschrank etwa einen Meter breit und anderthalb Meter tief war. Der Boden war übersät mit zusammengeknüllten Socken und Schuhen, die so abgetragen waren, dass man sie noch nicht mal an die Kleiderkammer geben konnte.

Greg beschloss, mit der Decke anzufangen. Bob sah zu, wie er den Metalldetektor hob und ihn langsam von Wand zu Wand bewegte. Die Nadeln an dem Gerät zitterten hin und wieder, wenn ein Nagel in der Holzverkleidung steckte. Nachdem Greg die Decke und die Wände überprüft hatte, überlegte Bob, ob sie die Schuhe und Socken entfernen sollten, damit sie sich auch den Boden vornehmen konnten. Aber Greg schwenkte die Detektorscheibe über den Boden, ohne sich um die Sachen zu kümmern. Bis auf ein paar Heizungs- und Wasserrohre, die sie im Keller gefunden hatten, war ihre Suche bisher ergebnislos geblieben. Jetzt untersuchen wir schon Harrys alte Schuhe, dachte Bob. In diesem Augenblick ließ ihn ein lautes Pfeifen des Detektors zusammenfahren. Er sprang auf und starrte auf das Gerät in Gregs Händen. Die Nadeln schlugen aus wie verrückt.

Auch Laura und Michelle hatten das Pfeifen gehört und kamen ins Zimmer gelaufen. Greg schaute sie triumphierend an. «Ich wusste doch, dass der Detektor genau das Richtige ist», verkündete er stolz. Bob konnte nur stumm nicken. Er gab es nicht gern zu, aber Greg hatte Recht.

Laura und Michelle setzten sich auf Harrys Bett, während Greg und Bob versuchten, sich in den Wandschrank zu zwängen. Bob war der Schnellere. «Am besten, wir räumen erst mal den Krempel hier weg», schlug Bob vor, als er die Schuhe und Socken betrachtete. Wie Feuerwehrmänner, die eine Kette bildeten, leerten sie den Wandschrank – Bob reichte die Schuhe Greg, der sie an Laura und Michelle weitergab, damit sie sie auf dem Bett stapeln konnten. Nachdem sich acht Paar Schuhe, zwei einzelne Schuhe und sieben Paar Socken auf dem Bett angesammelt hatten, streckte Bob seinen Kopf aus dem Schrank, wich jedoch nicht von der Stelle, um Greg zu demonstrieren, dass er noch nicht fertig war. Er hielt ein hölzernes Lüftungsgitter in der Hand. «Ich glaub, ich hab was gefunden! Hier ist ein Lüftungsschacht im Boden, aber es muss eine Attrappe sein.»

«Woher willst du das wissen?», fragte Michelle.

«Erstens baut man in Wandschränke keine Lüftungsschächte ein, sondern nur in große Räume, wo die Luft zirkulieren kann.» Bob hatte Mühe, ein spitzbübisches Grinsen zu unterdrücken. «Und zweitens habe ich mit der Hand in das Loch gefasst und das Zahlenschloss eines Bodentresors gefühlt.» Gregs Augen weiteten sich. «Laura, kannst du mir die Taschenlampe aus dem Keller holen?», bat Bob. Er hatte nicht vor, den Wandschrank zu verlassen, nur damit Greg sofort hineinschlüpfte.

«Bin schon unterwegs», rief Laura.

Bob wunderte sich immer noch über seine Entdeckung, aber mittlerweile war er so weit, dass er nichts mehr für unmöglich hielt. «Kannst du dich erinnern, ob ein Tresor in dem Schrank hier war, als wir noch klein waren, Michelle?», fragte er.

«Nein. Glaubst du denn, das Ding ist schon so lange da drin?»

«Na ja, sieh dir mal das Lüftungsgitter an. Das sieht jedenfalls ziemlich alt aus. Ich finde es einfach komisch, dass wir beide nichts davon wussten. Andererseits war Harry ja bekannt dafür, dass er nichts von sich preisgab», fügte er sarkastisch hinzu.

Laura kam mit einer Taschenlampe in jeder Hand zurück. «Welche willst du?», fragte sie und reichte ihm gleich die größere. Bob schnappte sich die Taschenlampe und verschwand wieder im Schrank. Greg quetschte sich ebenfalls durch die Tür, hielt die andere Taschenlampe über Bobs Kopf und versuchte, etwas zu sehen. Tatsächlich befand sich ein großer Tresor im Boden des Wandschranks, der unter dem Gitter verborgen gewesen war. Er war etwa einen halben Meter breit und ebenso lang. Schwer zu sagen, wie alt der Tresor war. Bob fand, er sah genauso alt aus wie das Haus, aber andererseits sahen Tresore immer alt aus, dachte er. Doch das spielte alles keine Rolle, sie hatten ihn jedenfalls gefunden. Mit der einen Hand hielt Bob die Taschenlampe, mit der anderen zerrte er am Griff, doch der Tresor bewegte sich keinen Millimeter weit. «Die Kombination?», murmelte er, als könnte einer der anderen ihm eine Antwort geben.

«Steht irgendwas drauf?», wollte Greg wissen.

«Nichts. Überhaupt nichts.»

«Und an den Schrankwänden?»

Bob und Greg leuchteten mit ihren Taschenlampen den Schrank bis in alle Ecken aus. Nichts. Sie waren so nah dran, aber ohne die Kombination konnten sie nichts ausrichten. Nach einer Weile gab Bob frustriert auf und ließ Greg den Vortritt. Es nervte ihn zu Tode, dass Greg ihm so auf die Pelle rückte, und er wusste, sein Schwager würde nicht ruhen, bis er jeden Winkel des Wandschranks selbst durchsucht hatte. Einige Minuten später kam auch Greg aus dem Schrank. «Nichts.»

«Was du nicht sagst», murmelte Bob.

«So eine Kombination besteht normalerweise aus drei oder vier Ziffern. Lasst uns in seinem Schreibtisch nachsehen, überall, wo er sie notiert haben könnte. Irgendwo muss sie ja sein.»

Eine Dreiviertelstunde später hatten sie jeden Winkel des Hauses durchsucht und standen immer noch mit leeren Händen da. Frustriert untersuchte Greg schließlich jeden einzelnen Schuh, den sie aus dem Schrank geholt hatten.

«Was ist mit Geburtstagen, Versicherungsnummern, irgend so was?» Michelle und Laura begannen, alle wichtigen Daten aufzuschreiben, versuchten, keine Möglichkeit auszulassen. Eine weitere halbe Stunde später hatten sie jeden Geburtstag, jeden Hochzeitstag und sogar jeden Todestag ausprobiert. Dann versuchten sie es mit der umgekehrten Reihenfolge der Ziffern. Greg und Bob wechselten sich ab, doch beide verloren allmählich die Geduld. Schließlich saßen sie alle frustriert auf dem Boden und schauten einander ratlos an.

«Wir könnten ihn sprengen», schlug Greg vor.

«Das ist wirklich eine geniale Idee», bemerkte Bob spöttisch.

«Also ich hab mal Schweißen gelernt, wie wär's denn damit? Wir könnten uns einen Schweißbrenner besorgen.» Anscheinend meint Greg das tatsächlich ernst, dachte Bob.

«Du kannst keinen Tresor aufschweißen. Die Wände sind wahrscheinlich fünf Zentimeter dick. Und außerdem, was ist, wenn da Geld drin ist? Willst du das in

Flammen aufgehen lassen? Oder womöglich das ganze Haus abfackeln?»

«Können wir nicht das ganze Ding irgendwie da rausholen und es dann aufsägen?»

«Klar», meinte Bob, dem Gregs Gerede auf die Nerven ging. «Wir machen einfach ein Loch ins Dach, bestellen einen Kran und lassen den Tresor raushieven. So ein Teil wiegt ja nur eine halbe Tonne.»

Laura mischte sich ein. «Mir scheint, dass Harry den Tresor absichtlich in einem Versteck angebracht hat. Ich rate nur, aber ich möchte wetten, dass die Kombination in einem der Gedichte steckt.» Greg schaute Bob an. Sie dachten beide das Gleiche. «Ihr holt die Bücher, ich besorge Stift und Papier. Wir treffen uns am Küchentisch.»

Es war leicht, unter den noch nicht entschlüsselten Gedichten dasjenige herauszufinden, in dem die gesuchte Kombination verborgen war. «Es muss das Gold-Gedicht sein», murmelte Greg. «So kompliziert kann es gar nicht sein. Wenn wir es alle zusammen versuchen, dürften wir nicht allzu lange brauchen, um die Lösung zu finden.»

Greg las das Gedicht vor.

Der Goldschatz

So hörten die Menschen, ein Schatz sei versteckt
und bis heute von niemand entdeckt.

Caramba, ein ganzer Berg voll Gold!
Hätte den nicht jeder gewollt?

Ihr Hab und Gut verkauften sie,
machten sich auf die Jagd nach der Phantasie.

Hatten kein Glück, die Jahre verschwendet,
ach, hätten sie ihn gefunden, wär'n wir nicht so geendet!

Und war alles wirklich nur ein Trug?
Schau hin, öffne die Augen, sei klug!

Jeweils zu zweit beugten sie sich über eins von Harrys Büchern und starrten konzentriert auf den Text.

Greg war der Erste, der die Lösung entdeckte. «Ich glaub, ich hab's!», rief er. «Genau, es ist so ähnlich wie bei dem anderen, dem mit der Zahnseide. Die ersten Buchstaben der einzelnen Zeilen ergeben zusammen: ‹Such im Haus.› Ich hab's doch gewusst!»

«Was hast du gewusst?», fragte Michelle.

«Dass hier irgendwo Gold versteckt ist. Hier steht, wir sollen zu Hause nachsehen.»

«Ich glaube nicht, dass das damit gemeint ist, Liebling», sagte Michelle.

«Verstehst du es denn nicht, Greg?», mischte Laura sich ein. «Es ist eine Metapher. Lies das Gedicht noch einmal. Da steht, man soll nicht die Jahre damit verschwenden, nach Gold zu suchen, sondern klug sein und genau hinschauen, weil der wahre Reichtum, zum Beispiel eine glückliche Familie und so was, zu Hause verborgen liegt.»

«Ich verstehe, was du meinst, aber ich finde, man kann das auch anders interpretieren. Lasst uns den Brief lesen, vielleicht steht ja da die Kombination drin, dann sehen wir weiter.»

Bob lief los, um seinen Laptop aus dem Auto zu holen. Als er zurückkam, drängelten sich alle vor den kleinen Bildschirm.

Meine liebe Emily,
vergiss nie, was wirklich wichtig ist im Leben. Das klingt ganz einfach, aber oft ist es sehr schwer. Viele der Probleme, über die wir uns aufregen, sind eigentlich ganz unwichtig. Je eher wir das begreifen, umso erfüllter wird unser Leben sein.
Nachdem wir beschlossen hatten zu heiraten, entwarf Kathryn ein wunderschönes Brautkleid für sich. Sie kaufte sich in San Francisco ein Stück elfenbeinfarbenen Seidensatin mit einem eingewebten goldenen Blumenmuster. Viele Stunden lang arbeitete sie an dem Kleid. Es war fast fertig, als ihre Mutter zu Besuch kam. Ihre Mutter war – na ja, sagen wir, ziemlich dominant. Sie bestand darauf, dass ihre Tochter bei ihrer Hochzeit ein schneeweißes Kleid tragen sollte und nichts anderes. Ich beschwor Kathryn, sich gegen ihre Mutter durchzusetzen und das Kleid zu tragen, das sie ausgesucht hatte, denn schließlich war es ihre Hochzeit. Sie war eigentlich eine Frau, die wusste, was sie wollte, und sich nicht so leicht von einem einmal gefassten Entschluss abbringen ließ, und deswegen verwirrte es mich, dass sie sich ihrer Mutter nicht widersetzte. Als ich sie darauf ansprach, erklärte sie mir, manche Dinge seien im Grunde unwichtig – letztendlich sei es nur ein Kleid; genauso gut könne sie in einem Kartoffelsack heiraten, Hauptsache, wir wären nachher Mann und Frau.
Der Tag der Hochzeit kam, und sie trug ein schneeweißes Kleid. An dem Tag habe ich etwas Wichtiges von ihr gelernt. Leider habe ich viele Jahre gebraucht, um das zu be-

greifen. Weißt du, Emily, als Michelle heiratete, hoffte ich, sie würde Kathryn zu Ehren das Kleid mit den goldenen Blumen tragen. Aber Michelle ist davongelaufen und hat geheiratet, ohne mir überhaupt davon zu erzählen. Ich war wütend. Monatelang konnte ich nicht einmal mit ihr reden. So lange habe ich gebraucht, um einzusehen, dass ich mich genauso stur verhalten hatte wie damals Kathryns Mutter – es war schließlich nur ein Kleid.

Ich hatte immer vor, mich bei Michelle zu entschuldigen, ihr zu sagen, dass ich Unrecht hatte. Ich bin nie dazu gekommen. Je mehr Zeit verging, umso schwerer fiel es mir, mich dazu zu überwinden. Lerne aus meinem Fehler, Emily. Wenn du jemandem Unrecht tust, sag ihm gleich, dass es dir Leid tut. Es wird immer schwerer, je länger man damit wartet.

Seltsamerweise hat Kathryn das Kleid nicht aufbewahrt, das weiße, das sie zur Hochzeit getragen hat. Als eine Freundin ein Brautkleid brauchte, hat Kathryn ihr das Kleid geschenkt. Aber von dem goldenen Kleid hat sie sich nie trennen können. Hin und wieder hat sie es noch einmal anprobiert, aber meistens lag es, sorgfältig in einer Schachtel verpackt, auf dem obersten Regalbrett im Kleiderschrank.

Ich habe dir übrigens ein Stück von dem Kleid geschenkt. Sieh dir dein Buch einmal genau an, dann wirst du es entdecken. Ich kann mir vorstellen, dass Bob und Michelle Zeter und Mordio schreien, wenn sie hören, dass dein alter Opa Kathryns geliebtes Kleid zerschnippelt hat. Wenn sie das tun, dann nimm sie in deine kleinen Arme und sag ihnen, dass dein Opa auf die harte Weise gelernt hat einzusehen, dass es nur ein Kleid ist; es ist wirklich nicht wichtig.

Deine Großmutter war eine wunderbare Frau. Ich freue mich schon auf den Tag, an dem du sie kennen lernst.

In Liebe
dein Opa Harry

«Ich habe nie gewusst, dass er sich gewünscht hat, ich würde das Kleid tragen. Ich hätte gern in dem Kleid geheiratet. Es tut mir so Leid», flüsterte Michelle.

«Mach dir kein schlechtes Gewissen», sagte Laura. «Du hast es doch gar nicht gewusst.»

«Wieso habt ihr überhaupt heimlich geheiratet?», wollte Bob wissen.

«Bob!» Laura fürchtete, Bobs Frage könnte Greg und Michelle unangenehm sein.

«Nein, ist schon in Ordnung», sagte Michelle. «Ich dachte einfach, Dad könnte Greg nicht ausstehen.»

«Er konnte mich auch nicht ausstehen», sagte Greg.

«Ja, das stimmt», gab Michelle lächelnd zu. «Und ich war jung und ängstlich. Ich dachte, wenn ich Dad von der geplanten Hochzeit erzähle, würde er sie verhindern. Immerhin kannten wir uns erst seit ein paar Wochen. Also sind wir durchgebrannt.»

«Das kann ich gut verstehen», meinte Bob. «Nur leider war danach keiner mehr im Haus, mit dem ich hätte reden können.»

«Hört mal, ich hab ja nichts dagegen, dass ihr in nostalgischen Erinnerungen schwelgt, aber wir haben immer noch nicht die Kombination von dem Tresor rausgefunden», sagte Greg. Michelle verdrehte die Augen, aber Bob fand, dass er Recht hatte.

Laura hatte plötzlich eine Idee. «Was ist mit dem Gedicht, das du mir auf dem Weg vom Flughafen im Auto vorgelesen hast, Bob? Das Passwort bestand nur aus Ziffern, und im Titel stand irgendwas von zahlreichen Freunden. Könnte das vielleicht ein Hinweis auf die Zahlen für den Tresor sein?»

Bob machte große Augen. «Gute Idee, Laura», rief er aus, erstaunt über ihre Pfiffigkeit. Das Gedicht war schnell gefunden. Die Ziffern lauteten zwei, zehn und zweiundachtzig.

«Es wird nicht funktionieren», sagte Bob und lehnte sich frustriert zurück.

«Und warum nicht?», wollte Michelle wissen.

«Zweiundachtzig ist eine zu große Zahl. Es gibt keine Zweiundachtzig auf dem Zahlenschloss. Aber die Idee war nicht schlecht.»

Trotzdem lief Greg in Harrys Schlafzimmer, wählte zwei, zehn, dann acht und dann zwei. Der Griff ließ sich nicht bewegen.

«Tut mir Leid», entschuldigte sich Laura, als er an den Tisch zurückkam. «War nur ein Gedanke.»

«Zumindest denkt sie nach», bemerkte Michelle. «Dann wird die Kombination wohl in einem anderen Gedicht verborgen sein.»

Müde gingen sie die anderen Gedichte noch einmal durch. Nach einer halben Stunde warf Laura einen Blick auf die Uhr. In zwei Stunden musste sie Emily abholen. Plötzlich sagte Michelle: «Ich glaub, ich hab's.»

«Wirklich?» Greg sah sie erwartungsvoll an.

«Ich weiß nicht, ob wir dort die Antwort finden, die wir suchen, aber seht euch mal das Grammatik-Gedicht an, das auf Seite zweiundzwanzig. Es ist unglaublich raffiniert.» Sie las das Gedicht vor.

Des Dichters Dilemma

Ordentliches Deutsch musst du können,
haben meine Eltern immer gesagt,
dann kommst du gut durch jede Prüfung
und bist auch im Beruf gefragt.

Nicht, dass ich das nicht glauben würde,
ich hab es wirklich eingesehn,
doch deutsche Sprache, schwere Sprache,
manches kann doch kein Mensch verstehn!

Mit meinen Verben kann ich nicht werben,
meine Prädikate kriegen nie ein Prädikat,
meine Orthographie ist nicht orthodox,
und ich begeh manch grammatische Missetat.

Männliche Artikel, weibliche Artikel,
was, wenn Wörter die falschen tragen?
Können mich diese Wörter dann
wegen sexueller Belästigung verklagen?

Ist es Unterdrückung, Verben zu beugen?
Kann man auch gegen Für-Wörter sein?
Was macht man mit verdächtigen Subjekten?
Mit solchen Fragen ist der Dichter allein.

Ich such nach den richtigen Worten,
damit man mich richtig versteht,
doch es kann immer passieren,
dass der Sinn danebengeht.

Doch mit Grammatik und Wortschatz
ist's wie mit vielen Dingen,
wenn du übst, wirst du immer besser,
und es wird dir vieles gelingen.

Drum löse jetzt dieses Rätsel,
es ist nicht schwer, du machst es sicher richtig.
Lies dafür die letzte Strophe ganz genau,
der Rest des Gedichts ist gar nicht so wichtig.

Aus morgen wird bald heute,
und heut ist schnell vorbei,
geschehen ist geschehen.
Wie heißen diese drei?

«Und wie lautet nun das Passwort?», fragte Greg.

Michelle war ganz aus dem Häuschen, weil sie es herausgefunden hatte. «Also, in dem Gedicht geht es um Sprache und Grammatik, und er sagt uns ziemlich deutlich, dass die Lösung in der letzten Strophe zu finden ist. Er ist wirklich ein alter Schlaufuchs.»

«Komm zur Sache, Michelle», drängte Greg ungeduldig.

«Mach ich. Er sagt uns, wir sollen nicht so sehr auf die Worte achten. Kapiert ihr's? Er fragt uns nach den grammatischen Zeiten, so wie man sie in der Schule lernt. ‹Aus morgen wird bald heute› ist die Zukunft, ‹heut ist schnell vorbei› ist die Gegenwart, und ‹geschehen ist geschehen› kann ja nur die Vergangenheit sein.»

Bob tippte die Wörter ein, Zukunft, Gegenwart und Vergangenheit. Sie hatte Recht. Die Datei öffnete sich sofort. Bob drehte den Laptop so, dass Michelle den Brief vorlesen konnte.

Meine liebe Emily,
diesmal möchte ich dir etwas über Hoffnungen, Träume, über Entscheidungen und über die Wirklichkeit erzählen. Wenn du allmählich größer und erwachsen wirst, wirst du eine Vorstellung davon entwickeln, wie dein Leben einmal aussehen soll. Du wirst Träume haben, die du gern verwirklichen würdest. Das ist gut so. Wenn wir keine Träume hätten, würden wir die Hoffnung verlieren. Nur sollten wir uns nicht zu sehr an unsere Träume klammern.

Was ich damit sagen will, ist, dass sich zwar manche Träume verwirklichen lassen, aber andere dafür vor unseren Augen zerbröckeln. Wahrscheinlich wirst du in deinem Leben den einen oder anderen Traum aufgeben müssen, aber dafür werden sich wieder andere Möglichkeiten ergeben.

Als junger Mann habe ich gern Gedichte geschrieben. Ich weiß nicht mehr, wann ich damit angefangen habe. Gedichte schienen immer ein Teil von mir zu sein. In ihnen konnte ich meine geheimsten Gefühle zum Ausdruck bringen, denn über Gefühle zu sprechen ist mir immer schwer gefallen.

Nachdem ich mein Studium abgeschlossen hatte, bekam ich eine Arbeitsstelle bei einer Zeitung in El Paso, Texas. Wir packten unsere Habseligkeiten zusammen, stiegen in unser altes Auto und fuhren nach Texas, um dort unser Leben einzurichten. Nach zwei Monaten ging die Zeitung Pleite, und alle Angestellten wurden entlassen. Ich begann, mir eine neue Arbeit zu suchen – aber es gab nicht viele freie Stellen. Kathryn schlug vor, ich sollte, bis ich einen neuen Job fand, einige meiner Gedichte zu einem Buch zusammenstellen und sie an einen Verlag schicken.

Ich muss gestehen, Emily, dass ich seit meiner Kindheit davon geträumt hatte, ein berühmter Schriftsteller zu werden, und ich war überwältigt von dem Vertrauen, das Kathryn in mich setzte. Ich war zugleich glücklich und nervös. Kathryn arbeitete tagsüber als Sekretärin und abends als Schneiderin, um uns durchzubringen, während ich Tag und Nacht damit zubrachte, meinen ersten eigenen Gedichtband zu schreiben.

Ich schrieb die Gedichte mit meinem Herzblut, und als das Buch fertig war, war ich mächtig stolz. Doch als der erste Verlag meine Gedichte ablehnte, war ich am Boden zerstört. Ich hatte meine geheimsten Träume, meine Hoffnungen und Wünsche zu Papier gebracht, nur um festzustellen, dass sich niemand dafür interessierte. Nachdem etwa ein Dutzend Verlage mein Buch abgelehnt hatte, fühlte ich mich wie gelähmt. Ich setzte mich auf die Veranda und dachte darüber nach, was mir im Leben wichtig war. Das war sehr schwierig. Wie lange arbeitet eine Schauspielerin als Kellnerin, bis sie die Hoffnung auf ihre erste Rolle aufgibt? Wie oft spielt ein Violinist vor, bis er einsieht, dass er niemals in einem Symphonieorchester musizieren wird? Wann begreift eine Tänzerin, dass ihre Bewegungen nicht so graziös sind wie die der jüngeren Konkurrentinnen, bevor sie ihre Tanzschuhe an den Nagel hängt?

Ich dachte an Kathryn und an ihren Traum, in einem Ziegelsteinhaus mit runden Türbögen zu wohnen – sie träumte von einer Schaukel im Garten und von einer Veranda, wo sie abends sitzen und den Nachbarn zuwinken konnte, wenn sie vorbeigingen.

Mir wurde klar, wenn ich den Weg weiterverfolgte, den ich eingeschlagen hatte, würde sie ihren Traum nie verwirklichen können. Schließlich nahm ich eine Stelle bei einer Werbeagentur in Lake Park an. Wir sparten jeden Penny, und bald hatten wir genug zusammen, um uns in Midvalley ein Haus zu bauen. Mein Bruder Arty half mir beim Bauen. Seite an Seite arbeiteten wir, bis das Haus Gestalt annahm. Ich versprach ihm, mich zu revanchieren und ihm auch beim Bau seines Hauses zu helfen, wenn er einmal heiratete, doch es kam nie dazu. Er starb drei Jahre später bei einem Unfall in der Schmelzhütte.

Als ich meinen Traum, ein berühmter Schriftsteller zu werden, für einen weniger hochfliegenden Traum aufgab, hatte ich das Gefühl, eine Chance vertan zu haben. Aber immer, wenn ich Kathryn mit ihrem Nähzeug auf der Veranda sitzen sah, wo sie den Nachbarn zuwinkte, wusste ich, dass ich mich für den richtigen Traum entschieden hatte.

Folge deinen Träumen, Emily, triff deine Entscheidungen, so gut du kannst, und du wirst zufrieden sein, denn du wirst wissen, dass du den richtigen Weg gewählt hast. Deine Reise durch das Leben ist einzigartig. Was für andere nahrhaft ist, mag für dich Gift sein. Gestehe dir deine Träume zu, aber sei zufrieden mit deiner Reise.

Zum Schluss möchte ich dir noch sagen, dass ich in gewisser Weise doch noch etwas veröffentlicht habe. Bei der Werbeagentur Alsop & Martin Advertising habe ich die Werbeetats mehrerer großer Kunden betreut. Ich wette, du wusstest nicht, dass dein Opa Harry den berühmten Slogan «Willys wunderbare Waffeln» erfunden hat. Es war die erfolgreichste Werbekampagne für ein Restaurant, die die Werbeagentur jemals erlebt hat.

Schöpfe deine Fähigkeiten aus, Emily. Folge deinen Träumen und freue dich, wenn du Erfolg hast. Ich werde auf dich aufpassen.

In Liebe
dein Opa Harry

Greg räusperte sich. «Ich frage mich bloß, warum er all diese Briefe an Emily geschrieben hat.»

«Sie haben sich eben sehr nahe gestanden», sagte Laura. «Wir haben Harry jeden Freitag besucht. Wenn ihr nicht so weit weg wohntet, hätte er bestimmt an alle Enkelkinder geschrieben.»

«Ich wollte mich nicht beschweren, ich bin einfach nur neugierig.»

«Seine Ratschläge sind sehr klug», sagte Michelle. «Ich frage mich nur – wieso rückt er gerade jetzt damit heraus?»

«Ich finde, es passt zu Harry», meinte Laura. «Aus irgendeinem Grund konnte er dir und Bob seine Gefühle einfach nicht zeigen. Ich glaube, er hat dies als seine letzte Chance betrachtet, uns allen zu sagen, dass er uns liebte.»

«Aber die Kombination haben wir immer noch nicht raus. Hat einer von euch noch eine Idee?»

«Greg!», zischte Michelle.

«Ich versuche nur, daran zu erinnern, warum wir alle hergekommen sind.»

Laura schaute erneut auf die Uhr. «Macht ihr schon mal ohne mich weiter. Ich hole uns ein paar Sandwiches.» Bob war mit dem Vorschlag einverstanden. Er hatte seit dem Frühstück nichts mehr gegessen und hatte einen Mordshunger.

Die Imbissstube war ganz in der Nähe. Wenn sie freitags mit Emily bei Harry zu Besuch gewesen war, hatte sie schon oft dort etwas gegessen. Sie kannte die Mädchen hinter dem Tresen nicht mit Namen, doch sie kamen ihr bekannt vor. Sie gab ihre Bestellung auf und sah zu, wie die Sandwiches zubereitet wurden. Während sie wartete, dachte sie über die Gedichte nach. Es gab noch einen Text in dem Buch, in dem Geld vorkam. Konnte das den Schlüssel enthalten? Wenn Harry gewollt hätte, dass sie den Tresor fanden, hätte er ihnen doch sicher einen Tipp gegeben, wo er sich befand.

«Das macht achtzehn Dollar und neunzig Cent», sagte eine der beiden jungen Frauen und riss Laura aus ihren Tagträumen. Sie legte einen Zwanzig-Dollar-Schein auf den Tresen.

«Vielen Dank, Ma'am.» Die junge Frau tippte den Betrag in die Kasse ein und gab Laura ihr Wechselgeld. Wie die meisten Kassiererinnen zählte sie das Geld rückwärts ab: «Achtzehn neunzig, neunzehn und ein Dollar macht zwanzig.»

«Was haben Sie gerade gesagt?»

«Habe ich mich verrechnet?» Sie nahm Laura das Geld ab und zählte es erneut. Aber Laura hörte gar nicht zu, sie war mit den Gedanken woanders. «Zu bezahlen sind achtzehn Dollar neunzig. Ihr Rückgeld beträgt zehn Cent, das macht neunzehn, und einen Dollar, das macht dann zwanzig. Stimmt genau.» Laura grinste. «Harry, du bist wirklich durchtrieben», sagte sie und gab der jungen Frau das Wechselgeld zurück. «Hier, das ist für Sie. Vielen Dank.»

Als sie zurückkam, saßen Bob und Greg apathisch am Küchentisch, das Kinn in die Hände gestützt, den Blick ins Leere gerichtet. Michelle blätterte lustlos in Harrys Buch herum.

«Ich weiß etwas, was ihr nicht wisst», verkündete Laura, als sie die Küche betrat.

«Und was ist das?», wollte Bob wissen und schaute sie gelangweilt an.

«Ich habe des Rätsels Lösung gefunden. Die Kellnerin in der Imbissstube hat mir auf die Sprünge geholfen.»

Bob und Greg wurden hellhörig, doch Bob wirkte zugleich ein wenig verwirrt. «Die Kellnerin aus der Imbissstube hat Harry gekannt?»

«Ich habe keine Ahnung, ob sie Harry gekannt hat, aber sie hat mir geholfen, das Rätsel zu lösen.» Alle starrten Laura an. «Es gibt noch ein Gedicht, in dem Geld erwähnt ist.» Sie nahm das Buch und schlug die entsprechende Seite auf. «Mal sehen – genau, es ist das Gedicht Nummer achtzehn. Möchte es jemand vorlesen?», fragte sie. Greg riss ihr das Buch aus der Hand und begann zu lesen.

Veränderung, Umkehr und Wechsel tun Not

Geschockt verfolgt' ich, was passiert in der Welt,
Verbrechen und Krieg, das Elend der Armen.
Die Not der Waisen, o Gott, hab Erbarmen.
Denkt niemand an die Menschen? Giert jeder
nur nach Geld?

Von Sorge krank, ging ich durch die Straßen allein.
Dahin sind Glaube und Hoffnung auf ein bessres Leben.
Nur Umkehr könnt' uns neuen Lebensmut geben.
Die Menschen sind hart, ihr Herz ist geworden zu Stein.

Die Straße war leer, groß meine Trauer.
Nur ein Bettler saß da am Straßenrand.
Ich ging zu ihm hin und gab ihm die Hand.
Er tat mir Leid, wie er da hockt' an der Mauer.

«Kann ich helfen, Bruder, dann lass es mich wissen.»
Er schaute mich an, zitternd vor Kält'.
«Ach, guter Mann, gib mir halt ein wenig Geld.»
Es hätt' mir beinahe das Herz zerrissen.

Ich lud ihn ein zu einem warmen Essen.
Er lächelte wieder, schaut' mich dankbar an.
«Das nächste Mal zahl ich dann, wenn ich kann.»
Wie Bruder und Bruder haben wir zusammengesessen.

Fünf fünfundzwanzig kosteten Essen und Trank.
Zehn schob ich dem Bettler über den Tisch.
«Zahl du! Das Wechselgeld ist für dich.»
Er nahm es mit überschwänglichem Dank.

«Wechsel», das Wort hat mich seltsam berührt.
Der Mensch muss sich ändern, einen Wechsel vollziehen,
die Augen wenden zum Mitmenschen hin.
Vieles würde besser, ich hab es gespürt.

Die Lösung ist ganz einfach,
sie fängt bei uns an,
dann wird die Welt sich verändern,
der Wechsel ist schuld daran.

«Okay», sagte Bob, «spann uns nicht länger auf die Folter. Wie hat die Kellnerin dir geholfen?»

«Ich hatte das Gedicht schon einmal gelesen. Es war die Art und Weise, wie sie das Wechselgeld abgezählt hat. Da ist der Groschen gefallen.»

Bob sah sie verblüfft an. «In dem Gedicht geht es um Veränderung, Umkehr und Wechsel, richtig? Wir sollen uns selbst ändern, damit die Welt besser wird. Aber in dem Gedicht kauft er dem Mann für fünf Dollar fünfundzwanzig etwas zu essen – er gibt ihm zehn Dollar und sagt ihm, er soll das Wechselgeld behalten. Ich wette, wenn wir den Rückbetrag aus dem Gedicht nehmen – vier fünfundsiebzig – dann haben wir die Antwort.»

Greg bekam vor Staunen den Mund nicht mehr zu. «Und das Passwort ist eine Zahl», fuhr Laura fort. «Versucht es mal mit vier, sieben, fünf.»

Bob schaute Greg herausfordernd an. «Wer zuerst am Schrank ist.»

«Los!»

Bob gab die Zahlen ein und fasste den Türgriff des Tresors. Greg hielt die Taschenlampe. Einen Augenblick lang zögerte Bob, dann zog er beherzt an dem Griff. Nichts rührte sich.

«Versuch's noch mal.» Immer noch nichts. Als sie zurück in die Küche kamen, sahen sie Laura so wütend an, als wäre es ihre Schuld. Sie zuckte die Achseln.

«Moment mal!», rief Bob und warf die Arme in die Luft. «Vier sieben fünf ist das Passwort für den Brief! Wieso versuchen wir eigentlich, den Tresor damit zu öffnen?» Er setzte sich an seinen Computer und öffnete die Datei.

Meine liebe Emily,
nun möchte ich einmal mit dir über Geld reden.

«Ich hab's gewusst!», rief Greg. Bob fuhr fort:

Weil ich das so gerne tue, fange ich mit einer Geschichte an. Als ich ungefähr sieben oder acht Jahre alt war, fand ich eines Tages auf dem Heimweg von der Schule einen herrenlosen Hund. Es war nur ein unscheinbarer Köter, aber ich fand ihn wunderbar. Ich nannte ihn Chester, und wir beide wurden unzertrennliche Freunde. Ich ließ ihn nur allein, wenn ich zur Schule ging. (Einmal versuchte ich sogar, ihn mit ins Klassenzimmer zu nehmen, aber der Lehrer rief bei meinen Eltern an. Ich bezog eine gehörige Tracht Prügel, als ich nach Hause kam, und musste versprechen, meinen Hund nie wieder mit in die Schule zu nehmen.)
Eines Tages entdeckte ich eine wunde Stelle unter Chesters rechtem Auge. Im Lauf der folgenden Tage tauchten um seine Ohren herum noch mehr solche Stellen auf. Ich wusste, dass mein Vater niemals Geld für die Behandlung eines hergelaufenen Köters ausgeben würde, und so wusch ich die Entzündungen jeden Tag mit Seife aus. Aber sie wurden schlimmer. Als ich meinen Vater schließlich auf das Problem aufmerksam machte, muss er mir meine Verzweiflung angesehen haben. Er sah erst mich an und dann Chester, und ohne auch nur eine einzige Frage zu stellen, befahl er mir, mit dem Hund ins Auto zu steigen.
Wir fuhren in die Stadt, wo der Tierarzt seine Praxis hatte. Der Arzt warf einen Blick auf die wunden Stellen und wusste sofort, was mit Chester los war. Er trat an einen Schrank und nahm eine Schachtel mit Tabletten heraus –

ein Medikament, das meinen Hund heilen sollte. Der Arzt wirkte nicht sehr besorgt, doch er wies mich an, Chester drei Wochen lang jeden Morgen und jeden Abend eine Tablette zu geben und dann weitere drei Wochen lang jeden Morgen eine. Wenn sich keine Besserung einstellte, sollte ich nach den sechs Wochen noch einmal mit dem Hund zu ihm kommen.

Ich war begeistert. Mein Hund würde wieder gesund werden. Noch am selben Abend gab ich ihm die erste Tablette und die nächste am Morgen vor der Schule. In meiner Eile ließ ich die Schachtel mit den restlichen Tabletten auf meinem Schreibtisch liegen, anstatt sie in der Schublade zu verstauen. Sie müssen gut geschmeckt haben, zumindest für einen Hund, denn irgendwann im Laufe des Tages sprang Chester auf den Schreibtisch und fraß sämtliche Tabletten auf.

Als ich aus der Schule kam, lag er in meinem Zimmer auf dem Boden und schlief. Er ist nie wieder aufgewacht. Die Medizin, die ihn, wenn er sie über mehrere Wochen regelmäßig bekommen hätte, gesund machen sollte, hatte ihn nun, wo er sie auf einmal geschluckt hatte, umgebracht.

Ich entschuldige mich dafür, dass ich dir eine so traurige Geschichte erzähle, aber die Moral, die in ihr steckt, lässt sich auf viele Aspekte des Lebens anwenden, unter anderem auf Geld. Geld kann unser Leben bereichern und verbessern, genau wie Medizin, aber wenn man es ohne Verstand benutzt, kann es katastrophale Auswirkungen haben.

Viele Menschen halten Geld für etwas Schlechtes oder Schädliches. Das ist es nicht. Andere glauben, viel Geld zu besitzen, würde sie glücklich machen. Das ist ein Irrtum. Wieder andere sind der Meinung, wenn sie mehr Geld hätten als andere, würden sie zu besseren Menschen werden. Das ist Unsinn. Und dennoch brauchen wir Geld, denn wir müssen uns schließlich ernähren. Geld, als Tauschwert eingesetzt, verhilft uns dazu. Geld an sich ist weder gut noch schlecht, wir brauchen es einfach zum Leben, um für unseren Lebensunterhalt zu sorgen.

Die komplizierte Frage lautet nun: Wie viel ist genug? Wenn ein Mann immer nur zu Hause herumsitzt und mit seinen Kindern spielt, werden diese Kinder schon bald Hunger leiden, weil kein Geld da ist, um etwas zu essen zu kaufen. Wenn derselbe Mann immerzu arbeitet, um das Geld zu verdienen, das er für den Unterhalt seiner Familie braucht, werden die Kinder zwar keinen Hunger leiden, aber sie werden einen noch größeren Mangel erleben, denn ihr Vater wird ihnen fehlen. Man muss also die goldene Mitte finden. Wo liegt die goldene Mitte für dich? Das ist eine Frage, die ich nicht beantworten kann – das kannst nur du selbst. Ich versuche bloß, dich auf das Dilemma aufmerksam zu machen, dir dabei zu helfen, die richtige Antwort zu finden.

Ich habe zwei Geschenke für dich, Emily. Nimm das Buch mit den Gedichten und löse die Schleife im hinteren Buchdeckel. Wenn du das tust, wirst du eine Goldmünze finden. Die Münze ist für dich. Sie symbolisiert das Geld und das Gold, das du in deinem Leben suchen wirst. Sie ist neu, sie glänzt, und sie ist wertvoll. Du kannst damit tun, was du willst.

Du hast viele Möglichkeiten. Du könntest sie behalten; wenn du das tust, wird sie vielleicht anlaufen und ihren Glanz verlieren, oder sie wird noch wertvoller werden. Du könntest dir etwas damit kaufen, das dir Freude bereitet. Du könntest sie klug anlegen, sodass sie nach einer Weile womöglich hundertmal so viel wert ist wie jetzt.

Du könntest sie verlieren, und dann hättest du nichts mehr. Du könntest sie jemandem geben, der in Not ist, und ihm damit eine Sorge nehmen.
Genauso wie mit der Münze hast du auch im Leben viele Möglichkeiten – wäge sie sorgfältig ab; mache dir die Konsequenzen bewusst. Die Entscheidungen, die du über die Jahre triffst, werden, als Ganzes gesehen, zeigen, was für ein Mensch du bist.
Und jetzt kommt das Wichtigste, das du dir merken musst – bei den Entscheidungen, die man im Leben treffen muss, geht es nicht um Reichtum oder Armut und auch nicht um Berühmtheit oder Bedeutungslosigkeit. Im Leben muss man sich zwischen Gut und Böse entscheiden. Wenn du das verstehst, wird dein Glück nicht von materiellen Dingen abhängig sein. Die Ironie des Lebens besteht darin, dass der reichste Mann der Welt und der ärmste Mann der Welt eines Tages beide ohne jeden Besitz vor Gott stehen werden.
In diesem Sinne habe ich dir viel mehr zu geben als eine einzelne Goldmünze. Ich möchte dich mit Reichtümern überhäufen. Sie sind im Tresor im Boden meines Wandschranks verborgen. Dort wirst du Gold finden, das viel mehr wert ist als die Münze in dem Buch. Denk daran, was ich dir gesagt habe, und triff deine Entscheidungen wohl überlegt.

In Liebe
dein Opa Harry

Ach, beinahe hätte ich vergessen, dir die Kombination zu verraten. Wäre das nicht ein Ding? Sie lautet 1, 2, 3. Lächerlich, ich weiß, aber es war die einzige, die ich mir merken konnte.

«Eins, zwei, drei?», wiederholte Greg ungläubig. Alle sprangen auf und eilten zum Wandschrank.

Als Bob diesmal die Ziffern einstellte und am Griff zog, ließ die schwere Tür sich problemlos öffnen. Greg wäre am liebsten vor Freude an die Decke gesprungen, doch er beherrschte sich. Er leuchtete mit der Taschenlampe über Bobs Kopf hinweg in den Tresor und sah drei in braunes Papier gewickelte Pakete darin liegen. Bob nahm sie nacheinander heraus. Ein kurzer Blick genügte, um zu erkennen, dass sich weiter nichts in dem Tresor befand.

«Ich hoffe, es ist Geld», sagte Bob, «denn für Gold sind die Päckchen zu leicht.» Greg gab sich alle Mühe, sich seine Enttäuschung nicht anmerken zu lassen. Bob schob die Schuhe und Socken ans Ende des Betts und legte die Päckchen in die Mitte. Dann trat er einen Schritt zurück und betrachtete sie.

«Worauf warten wir noch?», fragte Michelle. Sie nahm eines der Päckchen und reichte es Laura. «Wir machen sie gleichzeitig auf.» Lächelnd riss Laura das braune Papier auf, und zum Vorschein kam ein Pappkarton, dessen Deckel mit Klebeband verschlossen war. Mit dem Fingernagel durchtrennte Laura das Klebeband und klappte den Karton auf. Er enthielt tatsächlich Gold – einen kunstvoll geschnitzten, mit Blattgold verzierten Bilderrahmen mit einem Foto von einem jungen Paar. Es dauerte einen Augenblick, bis Laura Harry und Kathryn erkannte. Sie hatte das Foto noch nie gesehen, und sie war fasziniert. Die beiden sahen so jung aus, und Harry wirkte so anders als der Mann, den sie gekannt hatte. Sie hielten sich an den Händen. Laura betrachtete das Bild eingehend. Kathryn strahlte, und sie war wirklich eine Schönheit.

«Ich werd verrückt!», rief Laura aus. «Habt ihr dieses Bild schon mal gesehen?» Bob und Michelle schüttelten den Kopf. Der Karton, den Michelle geöffnet hatte, enthielt den gleichen Rahmen mit dem gleichen Bild. «Dad hatte nur sehr wenige Fotos von Mom», flüsterte sie. «Dieses hier habe ich noch nie gesehen. Es ist einfach unglaublich.»

«Glaubt ihr, Harry hat diese Rahmen selbst gemacht?», fragte Laura.

«Das bezweifle ich», erwiderte Bob.

Aber als Laura den Rahmen umdrehte, entdeckte sie die in eine Ecke geschnitzten Initialen H.W. «Sieh mal, seine Initialen, er muss sie doch selbst gemacht haben.»

«Ist denn wirklich kein Gold in den Kartons?», fragte Greg, der seine Enttäuschung nicht länger verbergen konnte.

«Begreifst du es nicht?», fragte Laura. «Es ist Gold – genau wie in dem Gedicht –, nur eine andere Art Gold. Harry will uns sagen, dass Familie und Liebe unendlich viel mehr wert sind als irgendeine Goldmünze.»

Greg nickte und tat so, als hätte er die Analogie verstanden. «Moment mal!», rief er plötzlich mit leuchtenden Augen aus. «Die meisten Tresore haben eine falsche Rückwand oder ein verborgenes Fach.» Er schnappte sich die Taschenlampe, um sofort nachzusehen.

«Vergiss es, Greg. Es gibt kein Gold», sagte Michelle.

«Nur für alle Fälle», rief er aus dem Wandschrank. «Da, es gibt ein Geheimfach!» Er zog an einem kleinen Stück Schnurzipfel, und die hintere, mit Filz bekleidete Wand des Tresors ließ sich herausnehmen. Greg drehte sich um, reichte Bob den Deckel und beugte sich wieder über den Tresor. Als Nächstes förderte er zwei Briefe zutage. Er tastete noch einen Moment lang in dem Fach herum, fand jedoch nichts mehr.

Enttäuscht kam er aus dem Schrank. «Zwei Briefe, das ist alles.» Er gab sie Bob und warf dann noch einen letzten Blick in den Tresor.

«Darf ich mal sehen, Bob?», fragte Laura und nahm ihm einen der Briefe ab, um ihn genauer in Augenschein zu nehmen. Der Umschlag war vergilbt und das Papier brüchig; ansonsten war der Brief in tadellosem Zustand. Es war ein Brief an Kathryn, an eine Adresse in Denver. Laura nahm den Brief aus dem Umschlag und las ihn laut vor.

Liebste Kathryn,
ich hoffe, es geht dir gut, wenn du diesen Brief erhältst. Ich hoffe, du bist gut angekommen und hast keinen Unfall gehabt. Und ich hoffe, dass meine Unfähigkeit, meine Gefühle zum Ausdruck zu bringen, nicht verhindert, dass du in mein Herz sehen kannst. Ich wünschte, ich wäre ein begnadeter Briefeschreiber und könnte mit wenigen Federstrichen die Gefühle beschreiben, die mir auf der Seele brennen.
Der Gedanke, ich könnte dich womöglich für immer von mir fortgetrieben haben, bricht mir das Herz. Seit du weg bist, leide ich unendliche Qualen. Ich habe so dumme Dinge gesagt. Manchmal benehme ich mich einfach wie ein Schwachkopf.
An dem Abend, als du weggefahren bist, habe ich lange in den Spiegel im Flur geschaut, doch ich habe den erbärmlichen Mann, der mich anstarrte, nicht erkannt. Ich kann dir die Dinge, die ich gesagt habe, nicht erklären, denn es gibt keine vernünftige Erklärung. Stattdessen

hoffe ich, dass du erkennst, es waren nicht meine Worte, sondern die eines Fremden.

Wenn du dich entschließt, nicht zurückzukommen, kann ich das verstehen. Wenn ich ohne dich leben muss, habe ich mir das selbst zuzuschreiben. Aber ohne dich an meiner Seite wird mein Leben nichts wert sein. Ich werde frieren, denn du bist meine Wärme – ich werde einsam sein, denn du bist meine Freundin – ich werde verloren sein, denn du gibst mir Halt. Du bist diejenige, die das Gute in mir zutage fördert. Ich sehne mich nach deinem Lächeln und nach deinen Berührungen.

Bitte, Kathryn, komm zu mir zurück und vergib mir. Voller Ungeduld erwarte ich deine Antwort.

In Liebe
dein Harry

Keiner sagte ein Wort, als Laura zu Ende gelesen hatte. Selbst Greg hielt sich zurück. Schließlich brach Laura das Schweigen. «Das ist der schönste Brief, den ich je gelesen habe.»

«Was er wohl getan hat, dass sie beschlossen hat, ihn zu verlassen?», fragte Bob. «Von wann ist der Brief denn datiert?»

Laura drehte den Umschlag um und las das Datum auf dem Poststempel: 9. Mai 1965.

«Das war ein paar Tage vor ihrem Tod», flüsterte Michelle.

«Sie ist bei einem Autounfall ums Leben gekommen, nicht wahr?», bemerkte Greg.

«Ja, Liebling, das hab ich dir doch schon mal erzählt.»

«Waren wir beide mit ihr zusammen in Denver, Michelle?», fragte Bob.

«Ich kann mich nicht erinnern, in Denver gewesen zu sein, aber ich erinnere mich an einen Unfall. Du musst noch ein Baby gewesen sein. Ich war knapp vier Jahre alt.» Sie schaute ihn nachdenklich an. «Ich weiß keine Einzelheiten mehr. Ich saß im Auto; es war abends und schon fast dunkel. Wir haben über irgendwas gelacht, und plötzlich überschlug sich der Wagen. Das ist alles. Dann kommt eine Lücke, und das Nächste, was ich im Gedächtnis habe, ist, wie wir beide hier zu Hause spielen. Ich habe Dad in den Jahren danach immer wieder nach dem Unfall gefragt, aber er wollte nicht darüber reden.»

«Und Harry hat auch nie erwähnt, dass die beiden je Probleme hatten», fügte Bob hinzu. «So, wie er es dargestellt hat, dachte ich immer, die beiden seien wie Romeo und Julia gewesen.»

«Wahrscheinlich gibt es eine ganze Menge, von dem wir nichts wissen», erwiderte Michelle.

«Hat sie es denn vor dem Unfall nach Hause geschafft?», fragte Laura. «Oder wart ihr auf dem Heimweg aus Denver?»

«Ich weiß es nicht», murmelte Michelle und zuckte die Achseln. «Ich kann mich einfach nicht erinnern.»

«Harry hätte eine zweite Chance verdient», flüsterte Laura betroffen. «Ich hoffe, sie hat es nach Hause geschafft vor dem Unfall.»

«Was steht denn in dem anderen Brief?», wollte Michelle wissen.

Als Laura ihn umdrehte, sah sie, dass er nie geöffnet worden war. «Er ist noch verschlossen, und seht euch mal die Adresse an.» Der Brief war an Kathryn Whitney gerichtet, aber unter ihrem Namen stand anstelle einer Adresse das Wort «Himmel».

«Himmel?», stieß Bob hervor. «Das ist doch verrückt.»

«Nein, es ist rührend», sagte Laura. «Schau mal, er ist zwei Monate nach ihrem Tod aufgegeben worden – und sieh dir mal den Stempel an.» Ohne korrekte Adresse war der Brief an den Absender zurückgeschickt und von der Post unter dem Wort «Himmel» mit einem Stempel versehen worden, der in großen, roten Buchstaben verkündete: «Zurück an Absender – Adresse unbekannt.»

«Adresse unbekannt?», murmelte Bob. «Als hätten die bei der Post eine Ahnung.»

«Sollen wir ihn aufmachen?», fragte Laura.

«Tja, ich glaube kaum, dass uns jemand wegen Verletzung des Briefgeheimnisses belangen wird», bemerkte Bob sarkastisch.

Laura nahm den Brieföffner vom Schreibtisch, öffnete den Umschlag und nahm den Brief heraus. «Ich glaube, ich bringe es nicht fertig, ihn vorzulesen», sagte Laura und gab ihn Michelle. Michelle reichte ihn an Greg weiter, denn sie wusste, dass er keine Probleme damit haben würde. Er zuckte die Achseln und begann vorzulesen.

Meine geliebte Kathryn,
ich weiß, dass du im Himmel bist, denn es gibt keinen anderen Ort, der gut genug für dich wäre. Ich weiß, dass du dort bist, aber ich weiß nicht, wie ich dir sagen soll, dass es mir Leid tut. Als du gestorben bist, bin auch ich gestorben. Ich kann nicht essen. Ich kann nicht schlafen. Ich kann nicht weiterleben ohne dich.
Wie soll ich dich finden, um dir zu sagen, dass ich …

«Das ist alles – er hat den Brief nicht zu Ende geschrieben. Er ist noch nicht mal unterzeichnet.»

«Und wir wissen immer noch nicht, ob sie es nach Hause geschafft hat», sagte Laura. «Und wenn nicht – wenn sie auf dem Heimweg verunglückt ist –, ich wage kaum, mir vorzustellen, was Harry durchgemacht hat.»

Alle schwiegen nachdenklich.

Zur Sicherheit durchsuchten Greg und Bob noch einmal das ganze Haus. Sie fanden nichts mehr. Harrys Schuhe und Socken wurden wieder in den Wandschrank zurückgeräumt; es erschien ihnen unpassend, sie heute fortzuschaffen. Laura umarmte Michelle zum Abschied und wartete im Auto; Bob blieb noch eine Weile allein mit seiner Schwester auf der Veranda stehen.

«Es war nicht so schlimm, wie du es in Erinnerung hast, Bob», flüsterte Michelle. «Ich glaube, uns hat einfach eine Mutter gefehlt.»

«Vielleicht hast du Recht.» Einen Moment lang schien er gedankenverloren, dann lächelte er, um seine Gefühle zu verbergen. «Aber es ist vorbei. Die Vergangenheit können wir nicht mehr ändern.»

Sie sah ihm in die Augen; er wandte sich ab. «Wir können die Vergangenheit nicht ändern, Bob, aber ist sie wirklich vorbei?»

Er schwieg. Sie beschloss, nicht weiter in ihn zu dringen.

«Wir können noch einen Tag bleiben und euch helfen, das Haus leer zu räumen.»

«Nicht nötig. Ich schätze, Greg hat es eilig, nach Hause zu kommen. Wir schaffen das schon. Schick mir einfach eine Liste von den Dingen, die du gern behalten würdest, dann lasse ich sie dir zukommen.»

Bob wusste, dass er nicht viel brauchte – nur ein paar

Kleinigkeiten für Emily, damit sie sich später besser an Harry würde erinnern können.

Er umarmte seine Schwester zum Abschied und winkte Greg zu, der ebenfalls im Auto wartete. Bevor er die Haustür verriegelte, ging er noch einmal ins Haus, packte das Bild mit dem vergoldeten Rahmen sorgfältig ein und nahm es mit in seinen Wagen.

17

Emily war begeistert. Sie bestand darauf, dass Bob einen Nagel in die Wand schlug und das Bild über ihren Schreibtisch hängte. Es passte perfekt in ihr Zimmer.

Nachdem Laura Emily mit beiden Decken ins Bett gepackt hatte, legte sie sich noch kurz zu ihr. Bob war in der Küche, als das Telefon klingelte.

«Bob, bist du das?»

«Michelle? Wo bist du?»

«Wir sind auf dem Rückweg. Wir haben noch Plätze für den letzten Flug bekommen. Ich telefoniere vom Flugzeug aus. Das habe ich noch nie gemacht. Die Technik vollbringt doch wahre Wunder!»

«Gibt es ein Problem?»

«Nein, überhaupt nicht. Aber ich habe gerade noch ein Passwort rausgefunden. Ich dachte, du würdest dich freuen, wenn ich es dir sage. Wann fliegst du nach San Diego zurück?»

«Morgen früh.»

«Bist du sicher, dass du das mit Laura nicht wieder hinkriegen kannst, Bruderherz?»

«Michelle, jeder muss zusehen, wie er mit seinem Leben zurechtkommt – jeder hat seine eigenen Ziele und Perspektiven. Es mag dir vielleicht nicht so vorkommen, aber ich glaube, ich weiß, was ich tue.»

Sie kannte ihren Bruder gut genug, um zu wissen, dass es keinen Zweck hatte, mit ihm zu argumentieren. Bob bedankte sich bei ihr und notierte sich das Passwort. Nachdem er Emily einen Gutenachtkuss gegeben hatte, holte er Harrys Buch und rief Laura in die Küche.

«Es ist das Gedicht über Eltern, Laura. Und das Komische daran ist, dass eigentlich nichts darin versteckt ist. Es ist die letzte Zeile jeder Strophe. Ich kann kaum glauben, dass es uns nicht längst aufgefallen ist.»

Laura schlug das Buch auf und las das Gedicht vor.

Eltern

Ich liebe dich, wirst du die Meine?
Jetzt sind wir zu zweit. Vorher war ich alleine.
Romantische Nächte, vergnügliche Stunden.
Essen aus dem Ofen, wie tat es uns munden.
Ich hab Lust auf Gürkchen, sauer eingemacht.
Am liebsten hätten wir jeden Tag zu Hause verbracht.
Honorare für Ärzte. Bald sind wir schon drei.
Jetzt muss das Geld reichen für Windeln und Brei.
Und die Zeit schreitet fort …

Mama, Papa. Erste Worte gelallt.
Zerbrochenes Geschirr. Erste Schritte sehr bald.
Das Mündchen mach auf. Du musst jetzt essen.
Ein Häppchen für Daddy, Mama nicht vergessen.
Hör auf, den Hund ins Fell zu zwicken.
Du darfst auch reiten auf Papas Rücken.

Mit dem Windelwechseln bist du jetzt dran,
und fang schon mal mit dem Kochen an.
Und die Zeit schreitet fort …

Disneyland und Mickey Mouse.
Strampelhöschen. Wir kommen kaum aus dem Haus.
Das Kind geht aufs Töpfchen, ach, wie schön, ach, wie nett.
Du rätst es, wir brauchen ein zweites Kinderbett.
Mein Bettchen ist nass. Mein Goldfisch ist weg.
Du musst mich suchen, wenn ich mich versteck.
Windpocken, Masern, Krankheiten zuhauf.
Du darfst draußen spielen, aber pass auf dich auf.
Und die Zeit schreitet fort …

Die Zähne geputzt, dein Gebet gesprochen?
Du hast mir noch eine Geschichte versprochen.
Zieh dich schnell an. Wo ist denn mein Hemd?
Das Haar schnitt ich selbst und hab's auch gekämmt.
Wasch dein Gesicht, vergiss nicht die Ohren.
Ach, Mama, da hat doch keiner was verloren.
Herausgeputzt für das Laienspiel, das ist ein Muss.
Zum Sprecher gewählt im Eltern-Lehrer-Ausschuss.
Und die Zeit schreitet fort …

Ich treff mich mit Freunden. *Ist dein Bett gemacht?*
Ein Zeugnis gab's heut. Da hab ich's nicht fertig
gebracht.
Es hat viel Jubel, auch Tränen gegeben.
Was werden sie tun, wenn es ernst wird im Leben?
Woher kommen die Babys, kannst du
mir das sagen?
Ich bin beschäftigt, du musst Mama fragen.

Der Hund hat mein Aufgabenheft zerrissen,
hab trotzdem 'ne Eins, das sollt ihr wissen.
Und die Zeit schreitet fort …

Ich treff einen Jungen. Was zieh ich bloß an?
Sie weiß nicht, was sie für ihr Haar tun kann.
Das ist Ashley, das ist Brad.
Bring sie nach Haus bis spätestens zwölf.
Hör nicht auf Dad.
Rechnungen bezahlen, frag nicht, wie ich's mach.
Haarspraydosen kauf ich im Zehnerpack.
Dad, du bist schrecklich. Männer haben
nur Geld im Sinn.
Man wählte mich übrigens zur Schönheitskönigin.
Und die Zeit schreitet fort …

Wenn du auf dem Klo warst, mach den Klodeckel zu.
Ach Mama, lass mich mit so was in Ruh.
Meine Nase ist zu groß, meine Hüfte zu breit.
Das hast du von Oma Lisa von Mutters Seit.
Die Hosen werden zu eng, die Midlife-Krise
hat mich erwischt.
Hab Migräne, mein Schatz. Heut Nacht bitte nicht.
Krieg ich die Schlüssel? *Hast du den Rasen gemäht?*
Wie heißt dein neuer Freund? Verzeih, Dad,
das hier ist Fred.
Und die Zeit schreitet fort …

Das College geschafft. Jetzt steht Heiraten an.
Ist der Junge mit dem Kraushaar auch der richtige Mann?
Hab gute Nachricht, bin schwanger. Ist das nicht fein?
Ihr werdet bald Großeltern sein.

Ich werd vergesslich, weiß nicht, ob sie wohl kochen kann.
Ach, Mama, leihst du mir dein Kochbuch
dann und wann?
Das Haus ist jetzt leer, zu Ende das Dichten.
Die Kinder sind weg. Wir sind ledig aller Pflichten.

Bis Laura das Gedicht zu Ende gelesen hatte, war der Brief bereits ausgedruckt. Bob reichte ihn Laura. «Willst du ihn vorlesen, oder soll ich?»

«Ich lese ihn vor», sagte sie und begann.

Meine liebe Emily,

Eltern sind seltsame und wunderbare Geschöpfe. Wenn man klein ist, kommen sie einem klug, strahlend und unbesiegbar vor. Doch mit der Zeit, wenn man heranwächst, erscheinen sie einem immer weniger großartig. Das ist ziemlich ernüchternd, aber kein Kind kommt um die Erkenntnis herum, dass die Eltern nicht die Helden sind, für die es sie gehalten hat. Sie sind ganz normale Menschen, die versuchen, das Beste aus ihrem Leben zu machen, genau wie du. Du wirst dich betrogen fühlen, du wirst dich sogar für sie schämen. Das ist der Moment, Emily, an dem du deinen Eltern verzeihen musst, dass sie nur Menschen sind. Lass mich dir eine Geschichte erzählen, die dir helfen soll zu verstehen, was ich meine.

Als dein Daddy ein kleiner Junge war, genauer gesagt, als er vier Jahre alt war, kletterte er am liebsten auf die Bäume im Garten. Es war beeindruckend zu sehen, wie sein Selbstvertrauen wuchs und er jeden Tag höher hinaufkletterte. Schon bald schien ihm kein Baum zu hoch und zu gefährlich zu sein.

Eines Samstagnachmittags saß ich im Haus und schrieb.

Zu meinem Entsetzen hörte ich Bob wie am Spieß schreien. Ich sprang so schnell auf, dass mein Stuhl hintenüberfiel, und rannte zur Hintertür. Ich war überzeugt, er hätte sich einen Finger abgeschnitten oder einen Arm gebrochen. Aber als ich nach draußen kam, sah ich ihn in der Weide am hinteren Ende des Gartens hängen. Damals war die Weide zwar noch nicht so groß wie heute, aber sie war schon ein beachtlich großer Baum. Er musste ausgerutscht sein, denn er hing an einem Ast, hielt sich mit beiden Händen fest und strampelte mit den Füßen. Er konnte sich kaum noch halten und schrie, als würde er gleich in den Schlund eines Vulkans stürzen. Das Lustige daran ist, dass er gar nicht sehr hoch über dem Boden hing, keine zwei Meter.

Ich lief zu ihm hin und fasste seinen Fuß, um ihn wissen zu lassen, dass ich da war und ihm nichts passieren würde. Als er meine Stimme hörte und meine Hand spürte, hörte er auf zu schreien und ließ sich in meine Arme fallen. Er klammerte sich so fest an mich, dass ich dachte, er würde mich erwürgen. Mit vier Jahren war er noch zu klein, um sich zu schämen, seinem Vater seine Gefühle zu zeigen. Er weinte und schluchzte und dankte mir, dass ich ihn gerettet hatte.

In diesem Augenblick hielt er mich für unbesiegbar. Ich war da gewesen, als er mich brauchte. Es war so ein simples Erlebnis, aber eines, das ich nie vergessen werde bis zu dem Tag, an dem ich sterbe. Nichts schien unmöglich; ich war ein großer Held; ich hatte meinen Sohn gerettet. Aber Kinder wachsen heran, Emily. Die Jahre vergehen, die Kinder werden größer und die Bäume kleiner. Schon bald turnen sie auf denselben Ästen herum und springen einfach herunter.

Als dein Daddy zwölf war, fiel er wieder einmal von demselben Baum. Diesmal war ich nicht da, um ihn aufzufangen, und er landete nicht auf den Füßen. Er brach sich den Arm an zwei Stellen. Ich war für ein paar Tage geschäftlich unterwegs, und als ich nach Hause kam, saß er auf dem Sofa und hatte einen Gipsverband am Arm. Er hatte immer noch Schmerzen und erzählte mir, wie er von dem Baum gefallen war, von dem ich ihn gerettet hatte, als er klein war. Er hat es nicht gesagt, vielleicht hat er es noch nicht einmal gedacht, aber er wusste, dass ich ihn im Stich gelassen hatte. Ich war nicht da gewesen. Ich glaube, an dem Tag bekam das strahlende Bild, das er von mir hatte, die ersten Kratzer, auch wenn es ihm vielleicht damals nicht bewusst war. Es war nicht meine Schuld, und es war nicht seine Schuld; es war einfach der Lauf des Lebens.

Aber es gibt Augenblicke, in denen deine Eltern unter dem Baum stehen sollten, um dich aufzufangen, und dann sind sie nicht da. Eltern machen Fehler, manchmal sogar große Fehler. Das alles wirst du vielleicht jetzt noch nicht verstehen, Emily, aber irgendwann wird es so weit sein, dass du deinen Eltern verzeihen musst, dass sie nicht da sind, um dich aufzufangen.

Und wenn du ihnen verzeihst, wirst du ihre Fehler vergessen, und dann wirst du sie wieder in einem glanzvolleren Licht sehen. Ich hoffe, dass du das eines Tages verstehen wirst.

In Liebe
dein Opa Harry

Laura sah Bob an. Minuten schienen zu vergehen, bis sie zu sprechen wagte. «Alles in Ordnung, Bob?»

«Weißt du, es ist irgendwie komisch. Als ich von dem Baum gefallen bin und mir den Arm gebrochen hab, fand ich den Gips richtig cool. Alle meine Klassenkameraden haben ihren Namen draufgeschrieben, und ich kam mir total wichtig und mutig vor; und was noch komischer ist, ich kann mich gar nicht daran erinnern, wie ich von dem Baum gefallen bin.» Sie hörte, wie ihm beinahe die Stimme versagte, doch er fuhr fort. «Aber ich weiß noch, wie er mich aufgefangen hat, als ich vier war – ist das nicht unglaublich? Ich weiß es noch wie heute.»

«Soll ich dir sagen, was ich glaube?»

«Was denn?»

«Ich glaube, er hat die Briefe nicht nur für Emily geschrieben.»

«Was soll das denn heißen?», fragte Bob. «Hast du vergessen, dass jeder einzelne mit ‹Meine liebe Emily› anfängt?»

«Ich sage ja nur, was ich denke. Ich weiß, wie die Briefe anfangen, aber sieh doch mal genau hin, was drinsteht, wie sie formuliert sind. Wenn dieser Brief nicht an dich gerichtet ist, dann versteh ich die Welt nicht mehr. Und warum hat er drei Bücher gebunden und nicht nur eins? Ich glaube, er hat die Briefe für dich geschrieben – und für Michelle. Ich glaube, wenn er die Briefe mit ‹Mein lieber Bob› angefangen hätte, hättest du sie als Geschwafel von deinem verrückten alten Vater abgetan. Ich glaube, er wollte so gern ein guter Vater sein, dir seine Gefühle zeigen, aber er konnte es einfach nicht. Vielleicht, weil er Kathryn so früh verloren hat, oder vielleicht auch aus Gründen, die wir nicht verstehen – ich habe keine Ahnung, warum, aber er konnte es einfach nicht.»

«Oder er wollte es nicht.»

«Mag sein. Aber du hast es ihm auch nicht gerade leicht gemacht, oder? Ich meine, hast du dich jemals gefragt, ob auch du deinen Teil dazu beigetragen hast, dass ihr nicht miteinander klargekommen seid? Vielleicht lag es an euren unterschiedlichen Charakteren – oder vielleicht auch daran, dass Männer sich so schwer tun, ihre Gefühle zu zeigen. Ehrlich gesagt, habe ich nie verstanden, warum ihr beide nicht miteinander geredet habt, aber ich bin davon überzeugt, dass diese Briefe sein letzter Versuch sind, euch eine Chance zu geben. Denk doch mal nach, Bob. Mit Emily konnte er immer reden – die beiden waren ein Herz und eine Seele. Mit den Briefen, die er an sie geschrieben hat, versucht er, dich zu erreichen. Er wollte, dass du auf seinen Schoß kletterst, ihm in die Augen siehst und ihm zuhörst, er wollte dir, so gut er konnte, Ratschläge geben, damit du es einmal im Leben besser hast als er. Du kannst mich ja für verrückt halten, aber ich glaube, dass er mit seinen Briefen an Emily genau das bezweckt hat. Und ich glaube sogar, dass du das auch weißt. Ich glaube, du fängst allmählich an, den Alten zu verstehen, und das gefällt dir nicht.»

Er schwieg.

«Er hatte seine Probleme», fuhr sie fort, «das ist keine Frage. Er hat einige falsche Entscheidungen getroffen, und vielleicht ist er nicht immer für dich da gewesen, wenn er es hätte sein sollen, aber er hat sich mit ziemlich heftigen Schuldgefühlen herumgeplagt, ganz zu schweigen von seinen Depressionen. Auf seine Weise war Harry ein wunderbarer Vater.»

Bob nickte nur. Während sie ihn beobachtete,

wünschte sie, sie könnte seine Gedanken lesen, seine Fassade durchdringen, seine Ängste verstehen. Er schaute sie kurz an, dann wandte er sich ab und blickte gedankenversunken ins Leere.

18

Auf dem Weg zum Flughafen sprachen sie kaum miteinander, und als sie sich voneinander verabschiedeten, waren sie beide verlegen.

«Danke, dass du das alles mit mir zusammen durchgestanden hast», sagte Bob.

«Emily ist unsere Tochter. Harry ist ihr Großvater. Was hattest du denn erwartet?», fragte Laura.

«Andere hätten sich vielleicht nicht so verhalten.» Er wusste nicht, was er als Nächstes sagen sollte, und wechselte das Thema. «Ich habe Michelle gesagt, wir würden uns über das Testament und den Wert des Hauses schon einigen. Es lohnt sich einfach nicht, sich darüber zu streiten. Was meinst du dazu?»

«Das ist ein guter Vorschlag. Es ist bestimmt die richtige Entscheidung.»

Er schaute zu Boden und suchte nach den richtigen Worten. «Hör zu, Laura …»

«Bob, wenn es etwas mit uns zu tun hat – sag es nicht. Steig einfach ins Flugzeug.» Sie war selbst überrascht über ihre kühle Reaktion. Bob wollte weitersprechen, ihr seine Gedanken erklären, aber ihr Blick ließ ihn zusammenzucken. Verwirrt starrte er sie einen Augenblick lang an. Schließlich nickte er, drehte sich um und ging an Bord.

Egal, ob sie traurig oder glücklich war, in der Öffentlichkeit zog Laura es vor zu lächeln. Doch heute gelang es ihr nicht, und das war ein seltsames Gefühl. Die vergangenen Tage waren wunderbar gewesen, mehr als wunderbar. Sie und Bob waren nicht nur höflich miteinander umgegangen, es war ihr fast vorgekommen wie in alten Zeiten. Und dennoch, wenn sie sich irgendeiner Hoffnung hingab, lief sie nur Gefahr, dass ihr erneut das Herz brach. Sie wusste, noch einmal würde sie es nicht ertragen.

Es war ein trauriger Augenblick. Nicht weil Bob abgereist war oder weil sie nicht wieder zusammengefunden hatten, sondern weil ihr zum ersten Mal bewusst wurde, dass sie die Hoffnung aufgegeben hatte. Zu viele Stunden hatte sie zusammengekauert im Wandschrank gehockt und sich ein Handtuch vors Gesicht gedrückt, damit Emily ihr Schluchzen nicht hörte. Zu oft war sie ans Telefon gestürzt in der Hoffnung, den Anruf zu erhalten, der ihrem Leid ein Ende bereiten würde. Zu viel Kummer. Laura stand reglos da, während die Passagiere zum letzten Mal aufgerufen wurden, an Bord zu gehen, während Menschen um sie herum ihren unterschiedlichen Zielen zustrebten, während die Welt sich weiterdrehte. Es war ein trauriger Augenblick, ein leerer Augenblick, ein tränenloser Augenblick. Die Wirklichkeit hatte ihr die Hoffnung genommen.

Nachdem sie Emily ins Bett gebracht hatte, schlug sie Harrys Buch auf und begann zu lesen. Sie fühlte sich einsam, und in den Gedichten fand sie Trost. Die Leere, die sie am Flughafen empfunden hatte, war immer noch da, aber nun wusste sie auch, dass sie überleben würde. Sie würde Emily, so gut sie konnte, allein großziehen. Sie würde es schon schaffen.

Sie brauchte nicht lange, um das nächste Passwort herauszufinden. «Die Briefe sind Geschenke, die wir erhalten, wenn wir sie am meisten brauchen», murmelte sie. «Das wird es sein, was Harry gewollt hat.»

Sie ging an den Computer, gab das Passwort ein und begann zu lesen.

Meine liebe Emily,
versuche immer, dein Bestes zu geben. Mehr kann man nicht verlangen. Wenn du am Ende jeden Tages in den Spiegel schaust und dir sagen kannst, dass du dein Bestes gegeben hast, wirst du ein erfülltes Leben führen. Ich werde nicht schon wieder abschweifen und fabulieren, meine liebe Enkelin, aber eine Geschichte, die man mir erzählt hat, als ich noch ein kleiner Junge war, wird dir begreiflich machen, was ich meine.

Es war einmal ein König, der lebte mit seinen drei Söhnen in einem weit entfernten Königreich. Der König war schon alt und wusste, dass er bald sterben würde, doch er konnte sich nicht entscheiden, welchen seiner drei Söhne er zum Thronfolger bestimmen sollte. Um sein Dilemma zu lösen, beschloss er, seine Söhne zu prüfen, damit jeder von ihnen seine Stärke und seine Klugheit beweisen konnte. Eines Tages rief er seine Söhne zu sich. Dies sind die Worte, die er zu ihnen sprach:

«Im nördlichsten Winkel dieses Königreichs steht ein großer Berg. Es ist der größte und mächtigste Berg im ganzen Land. Sein Gipfel reicht bis in die Wolken hinauf. Ich weiß das, weil ich als junger Prinz auf dem Gipfel gestanden habe. Und ich weiß, dass auf der höchsten

Spitze des Berges die ältesten, größten und kräftigsten Kiefern der Welt wachsen. Um eure Kraft, eure Klugheit, eure Zähigkeit und eure Tauglichkeit als Herrscher zu prüfen, werde ich jeden von euch, einen nach dem anderen, auf den Gipfel des Berges schicken. Jeder von euch soll mir einen Zweig vom größten und prachtvollsten Baum bringen. Derjenige, der mir den größten Zweig bringt, soll mein Nachfolger werden.»

Und so geschah es. Der älteste Sohn zog als Erster los, während sein Vater und seine Brüder warteten. Eine Woche verging und dann noch eine. Am Ende der dritten Woche kehrte der junge Prinz in den Palast zurück. Er hatte große Anstrengungen unternommen und brachte einen riesigen Zweig mit. Der König schien hocherfreut und gratulierte ihm zu seiner großartigen Leistung.

Als Nächster war der zweite Sohn an der Reihe. Er gelobte, einen noch größeren Zweig mitzubringen, und machte sich mit Zelten und Vorräten auf den Weg. Eine Woche verging und noch eine und dann eine dritte, während der König auf die Rückkehr seines zweitältesten Sohnes wartete. Vier Wochen vergingen, fünf Wochen, und am Ende der sechsten Woche schließlich kehrte der Sohn zurück. Als er sich dem Palast näherte, sahen alle, die ihm entgegenblickten, dass er einen ungeheuer großen Zweig mit sich schleppte, einen wesentlich größeren als den, den sein Bruder mitgebracht hatte. Er hatte sich wirklich tapfer geschlagen, und der König schien begeistert. Dann wandte er sich an seinen jüngsten Sohn und sprach: «Nun bist du an der Reihe. Sieh zu, ob du einen noch größeren Zweig bringen kannst als deine Brüder.» Dem jungen Prinzen war seine Besorgnis deut-

lich anzusehen. Er war der kleinste der Brüder, wie sollte er sie übertrumpfen? Er flehte seinen Vater an, den zweitältesten Bruder zum Thronfolger zu ernennen, doch der König bestand darauf, dass der Jüngste sein Glück versuchte. Der Prinz gehorchte und machte sich mit seiner Ausrüstung auf den Weg. Zwei Wochen vergingen, dann vier und dann sechs, ohne dass eine Nachricht von dem jungen Prinzen eintraf. Acht, neun, zwölf Wochen vergingen. Schließlich, am Ende der vierzehnten Woche, erreichte die Botschaft den Palast, dass der jüngste Sohn sich auf dem Rückweg befand.
Freudig rief der König seine Untertanen zusammen, um seinem Sohn einen würdigen Empfang zu bereiten, denn nun würde sich entscheiden, wer der zukünftige König sein sollte. Der Prinz näherte sich dem Palast mit gebeugtem Haupt und gesenktem Blick. Er war verschmutzt und zerlumpt. Als er vor seinen Vater trat, sahen alle, dass er es nicht einmal versucht hatte, denn er trug keinen Zweig bei sich. Er sah dem König in die Augen und flüsterte: «Ich habe versagt. Mein Bruder soll zum König gekrönt werden, denn er hat es verdient.» Als der König seine Stimme erhob, verstummte die Menge. «Du hast es nicht einmal versucht, mein Sohn. Du hast überhaupt keinen Zweig mitgebracht!» Tränen quollen aus den Augen des Prinzen, als er antwortete: «Es tut mir Leid, Vater. Ich wollte dich nicht enttäuschen, ich habe versucht, deinen Wunsch zu erfüllen. Wochenlang war ich unterwegs, um in den nördlichsten Winkel des Königreichs zu gelangen, und ich habe tatsächlich einen großen Berg gefunden. Ich bin auf den Berg gestiegen, wie du es gewünscht hast, bis ich nach vielen Tagen den Gipfel erreichte, den du als junger Mann erklommen hast. Ich

habe gesucht und gesucht, wie du es befohlen hast, aber, Vater, es gibt gar keine Bäume auf dem Gipfel!»

Da füllten sich auch die Augen des Königs mit Tränen, und er sprach zu dem Prinzen: «Du hast Recht, mein Sohn, es gibt keine Bäume auf dem Gipfel des Berges. Das Königreich gehört dir.»

Emily, gib immer dein Bestes – sei ehrlich, gib dir die größtmögliche Mühe. Wenn du das tust, wirst du am Ende reich belohnt werden. Ich denke an dich.

In Liebe
dein Opa Harry

«Und wir denken an dich. Gute Nacht, Harry», flüsterte Laura.

19

Bob war vor zwei Wochen abgereist. Er hatte nur einmal angerufen und eine Nachricht auf dem Anrufbeantworter hinterlassen, um Laura zu informieren, dass er am Wochenende nicht kommen könne. Er hatte sehr ernst geklungen, und sie hatte es nicht fertig gebracht, zurückzurufen. Als sie das Passwort zu dem Gedicht über die Freude fand, schrieb sie es auf ein Blatt Papier und faxte es an Bob und an Michelle. Bob meldete sich nicht.

Es war ein wunderbarer Brief. Sie rief Emily aus dem Kinderzimmer und setzte sich mit ihr auf das Sofa, um ihn ihr vorzulesen.

Meine liebe Emily,
kaum jemand geht durchs Leben, ohne Trauer zu erfahren. Es scheint unausweichlich, dass man im Leben traurige Dinge erlebt, und manchmal meint man, sie nicht ertragen zu können. Aber Gott ist gut, und zum Ausgleich lässt er uns auch große Freude erleben. Genieße diese Augenblicke des Glücks. Behalte sie in Erinnerung. Versuche, sie herbeizuführen, wenn du kannst. Aber egal, was passiert, behalte sie in guter Erinnerung.
Für jeden bedeutet Glück etwas anderes. Für Frauen ist es nicht immer dasselbe wie für Männer. Manchmal sind es ganz kurze, flüchtige Augenblicke, aber wenn sie

kommen, ist das Leben am schönsten. Ich möchte dir von dem Augenblick des Glücks erzählen, an den ich mich am liebsten erinnere.

Es war kurz vor Weihnachten, und wir waren erst einige Jahre verheiratet. Weihnachten, eine Zeit der Freude und der Festlichkeiten, stand vor der Tür, als Kathryn eine schlimme Grippe bekam. Krank zu sein ist immer unangenehm, aber an Weihnachten, wenn es so gute Sachen zu essen gibt, fühlt man sich besonders elend, wenn man krank ist. Sie liebte das Weihnachtsfest so sehr, und es betrübte mich, dass sie im Bett liegen musste. In der Hoffnung, ihr helfen zu können, rief ich unseren Hausarzt Dr. Worthington an und vereinbarte einen Termin. Kathryn hatte sich am Morgen übergeben, und als wir uns hätten auf den Weg machen müssen, fühlte sie sich zu schwach, um zum Arzt zu gehen. Ich erklärte ihr, gerade weil sie so krank sei, müsse es sein. Ich packte sie warm ein, trug sie ins Auto und fuhr ganz vorsichtig. In der Praxis angekommen, nahm ich im Wartezimmer Platz, während der Arzt sie untersuchte. Ich erinnere mich noch an den besorgten Blick des Arztes, als er den Kopf zur Tür hereinstreckte und mich in sein Sprechzimmer bat. Kathryn war angezogen und saß still auf der Untersuchungsliege, als wir eintraten. Sie sah schrecklich mitgenommen aus. Der Arzt schaute uns ernst an.

«Ich wollte, dass Sie dabei sind, Harry, wenn ich Ihnen das Problem erkläre», sagte er. «Ich habe Kathryn gründlich untersucht, und im Moment kann ich nicht viel tun, um ihr zu helfen. Es wird zweifellos mehrere Wochen dauern, bevor ihr Zustand sich deutlich verändert. In vier Wochen werde ich sie noch einmal untersuchen.»

«Ich werde also über Weihnachten krank sein?», fragte Kathryn bekümmert.

«Ich fürchte, ja.»

«Was hat sie denn bloß, Herr Doktor?», fragte ich.

Der Arzt holte tief Luft und schaute mir in die Augen. «Harry, deswegen wollte ich, dass Sie dabei sind, wenn ich die Diagnose stelle. Ich glaube, diesmal hat sie es von Ihnen.»

«Von mir? Aber mir geht es prächtig», sagte ich verwirrt.

«Ja, das ist nicht zu übersehen. Aber keine Sorge, das ist nichts Ungewöhnliches.» Plötzlich grinste er von einem Ohr bis zum anderen. «Kathryn ist schwanger, Harry.»

Ich muss gestehen, die Nachricht war ein Schock. Aber, Emily, wenn du Kathryns Augen gesehen hättest! Zuerst lachte sie, dann weinte sie, und dann übergab sie sich schon wieder.

Ich habe dir versprochen, Emily, dir von einem der glücklichsten Augenblicke in meinem Leben zu berichten. Es mag dir so erscheinen, als hätte ich stattdessen von einem von Kathryns glücklichsten Momenten erzählt. Aber als ich ihre Augen sah, ihre Tränen, als ich spürte, wie sie meine Hand drückte, nachdem der Arzt uns die Neuigkeit verkündet hatte, war ich der glücklichste Mensch auf der Welt, und ich werde diesen Augenblick nie vergessen. Kathryn so glücklich zu erleben, war das größte Glück für mich.

Obwohl sie sich am Weihnachtsmorgen wieder übergeben musste, wurde es eins der schönsten Weihnachtsfeste, die Kathryn je erlebt hat. Sieben Monate später wurde deine Tante Michelle geboren, und wir waren eine Familie.

Genieße die Augenblicke des Glücks, Emily, und teile deine Freude mit anderen.

In Liebe
dein Opa Harry

Nachdem Laura zu Ende gelesen hatte, saß Emily einen Moment lang nachdenklich da.

«Kann ich wieder in mein Zimmer gehen und spielen?», fragte sie schließlich.

«Natürlich, mein Schatz.»

Bevor sie die Treppe hinauflief, drehte sie sich noch einmal um und fragte: «Hast du Daddy schon angerufen und ihm das Passwort gesagt?»

«Ich habe es ihm gefaxt.»

«Hat er schon angerufen?»

«Noch nicht. Aber das macht er bestimmt. Er hat im Moment viel Arbeit.»

Emily schien mit der Antwort zufrieden zu sein. Wahrscheinlich begreift sie mehr, als uns klar ist, dachte Laura. Sie überlegte, ob dies ein guter Augenblick sein könnte, ihr endlich reinen Wein einzuschenken. Doch nach einem so wundervollen Brief, in dem Harry ausgerechnet über das Glück im Leben geschrieben hatte, war es vielleicht nicht passend. Sie beschloss, bis Freitag zu warten. Wenn Bob bis dahin nicht anrief, um mit ihr zu überlegen, wann sie gemeinsam mit Emily sprechen konnten, würde sie sich allein mit Emily aufs Sofa setzen und ihr die Situation erklären. Bob würde ihr das übel nehmen, aber so war das Leben nun einmal. Sie würde Harrys Rat beherzigen und, so gut sie konnte, den Berg allein erklimmen.

20

Die Sonne schien, als Bob vom Strand zurückkam. Er trug Shorts, ein T-Shirt und Sportschuhe, aber er hatte nicht gejoggt. Er packte seine Kamera zu seinem Tennisschläger in den Kofferraum. Er musste sich beeilen. Brandon hatte ihn gestern haushoch geschlagen, aber heute würde er ihn vom Platz fegen. Er ging zurück ins Haus, nahm die Tablette von der Anrichte und schluckte sie. Wenn er sich nicht beeilte, würde Brandon sich aufregen.

Brandon war bereits auf dem Platz und winkte ihm zu, als er eintraf.

«Wo bleibst du denn so lange?»

«Tut mir Leid, ich hab Fotos gemacht.»

«Seit wann fotografierst du denn?»

«Ich hab doch gesagt, es tut mir Leid. Du redest ja schon wie meine Frau.»

«Du siehst müde aus. Geht es dir gut?»

«Wenn ich dich erst fertig gemacht hab, wird's mir besser gehen.»

«Da musst du aber früher aufstehen.» Brandon schlug auf. «Hast du es Laura schon gesagt?»

«Du raubst mir noch den letzten Nerv.»

«Das ist mein Job.»

Bob verpasste den Aufschlag. Er trat näher an das Netz, um sich auf den nächsten Ball vorzubereiten.

«Also?», fragte Brandon.

«Also, was?»

«Wann willst du es ihr sagen?» Er schlug erneut auf. Diesmal spielte Bob den Ball zurück. Brandon reckte sich, erwischte den Ball jedoch nur schwach, sodass er über das Netz rollte. Als sie beide auf das Netz zugingen, sprach Brandon nicht mehr als Freund, sondern als Arzt zu Bob.

«Es wird Zeit, dass sie erfährt, was los ist. Es ist wichtig.»

«Ich hab's versucht, aber ich bringe es nicht fertig, sie anzurufen. Ich bin einfach nervös.»

«Aber du hast mit Cynthia gesprochen?»

«Klar, wir joggen zusammen.»

«Du musst Laura anrufen. Ihr alles erzählen.»

«Mach ich. Ich wollte nur erst Gewissheit haben. Sind die Laborergebnisse die gleichen?»

«Keine Veränderung. Sie muss es wissen, Bob.»

Bob wusste, dass sein Freund Recht hatte. Er war schließlich Arzt. «Ich habe morgen einen Termin bei meinem Anwalt. Danach rufe ich sie an», versprach er.

«Abgemacht. Und jetzt mach deinen Aufschlag – wenn du Manns genug bist.»

Bobs Handflächen waren feucht. «Ich komme mir vor wie ein Teenager», murmelte er vor sich hin, als er den Hörer abnahm. Erneut wählte er Lauras Nummer. Nach der letzten Ziffer knallte er fluchend den Hörer auf. Brandon hatte Recht, er musste ihr alles sagen. Es war nicht fair, sie im Unklaren zu lassen. Warum fiel es ihm so schwer? Wovor fürchtete er sich?

Er nahm einen Schreibblock aus seiner Aktentasche

und setzte sich an den Tisch. Ich kann verstehen, warum Harry Gedichte und Geschichten geschrieben hat, dachte er und musste über sich selbst lachen. Jetzt fing er schon an, sich mit Harry zu vergleichen, das war wirklich ein Ding. Er brauchte fast eine Stunde, um die richtigen Worte zu finden. Es hinzuschreiben war eine gute Idee gewesen. Er steckte den fertigen Brief in seine Aktentasche. In einer Stunde war er mit seinem Anwalt verabredet. Dann würde er ihm den Brief geben.

Er nahm den Hörer ab und wählte Cynthias Nummer. «Hallo, hier ist Bob.»

«Hallo, Fremder. Ich hab dich beim Joggen vermisst.»

«Ich weiß. Tut mir Leid. Ich musste heute Morgen wieder mit Brandon Tennis spielen.»

«Das wird ja allmählich zur Gewohnheit.»

«Es wäre nicht so schlimm, wenn ich ihn schlagen könnte. Es ist frustrierend. Ich rufe dich an, um dir zu sagen, dass ich deinen Rat beherzigt habe.»

«Du hast es ihr gesagt?»

«Ich habe ihr einen Brief geschrieben. Mein Anwalt wird ihn heute abschicken.»

Cynthia schwieg. Bob fragte sich, was ihr durch den Kopf ging.

Nach einer Weile sagte sie: «Bob, ich kann nicht in die Zukunft blicken, aber ich glaube, es ist gut, dass du ihr einen Brief geschrieben hast. Sie hat es einfach verdient, die Wahrheit zu erfahren.»

«Ich weiß. Das hat Brandon auch gesagt. Hast du vor, morgen zu laufen?»

«Nein, ich denke, ich werde eine Zeit lang aussetzen, warten, bis die Sturmwolken sich verzogen haben – wenn du verstehst, was ich meine.»

«Ja, ich verstehe. Dann sehen wir uns, wenn ich in Brightmans Praxis zu tun habe.»

«Bob, ich freue mich sehr darauf, wirklich.»

21

Seitdem Laura und Emily zu Hause angekommen waren, hatte der Wind stark zugenommen und wirbelte überall Staub und Laub auf. Laura machte Emily eine Tasse heiße Milch, dann ging sie zum Briefkasten hinaus, um die Post zu holen. Es war wie ein Déjà-vu, wie ein wiederkehrender böser Traum, als sie den Kasten öffnete und den weißen Umschlag herausnahm.

«Feigling», murmelte sie, als sie das Haus betrat. Sie ging in die Küche und bemühte sich, gut gelaunt dreinzublicken, doch Emily ließ sich nicht täuschen.

«Was ist es, Mami?»

«Ein Brief, mein Schatz.»

«Machst du ihn auf?»

Sie konnte nicht bis Freitag warten. Es war an der Zeit, dass Emily die Wahrheit erfuhr. «Komm her, Liebes, ich muss mit dir über etwas reden.»

Sie nahm ein Messer aus der Schublade und schlitzte den Umschlag auf. Es war ein Schreiben von Bobs Anwalt, aber als sie das Blatt auffaltete, fielen zwei Fotos vom Strand heraus. Seltsam. Sie setzte sich an den Tisch und begann zu lesen.

Sehr geehrte Mrs Whitney,
unser Mandant, Mr Bob Whitney, hat uns informiert, dass er unsere Dienste nicht länger in Anspruch nehmen wird. Wenn von Seiten Ihres Anwalts kein Scheidungsgesuch eingereicht wird, werden wir bei Gericht beantragen, das Verfahren einzustellen.
Bitte lassen Sie uns innerhalb von dreißig Tagen wissen, wie Sie weiter vorgehen wollen.
Mr Whitney hat uns gebeten, den beiliegenden Brief und die Fotos an Sie weiterzuleiten.

Hochachtungsvoll
James Bagley
Rechtsanwalt

Der handgeschriebene Brief war mit einer Briefklammer angeheftet. Mit zitternden Händen faltete Laura den Brief auf.

Liebe Laura,
während der letzten zwei Wochen habe ich mehrmals versucht, deine Nummer zu wählen, um mit dir zu sprechen. Ich konnte es nicht. Ich wusste nicht, wie ich ausdrücken sollte, was ich dir zu sagen habe. Schließlich habe ich mich entschlossen, dir einen Brief zu schreiben. Ich entschuldige mich dafür, dass ich so lange gebraucht habe. Laura, es gibt einige Dinge, die du wissen musst. Ich möchte dich nicht erschrecken, aber ich leide an einer Krankheit, über die du Bescheid wissen solltest. Ich leide an depressiven Störungen.
Der Arzt hat jede Menge Tests durchgeführt, sie haben mir sogar den Kopf durchleuchtet, und zwar mit einem so genannten MRT, einem Magnetresonanztomogra-

phen. Eigentlich habe ich schon lange den Verdacht, dass etwas mit mir nicht stimmt, aber letztlich konnte ich es mir doch nicht eingestehen. Als du mir von Dads Medikament erzählt und mir das Etikett gefaxt hast, hat mir das sehr zu denken gegeben. Ich bin Pharmavertreter, Laura, ich wusste sofort, um was für ein Medikament es sich handelte. Unsere Firma vertreibt ein ähnliches Präparat zur Behandlung von Depressionen. Ich weiß, dass es hierfür erblich mitbedingte Anlagen gibt, und um mir Gewissheit zu verschaffen und mir zu beweisen, dass mit mir alles in Ordnung ist, habe ich einen befreundeten Arzt aufgesucht, Brandon Jameson. Wir spielen gelegentlich zusammen Tennis. Brandon ist Spezialist auf dem Gebiet. Er hat nicht nur eine ganze Reihe von Untersuchungen durchgeführt, sondern mich auch fast eine Stunde lang nach meiner Familiengeschichte befragt. Viele seiner Fragen konnte ich nicht beantworten, manche doch.
Die Untersuchungen haben ergeben, dass ich einen erhöhten Kortison-Spiegel habe. Ich weiß, dass du dich über Dads Krankheit informiert hast, deswegen wird dir wahrscheinlich klar sein, was das bedeutet. Wenn nicht, keine Sorge, es ist behandelbar. Ich nehme bereits ein Medikament, das die Überproduktion des Hormons verhindert. Die Dosierung muss noch genau eingestellt werden, aber bisher scheint alles gut zu laufen. Man hat mir gesagt, dass ich das Medikament wahrscheinlich für den Rest meines Lebens einnehmen muss.
Ich nehme die Tabletten regelmäßig, und ich muss gestehen, dass die Wirkung spürbar ist. Ich habe sogar wieder angefangen zu fotografieren. Kurz bevor ich gekommen bin, um Dads Haus mit Greg zu durchsuchen, habe ich

mit der Behandlung angefangen. Eigentlich wollte ich es dir da schon sagen, aber ich hatte noch keine endgültigen Ergebnisse. Dann habe ich versucht, es dir am Flughafen zu sagen, aber dein gequälter Gesichtsausdruck hat mich abgeschreckt. In diesem Augenblick wurde mir zum ersten Mal klar, dass es vielleicht schon zu spät ist.
Wie du weißt, bin ich völlig begeistert von Dads Buch. (Sieh dir übrigens mal das Gedicht Nummer fünfzehn an und lies die letzten sechs Worte rückwärts.) Seine Briefe faszinieren mich. Ich begreife immer noch nicht, warum wir so schlecht miteinander ausgekommen sind, aber allmählich komme ich darüber hinweg. Sagen wir einfach, ich habe gelernt, ihn auf eine Weise zu respektieren, wie ich es nie für möglich gehalten hatte. Immerhin habe ich durch seine Briefe meine Mutter kennen gelernt.
Nun möchte ich auf das zu sprechen kommen, was mir am schwersten zu sagen fällt. Ich möchte mein Verhalten in der Vergangenheit nicht ausschließlich auf meinen Gesundheitszustand schieben. Das wäre nicht fair. Ich hätte mich früher untersuchen lassen können. Aber das habe ich nicht. Ich habe nicht in einem Zustand geistiger Umnachtung gehandelt, und ich übernehme die volle Verantwortung für die Konsequenzen meines Verhaltens. Aber ich möchte versuchen, es wieder gutzumachen. Wenn du bereit bist, uns noch eine Chance zu geben, würde ich gern einen Neuanfang wagen. Die Zukunft kommt mir jetzt schon längst nicht mehr so düster vor.
Ich hätte nie gedacht, dass ich einmal die Worte meines Vaters benutzen würde, denn in meinen wildesten Träumen hätte ich nicht zugegeben, dass wir uns in irgendeiner Weise ähnlich sind. Ich habe ihn immer als ver-

rückten alten Mann betrachtet. Jetzt weiß ich, dass er nicht verrückt war. Er war ein Mann, der versucht hat, das Beste aus seinem Leben zu machen. Was bedeutet das für mich?

In seinem Brief an Kathryn schreibt er, dass er kein begnadeter Briefeschreiber war, aber ich wüsste keine bessere Art zu sagen, was mir in letzter Zeit klar geworden ist.

«Ohne dich an meiner Seite wird mein Leben nichts wert sein. Ich werde frieren, denn du bist meine Wärme – ich werde einsam sein, denn du bist meine Freundin – ich werde verloren sein, denn du gibst mir Halt. Du bist diejenige, die das Gute in mir zutage fördert. Ich sehne mich nach deinem Lächeln und nach deinen Berührungen.»

Ich hoffe, es ist noch nicht zu spät. Voller Ungeduld erwarte ich deine Antwort.

In Liebe
Bob

Als Laura den Brief zu Ende gelesen hatte, brach sie in Tränen aus.

«Was ist los, Mami? Was steht denn in dem Brief?»

Laura drückte Emily an sich und sagte unter Tränen: «Es ist alles in Ordnung, mein Schatz. Ich weine nur, weil ich glücklich bin. Pack deine Sachen. Wir fangen ein neues Leben an.»

Der Sturm draußen wurde schlimmer. Während Emily ein paar Kuscheltiere einpackte, versuchte Laura, per Telefon einen Flug zu buchen. Aber wegen des vom Pazifik heraufkommenden Sturms hatten die Fluggesellschaften sämtliche Flüge nach San Diego gestrichen. Das hatte zur Folge, dass die Flüge nach Los Angeles ausgebucht waren. Laura holte den Atlas aus dem Regal und überschlug, wie viele Kilometer sie würde fahren müssen. Sie würde zehn Stunden brauchen. Aber sie würde heute sowieso keinen Schlaf finden. Wenn sie die ganze Nacht durchfuhr, konnte sie am Morgen dort sein.

Sie nahm den Hörer ab und wählte Bobs Nummer. Sein Anrufbeantworter sprang an, aber sie wollte ihm keine Nachricht hinterlassen. Was sie ihm zu sagen hatte, musste sie ihm persönlich mitteilen. Sie packte ein paar Sachen für sich und Emily in einen Koffer, dann stiegen sie in den Wagen. Emily kuschelte sich auf dem Rücksitz in ihre Decken, und sie fuhren in der Dunkelheit in Richtung Autobahn.

Als Bob Lauras Nummer auf dem Display entdeckte, rief er sie sofort zurück. Niemand nahm ab. Er versuchte, sie auf ihrem Handy zu erreichen. Keine Antwort. Zwei Stunden später versuchte er es noch einmal – wieder vergeblich. Um sich die Zeit zu vertreiben, nahm er sich Harrys Buch vor und begann zu lesen. Worte, die ihm anfangs als unsinnig erschienen waren, bekamen plötzlich eine Bedeutung.

Das Gedicht Nummer vierundzwanzig erregte seine Aufmerksamkeit. Er las es einmal, dann noch einmal langsam und sorgfältig.

Arbeit im Garten

Als ich ein kleiner Junge war,
nahm Dad mich oft bei der Hand.
Dann gingen wir in den Garten
und beackerten das Land.

Ich ging bereitwillig mit ihm.
So ging's wohl manches Jahr.
Und konnt' ich auch wenig helfen,
Dad stets zufrieden mit mir war.

Wir schafften zu zweit unermüdlich.
Ich frag mich, was hat's mir gegeben?
Doch wenn ich's bedenk, bin ich sicher:
Ich lernte vieles fürs Leben.

Wir gruben den Boden um – so lernte ich,
dass gute Vorbereitung wichtig ist.
Wir pflanzten – so lernte ich, Hoffnung zu säen.
Wir sprachen miteinander – so erfuhr ich,
dass ich geliebt wurde.
Wir streuten Dünger – so lernte ich, dass man
nicht nur nehmen kann, sondern auch geben muss.
Wir gossen die Pflanzen – so lernte ich, dass auch
der Mensch, so wie die Pflanzen Wasser, Sonne und
Boden brauchen, nicht vom Brot allein leben kann.
Wir jäteten – so lernte ich, dass man das Unkraut
ausreißen muss, damit es den Pflanzen nicht Licht und
Luft nimmt.
Wir beobachteten das Wachstum – so lernte ich Geduld.
Wir beteten – so lernte ich, dass alles im Leben vom
himmlischen Segen abhängt.
Wir dünnten die Saatreihen aus – so lernte ich,
dass wir alle Platz und Raum zum Wachsen und Reifen
brauchen.
Wir beschnitten die Obstbäume – so lernte ich,
dass man manchmal Triebe stutzen muss, um süße
Früchte zu bekommen.

Wir ernteten – so lernte ich, dass harte Arbeit
reich belohnt wird.
Wir dankten für die Ernte – so lernte ich Demut
und Bescheidenheit.

Dad lebt nicht mehr, jetzt bin ich der Vater,
versuche, meinen Sohn
zu lehren, was ich weiß.
Wir mühen uns ab im Garten,
es fließt viel Schweiß.

Und im Stillen bitte ich Dad,
mir zu verzeihen.
Sosehr ich mich bemühe,
mein Garten will nicht gedeihen.

Aber dann verstehe ich,
darauf kommt's ja gar nicht an.
Es geht nicht um den Garten,
mein Acker ist der junge Mann.

Ist doch klar, würde Emily sagen. Das Passwort war raffiniert versteckt, und doch lief alles darauf hinaus – auch die letzten Strophen, wenn man's recht bedachte.

Bob klappte seinen Laptop auf, tippte das Passwort ein – «Ernte» – und öffnete die Datei.

Meine liebe Emily,
von allen Lektionen, die man im Leben lernen muss, ist dies die schwerste – die Lektion, in der es darum geht, verzeihen zu lernen. Und zwar nicht anderen, sondern sich selbst.

Fast mein ganzes Leben lang bin ich voller unterdrückter Wut und Verbitterung gewesen. Meine Wunden waren tief und wollten viele Jahre lang nicht verheilen. Es waren Wunden, die ich mir selbst zugefügt habe. Jetzt, wo meine Zeit bald zu Ende geht, weiß ich, dass sie mir verziehen hätte. Wenn Kathryn hier wäre, würde sie mich liebevoll in ihre Arme nehmen, sie würde mich küssen, und sie würde mir verzeihen und mir sagen, dass alles gut ist.
Emily, du musst im Leben für deine Taten geradestehen, deine Fehler korrigieren, so gut du kannst, und dann musst du dir verzeihen und nach vorne schauen.
Ich habe dir erzählt, dass Kathryn mir genommen wurde, Emily, aber in Wirklichkeit war ihr Tod meine Schuld. Sie hatte mich verlassen, weil ich in einem Anfall von Zorn schlimme Worte gesagt hatte. Ich flehte sie an, zu mir zurückzukehren. Auf dem Weg nach Hause kam sie bei einem Autounfall ums Leben. Dein Vater und deine Tante Michelle wurden nicht ernsthaft verletzt. Aber Kathryn war tot. Von da an hat mich mein Gewissen Tag für Tag gequält, und jetzt, so kurz vor meinem eigenen Tod, weiß ich, dass es falsch war, so verbittert zu sein – sie hätte mir verziehen.
Emily, es gibt für niemanden eine Garantie, dass das Leben leicht sein wird. Wir lernen dazu und wachsen an den Herausforderungen, denen wir begegnen. Du bist auf der Welt, um dich zu beweisen, um dich zu entwickeln und Widrigkeiten zu überwinden. Immer wieder wirst du vor Herausforderungen stehen, die dich zum Nachdenken bringen, die dir Entscheidungen abverlangen und dich selbst in Frage stellen. Obwohl du an diesen Herausforderungen wachsen wirst, wird es vorkommen, dass du am Ende eines Tages das Gefühl hast,

nicht das erreicht zu haben, was du wolltest. Lehne dich zurück und atme tief durch. Lerne aus den Fehlern von heute. Bereite dich, so gut du kannst, auf morgen vor, und meistere jeden Tag, so gut du kannst. Am Ende der Tage, an denen du deine Erwartungen nicht erfüllt hast, rate ich dir, dir selbst zu verzeihen – verzeih dir und schau nach vorne. Ich wünschte, so hätte ich es auch in meinem Leben gemacht.

Kathryn fehlt mir, aber ich tröste mich damit, dass sie auf dem Weg zu mir zurück war. Ich habe sie von ganzem Herzen geliebt, und sie hat mich geliebt. Es ist schwer zu erklären, aber ich habe das Gefühl, dass sie mich bald holen wird. Ich freue mich darauf, sie wiederzusehen.

Du wirst mir fehlen, Emily, aber ich werde endlich glücklich sein. Vergiss mich nicht; behalte deinen Großvater in Erinnerung, Emily. Wir werden auf dich aufpassen – und dich anfeuern.

In Liebe
dein Opa Harry

Bob hatte ein ungutes Gefühl. Die Worte aus Harrys erstem Brief gingen ihm durch den Kopf: «Das Leben hat die seltsame Angewohnheit, sich zu wiederholen.»

Er nahm den Hörer ab und wählte erneut Lauras Nummer. Keine Antwort. Er rief die Auskunft an.

«Hallo, ich hätte gern die Nummer von – mal sehen – ah, Grant, Grant Midgley.»

Als die Nummer angesagt wurde, kritzelte er sie auf einen Briefumschlag, dann legte er auf und wählte. Nach dem ersten Läuten wurde abgenommen.

«Grant Midgley.»

«Hallo, hier spricht Bob Whitney, Lauras Ehemann.

Haben Sie von Laura gehört? Ich mache mir Sorgen um sie.»

«Hallo, Mr Whitney. Äh, ja, ich habe heute mit Laura telefoniert. Sie hat mich zu Hause angerufen, um mir zu sagen, sie würde für ein paar Tage verreisen. Sie sagte, sie müsse zu Ihnen nach Kalifornien fahren, um ein paar Dinge mit Ihnen zu klären. Wussten Sie nicht, dass sie auf dem Weg zu Ihnen ist?»

«Nicht direkt. Vielleicht wollte sie mich überraschen. Wissen Sie, für wann sie einen Flug gebucht hat?»

«Sie sagte, sie wollte mit dem Auto fahren.» Bob zuckte zusammen.

«Bei dem Wetter?»

«Ich nehme an, alle Flüge waren ausgebucht. Wegen des Sturms wurden einige Flüge gestrichen, aber ich dachte, sie wollte erst morgen früh aufbrechen.»

«Okay, ich versuche weiterhin, sie zu erreichen. Danke für die Information. Würden Sie mir Bescheid geben, falls Sie von ihr hören?»

«Selbstverständlich.» Bob gab ihm seine Nummer und legte auf.

Er schaute auf die Uhr, dann rief er noch einmal bei Laura an. «Alle Leitungen sind besetzt. Bitte versuchen Sie es später noch einmal», plärrte eine automatische Ansage. Vor Wut schrie er in den Hörer, als könnte die Maschine ihn verstehen. Nervös ging er im Zimmer auf und ab. Schließlich schaltete er den Fernseher ein und suchte einen Sender, der laufend Wettermeldungen brachte. Der Sprecher berichtete über den Sturm, der auf dem Weg ins Landesinnere an Stärke zunahm. «Sie fährt doch nicht gern bei schlechtem Wetter», murmelte er vor sich hin und schaltete das Gerät aus.

»Das Leben hat die seltsame Angewohnheit, sich zu wiederholen.» Es war zum Verrücktwerden. Er hatte sich geschworen, nie wie Harry zu werden. Aber die unübersehbaren Ähnlichkeiten jagten ihm Angst ein. Wenn er Laura verlor, so wie Harry Kathryn verloren hatte, wie würde er sich das jemals verzeihen können? Er würde ein einsames Leben führen, genau wie Harry, und er würde einsam sterben, genau wie Harry. Erneut begann er, im Zimmer umherzugehen. Er schaltete den Fernseher wieder ein und zappte eine Zeit lang von Sender zu Sender, bis er die Fernbedienung frustriert in die Ecke warf. Am liebsten wäre er zum Strand gegangen, um zu joggen, um seine Spannung zu lösen und seine Ängste abzubauen, aber es regnete immer noch in Strömen, und der Sturm ließ nicht nach.

Die Scheibenwischer liefen auf Hochtouren, aber sie konnte kaum etwas sehen. Laura war es nicht gewöhnt, so lange Strecken zu fahren, und ihre Augen brannten. Mehrmals war sie drauf und dran gewesen, anzuhalten und eine Verschnaufpause einzulegen, aber die Worte aus Bobs Brief gingen ihr nicht aus dem Kopf.

»Ich werde frieren, denn du bist meine Wärme – ich werde einsam sein, denn du bist meine Freundin – ich werde verloren sein, denn du gibst mir Halt …»

Der Regen würde sie nicht davon abhalten, ihre Familie wieder zusammenzubringen, schwor sie sich. Nicht nach all den Stürmen, die sie im vergangenen Jahr überstanden hatten. Kathryn war zu Harry zurückgekehrt, und nun würde sie zu Bob zurückkehren.

Plötzlich krachte ein Donner, und Emily richtete sich auf.

«Mami, ich hab Angst.»

«Keine Sorge, mein Schatz, schlaf weiter. In ein paar Stunden sind wir da», sagte Laura, bemüht, ruhig zu klingen. Doch jedes Mal, wenn es donnerte, umklammerte sie das Steuer noch fester. Emily durfte nicht merken, dass sie sich fürchtete.

Er hatte die ganze Nacht kein Auge zugetan, und er sah schrecklich aus. Er saß am Tisch, den Kopf auf die Arme gelegt, und nickte immer wieder ein. Vor dem Fenster flackerte das Blaulicht eines Streifenwagens. Er wusste, was das zu bedeuten hatte, und wäre beinahe in Tränen ausgebrochen. Immer noch hämmerte der Regen gegen die Fenster. Als er in das Unwetter hinausspähte, sah er, wie ein uniformierter Polizist aus dem Wagen stieg und auf seine Haustür zurannte.

Es klingelte. Wie benommen ging Bob an die Tür. Was habe ich nur getan? Der Polizist pochte mit der Faust gegen die Tür. Bob drehte den Türknauf und öffnete langsam.

Unter dem Verandadach, aber bis auf die Haut durchnässt, standen Laura, Emily und der Polizist. Ohne eine Erklärung abzuwarten, fiel er Laura um den Hals. Emily umschlang die beiden mit ihren kleinen Armen, als sie sich weinend aneinander klammerten.

«Sie hat es nicht mehr nach Hause zurückgeschafft, Laura.»

«Was?»

«Kathryn. Sie ist auf dem Heimweg verunglückt.» Sie sah ihm in die Augen und begriff, was ihn so in Panik versetzt hatte.

«Aber ich habe es geschafft, Bob. Ich bin da.»

Erneut fielen sie einander in die Arme, während der Polizist verlegen von einem Bein aufs andere trat.

«Hören Sie, ich freue mich für Sie, dass Sie eine glückliche Familie sind, aber es regnet wie verrückt, und das Auto der Dame hier wird nicht von selbst aus dem Graben kriechen. Soll ich nun einen Abschleppwagen rufen oder nicht?»

«Ich bin ein paar Kilometer vor der Stadt in einen Graben geraten», erklärte Laura. «Ich bin am Steuer eingeschlafen. Ich wollte lieber sofort herkommen, als dort auf einen Abschleppwagen zu warten. Tut mir Leid.»

«Soll das Auto ruhig ersaufen», sagte Bob. «Soll es ersaufen.»

Epilog

Harrys Buch lag auf dem Rücksitz. Sie würden unterwegs darin lesen.

Von den sechsundzwanzig Gedichten hatten sie knapp die Hälfte entschlüsselt. Die restlichen Rätsel würden sie schon noch lösen. Es gab immer noch Geheimnisse zu entdecken.

Bob fuhr durch das Friedhofstor an der Südseite. Er stieg aus, dann half er Laura und Emily aus dem Umzugswagen. Hand in Hand gingen sie zu Harrys und Kathryns Grab, um sich zu verabschieden. Schweigend standen sie vor den kleinen, granitenen Grabsteinen.

Bob dachte über die Veränderungen in seinem Leben nach – an die Lektionen, die Harry ihm erteilt hatte.

Laura dankte Harry im Stillen dafür, dass er ihr ihre Familie zurückgegeben hatte.

Emily dachte daran, dass ihr das Damespielen mit Harry fehlte.

Nachdem alle drei sich in Gedanken verabschiedet hatten, langte Bob in seine Tasche, nahm den Brief heraus und reichte ihn Emily. Es war ihre Idee gewesen; sie wusste, was sie zu tun hatte. Sie wirkte zufrieden und glücklich, als sie sich vorbeugte und Harrys letzten Brief an Kathryn so auf den Grabstein legte, dass alle ihn lesen konnten. Der Umschlag war zwar mit der Zeit vergilbt, aber die Adresse «Kathryn Whitney. Himmel» war immer noch deutlich lesbar. Die Worte «Zurück an Absender – Adresse unbekannt» waren allerdings durchgestrichen worden. In ihrer sauberen Kinderschrift hatte Emily stattdessen neue, hoffnungsvolle Worte geschrieben, Worte der Hoffnung und der Liebe. Jetzt lautete die Adresse: «Kathryn Whitney. Himmel. Persönlich zugestellt.»

«Er wird ihr den Brief persönlich bringen, mein Schatz», sagte Laura, «er kennt den Weg.»

Sie spürte, dass Bob allein sein wollte, nahm Emily bei der Hand und ging mit ihr zum Wagen. Bob wartete, bis die beiden sich entfernt hatten. Es fiel ihm immer noch schwer, seine Gefühle zum Ausdruck zu bringen. Er dachte an den Brief, der ihn am stärksten berührt hatte, der ihm am meisten bedeutete.

«Ich bin vom Baum gefallen, Dad, genau wie damals, als ich vier Jahre alt war, und wie beim zweiten Mal, als ich zwölf war. Aber diesmal war ich sechsunddreißig. Ich wollte mich persönlich bei dir bedanken, Dad, dafür dass du mich aufgefangen und verhindert hast, dass ich auf dem Boden aufschlug. Ich weiß immer noch nicht so recht, woher du Bescheid wusstest, aber du warst da und hast mich gerettet. Ich danke dir, Dad.»

Dann ging er langsam zum Wagen. Beim Einsteigen sah er, wie Emilys braunes Haar im Sonnenlicht glänzte. Erwartungsvoll fragte sie: «Wie weit ist es denn bis San Diego, Daddy?»

Harry Wrights «Gedichte, die das Leben schrieb»

Sein Leben lang hat Harry Wright für seine Frau und seine Familie Gedichte geschrieben. Einige Jahre vor seinem Tod stellte er sie zu einem Buch zusammen, das er seinen Kindern und Enkeln als Liebesgabe hinterließ – damit sie ihn in guter Erinnerung behielten. Dieses Buch und die darin enthaltenen Lebensweisheiten gaben den Anstoß zu diesem Roman.

Leider weckte sein Gedichtband erst lange nach seinem Tod Erinnerungen an den Mann, der er wirklich gewesen war. Man besann sich auf den Mann, der das Leben liebte und seine Familie schätzte – anstatt auf den kranken, ängstlichen alten Mann, zu dem er sich in seinen letzten Jahren entwickelt hatte. Ebenso wie Harry Whitney litt er an Altersgebrechen. Außerdem stellte sich in seinen letzten Lebensjahren heraus, dass er mit Depressionen zu kämpfen hatte, eine Veranlagung, die ihm wahrscheinlich während seines ganzen Lebens zu schaffen gemacht hatte.

Ich möchte meine Leser und Leserinnen dazu ermuntern, die Schriften und Briefe der eigenen Eltern, Großeltern oder anderer geliebter Verstorbener zu durchforsten. Vielleicht lassen sich auch dort verborgene Weisheiten entdecken. Beim Lesen der vergessenen Worte, bei der Erinnerung an das Leben dieser Menschen, an die Opfer, die sie gebracht haben, werden deren Schwächen in den Hintergrund treten und ihre Stärken zum Vorschein kommen. Es ist ein Wunsch, der jedem gewährt werden sollte.

Wir wollen auf dich anstoßen, Großvater – du hast das Leben geliebt, du hast deine Familie geliebt, und du hast die Frau geliebt, die so früh von dir gegangen ist. Du warst in der Tat der «Handsome Harry, King of the Cowboys».

Danksagung

Ohne die Hilfe zahlreicher Freunde hätte ich dieses Buch nie zustande gebracht. Ich möchte mich von Herzen bedanken bei:

Amanda Dickson von KSL Radio, der ersten Person, die mich einen Schriftsteller genannt hat; ihre Anregungen trafen immer genau den Kern. Dorian Karchner, einer phantastischen Agentin, die immer mit ganzem Herzen bei der Sache ist; sie ist nicht nur talentiert und hartnäckig, sie hat auch viel Humor. Judith Curr, Verlegerin und Chefin von Pocket Books; sie erkannte das Potential des Buches trotz seiner Mängel und beschloss, es herauszugeben. Maggie Crawford, meiner außergewöhnlichen Lektorin und Fürsprecherin bei Pocket Books, für ihre Geduld, Beratung und Klugheit. Karen Mender und Seale Ballenger und all den anderen hervorragenden Mitarbeitern von Pocket Books; der Erfolg des Buches wäre nicht zuletzt das Verdienst ihrer Bemühungen und Kreativität. Dem Bestseller-Autor James Pratt, der mich unterstützt hat, und dem Filmautor Ray Goldrup für seine aufmunternden Worte. Kathy Ashton, einer wunderbar direkten Lektorin, mit deren Hilfe ich die erste Überarbeitung hinter mich gebracht habe. Earl Madsen, der meine Idee von Anfang an verstanden hat. Meiner

Frau Alicyn; sie hat nicht nur das Manuskript zahllose Male gelesen, sondern immer geduldig zugehört. Und meinem Großvater Harry S. Wright für seine Erinnerungen, die mich zu dem Buch inspiriert haben.